KB004220

나의 사랑스러운 장례식

초판 1쇄 펴냄 2016년 11월 11일
4쇄 펴냄 2021년 7월 16일

지은이 제이슨 레이놀즈
옮긴이 변예진

펴낸이 고영은 박미숙
펴낸곳 뜨인돌출판(주) | 출판등록 1994.10.11.(제406-251002011000185호)
주소 10881 경기도 파주시 회동길 337-9
홈페이지 www.ddstone.com | 블로그 blog.naver.com/ddstone1994
페이스북 www.facebook.com/ddstone1994 | 인스타그램 @ddstone_books
대표전화 02-337-5252 | 팩스 031-947-5868

ISBN 978-89-5807-618-6 03840

# 나의 사랑스러운 장례식

제이슨 레이놀즈 지음 | 변예진 옮김

뜨인돌

차례

# 모든 것이 거꾸로

학교에 가는 첫날이다. 사실 학기가 시작된 지 벌써 19일이나 지났지만 나에게는 첫날이다. 그래도 벌써 3주나 빼먹었고, 오늘이 학교에서의 첫 날이자 마지막 날이 될 거라는 게 얼마나 행복한지. 하나님, 감사합니다!

그렇다고 오해하진 마시길. 나는 학교가 싫은 게 아니다. 난 그저 책이나 들고 왔다 갔다 하면서 인생에 하나도 도움이 안 되는 걸 배우는 게 싫고, 무엇보다 나랑 아무 상관없는 사람들과 섞이고 싶지 않은 것뿐이다. 이렇게 말하면 나를 미래의 범죄자 아니면 시인 지망생쯤으로 볼 것 같은데, 난 그저 사람들과 어울리고 싶지 않은 거다. 아니, 아무하고도 마주치고 싶지 않다. 사물함이 닫히는 소리, 애들이 복도에서 운동화를 바닥에 긁으면서 깔깔 웃는 소리, 교실을 향해 뛰어가는 소리가 나에겐 커다란 칠판을 손톱으로 긁는 소리처럼 들린다. 사람들 역시 좀비처럼 복도를 둥둥 떠다니는 나를 들이받거나 스쳐 지나갈 뿐이다.

나는 마치 모든 것이 거꾸로 되어 있는 낯선 세상에 와 있는 기분이었다. 아이들의 눈을 피해 언제나 교장실에 숨어 있는 해리스 교장선생님마저 나에게 사물함 있는 데까지 같이 걷자고 할 정도인데 나와 친했던 아이들—최소한 나는 친하다고 생각한 애, 예를 들면 제임스 스키너—은 나를 완전히 무시했다. 이것 보라고. 거꾸로라니까.

제임스를 마지막으로 본 건 우리 반 졸업사진을 찍느라 학교에 모인 지난여름이었다. 나와 제임스는 사진 찍는 게 너무 싫다고, 엄마들은 왜 이런 쓸데없는 데 집착하는지 모르겠다며 키득거렸다. 우리 엄마는 나에게 사진을 찍을 때 웃으라고 사정했지만, 나는 그러지 않을 거라고 제임스에게 단호하게 말했다. 나는 웃을 수 없었다. 웃기 싫어서가 아니라 카메라가 내 얼굴을 비출 때 어떤 표정을 지어야 할지 모르겠기 때문이다. 어떤 사람들은 신호만 보내면 웃을 수 있다. 그들은 치즈, 하고 말만 하면 입을 귀까지 올리며 카메라 플래시에 훤히 이를 드러내지만 어떤 사람들은…… 그러지 못한다. 나는 후자였다. 나는 내 졸업사진이 입학사진과 마찬가지로 로봇처럼 나올 거라는 걸 알고 있었다. 이번에는 학사모와 졸업 가운을 걸친 로봇일 것이다. 더 흉하겠지.

문제는 한때 '친구'라고 불렀던 제임스가 느끼한 자신의 졸업사진을 두고 농담하면서 나를 전혀 모르는 척한다는 거다. 보통 사람들은 어머니를 막 잃은 사람을 투명인간처럼 대하나 보다. 최소한 나한테는 다들 그랬다. 뭐, 예외도 있긴 하지만.

"맷, 어머니 일은 정말 안됐다."

사물함에 소지품을 넣는데 단짝인 크리스 헤이스가 뒤에서 나타났다. 크리스는 쿨하고 활발한 성격에 머리는 빡빡머리다. 여자애들에겐 그런 스타일이 매력적으로 보이는 모양이다. 크리스는 학교에서 베스트 드레서로 뽑힐 수도, 마음만 먹으면 무도회에서 인기상을 받을 수도 있다. 그런 크리스가 지금은 무엇보다도 나와 공감해 주려고 애쓰고 있다. 별 볼일 없지만 슬픔에 빠져 있는 단짝의 심정을 말이다. 아무런 위로도 되지 않았지만 그 마음은 고마웠다. 나에게 무슨 말이라도 걸면 죽을병이라도 옮을 듯이 피하는 대신, 크리스는 최소한 나에게 다가와 무슨 말이라도 해주려고 했다. 다른 애들은 그냥 멀찌감치 서서 나를 쳐다보거나, 아니면 아예 눈을 마주치지 않으려고 애를 썼다.

"밀러 아주머니는 나에게도 어머니 같은 분이었어. 장례식에 못 가서 정말, 정말 미안해."

크리스가 말을 이었다.

그래. 나도 네가 오지 않아서 슬펐어. 에어컨도 안 나오는 교회에서 땀을 뻘뻘 흘리며 앉아 사람들이 복도를 걸어와 관 속의 엄마를 보며 마치 살아 있는 사람에게 하듯이 속삭이는 모습을 보는 게 싫었어. 별로 살아 있는 것같이 보이지도 않았는데. 형편없는 성가대가 질질 끌면서 부르는 노래를 같이 못 들어서 슬펐어. 우리 아빠가 애써 밝은 척하면서 추도사를 하다가 목이 메고 재미없는 농담을 하는 걸 같이 못 들은 것도 슬펐어. 내가 결국 못 참고 울음을 터뜨리는 것을 네가 못 본 것도. 하지만 어찌 됐든 내 심정을 헤아리지는 못했을 테니까 상관없어. 아무도 그럴 수 없어. 목사님도 그렇게 말씀하셨지.

난 이렇게 말하고 싶었지만, 크리스가 그런 말을 들을 정도로 잘못한 건 아니다. 올 수 있었다면 크리스도 장례식에 왔을 것이다. 하지만 그럴 수 없었다는 걸 나도 안다. 나는 크리스에게 몸을 돌려 "괜찮아, 친구"라고 말했다. 그러고는 눈물을 삼키고 크리스와 하이파이브를 했다. 울면 안 돼. 학교에서는 안 돼.

크리스는 내 손을 잡고 남자들만의 포옹을 하려고 내 몸을 끌어당겼다. 바로 그 완벽한 타이밍에, 숀 보먼이 크리스 뒤에서 달려와 엉덩이를 때리며 우리 보고 게이라는 둥 정신 나간 농담을 하며 놀렸다. 숀의 농담에 같이 있던 미셸인지 뭔지 하는 여자애가 숀을 팔로 치며 입을 비쭉 내밀었다. 미셸은 숀을 끌어당겨서 귀에 대고 뭐라고 속삭였다. 숀의 얼굴이 파래졌다가 새까매진 걸 보아하니 우리 엄마가 돌아가셨다는 얘길 들은 것 같다. 숀은 잠깐 그대로 정지 상태가 되었는데, 만일 그때 얼굴이 붉게 변했다면 걸어다니는 정지 신호 표지판이 됐을 것이다. 크리스는 몸을 돌려 숀을 노려보았다. 굳게 주먹을 쥔 걸 보니 화가 난 모양이었다.

"이 미친놈아!"

크리스가 으르렁댔다. 숀은 머쓱해하며 사라졌다. 크리스의 목소리를 듣고는 도망칠 수밖에 없었을 것이다. 아무것도 할 줄 아는 게 없으면서 자기들이 세다고만 생각하는 저런 유치하고 무책임한 십대라니.

갑자기 학교가…… 그냥 학교가 되어 버렸다. 저 어리숙하고 책임감 없는 녀석들은 자기들이 천하무적이라고 생각하겠지. 실은 아무것도 모르면서.

진짜 중요한 경험을 해본 사람은 다른 보통 사람처럼 행동하지 않는다. 샨테 얀센만 봐도 그렇다. 그 애는 1학년 때 임신한 이후로 새사람이 되었다. 아이가 십대 엄마를 키운 셈이다. 샨테에게 학교 일은 더 이상 중요하지 않았다. 그저 할 일을 마치고 집으로 돌아갈 뿐, 더 이상 시간을 낭비하지 않았다. 나도 마찬가지다. 학교나 다니고 있기엔 내가 다 커버린 느낌이었다. 사실은 그렇지도 않은데 말이다. 기분이 묘하다.

다행스럽게도 학교에 오래 있을 필요가 없다. 지난 3년간 성적이 꽤 좋았기 때문에 내 시간표는 다른 애들보다 짧아서 정오면 집에 갈 수 있다. 내가 진도를 따라잡을 수 있도록 교장선생님이 다른 선생님들을 통해서 보충 과제를 주었지만, 난 별로 걱정하지 않았다. 나에게 학교는 꽤 쉬운 곳이다. 사진 찍을 때 웃는 것보다는 확실히 쉬웠다.

원래는 아침 8시 45분부터 정오까지 수업을 받고, 1시부터 5시 30분까지 은행에서 인턴 과정을 밟을 예정이었다. 은행에서 일하고 싶었던 건 아니다. 두꺼운 유리 너머에서 하루 종일 남의 돈을 세는 게 지루해 보였기 때문이다. 다만 돈을 벌 수 있다니 흥분되었다. 하지만 새 학기 시작부터 몇 주를 결석하면서 은행 일도 못 하게 되자, 다른 학생이 내 자리를 대신 차지했다. 일터를 잃고 나니 학교가 끝나도 할 일이 없었다.

인턴 자리가 다른 학생에게 갔다는 소식을 들었을 때 아빠는 나에게 걱정하지 말라고 하셨지만, 나는 다른 일자리를 찾고 싶었다. 이렇게나 시간이 많으니 더더욱. 게다가 아빠가 걱정하지 말라고 한 건 엄마가 돌아가시기 전이었다. 지금은 다르다. 이제는 시간을 때우기 위해서라기보다는 아빠를 도와드리고 싶은 마음에 더더욱 일하고 싶어졌다.

나는 내가 생각해도 우등생이지만, 소위 말하는 실무 경험이 하나도 없다. 존스 아주머니네 집 계단을 청소해 드린 것은 경력으로 내세울 만한 것이 아니다. 그래서 고등학생들에게는 꿈의 아르바이트로 꼽히는 패스트푸드점을 알아보았다. 클럭 버켓은 동네에서 가장 음침한 장소였지만 급여는 다른 패스트푸드 체인점에 비해 꽤 높다고 했다. 사람들이 말하길 클럭 버켓 사장은 돈 많은 갑부인데, 몸에 안 좋은 음식을 팔면서 동네 사람들의 건강을 해치는 대신에 직원들을 먹고살게 하는 식으로 사회에 공헌한단다. 그런데 그렇게 맛있는 음식이 어떻게 몸에 나쁠 수 있다는 거지?

나도 셀 수 없을 만큼 자주 거기에서 점심을 먹었다. 엄마는 금요일 밤마다 클럭 버켓에서 치킨을 사 오라고 시키셨다. 우리 가족은 월요일부터 금요일까지 집밥을 먹다가 주말은 종종 외식을 하곤 했다. 주중에는 말 그대로 '우리'가 직접 요리했다. 나는 어려서부터 엄마의 보조 조리사였다. 이것저것 썰고, 다지고, 볶고, 뿌리면서 나는 프라이팬과 냄비와 친해졌다. 그래서 클럭 버켓에서 일하는 게 나와 딱 맞을 거라고 생각했다. 나는 굽기를 할 줄 알고, 무엇보다 그곳의 음식을 좋아했다. 특히 비스킷. 엄마는 그 비스킷이 진짜 시골에서 만든 것 같다고 하셨다. 나는 시골 비스킷을 먹어 본 적이 없지만, 확실히 거기 비스킷은 최고였다. 사실 클럭 버켓 음식이라면 다 맛있고, 심지어 홍차마저 훌륭했다.

"다음 분 주문 도와드릴게요."

계산대 뒤에 서 있던 여직원이 나처럼 맥 빠진 목소리로 말했다. 그 애는 헬멧 같은 그물을 머리에 썼고, 목에 금색 줄로 맨 이름표에는 흘림체로 '르네'라고 적혀 있었다.

계산대 앞으로 가는데 운동화가 끌리면서 바닥에 끼어 있던 무언가가 빠지는 듯 이상한 소리가 났다.

"클럭 버켓에 오신 것을 환영합니다. 콤보, 스페셜, 클럭 디럭스 중 어느 걸 드릴까요? 디저트 메뉴의 셰이크는 어떠세요?" 그녀가 눈을 굴리며 시선은 다른 데를 향한 채 재잘거렸다.

"혹시 직원 뽑으시나요?" 나는 조용하게 물어보았다. 다른 사람이 내가 일자리를 구하는 걸 알게 되는 건 상관없었지만, 한편으로는 내 일에 아무도 상관하지 않았으면 했다.

르네는 나를 1초간 쳐다보더니 "기다리세요"라고 짜증 난다는 투로 내뱉고는 뒤로 돌아 뭐라고 외쳤다. 나는 그 애가 스테인리스 진열대에 놓여 있는 치킨에게 소리치는 줄 알았다.

"클라라, 우리 사람 뽑는대?"

다른 직원이 진열대 뒤에서 모습을 나타냈다. 르네처럼 보라색 셔츠가 아닌 하얀색 셔츠였다. 그물 속에 감춘 땋은 머리가 마치 뱀 같았다.

"아르바이트 하려고요?" 클라라가 거친 목소리로 물었다.

"네."

그녀는 계산대 밑으로 손을 넣더니 종이 한 장을 꺼냈다. 아르바이트 지원서였다.

"저기에서 이거 작성해 주세요."

클라라는 문에서 가까운 자리를 가리켰다.

"다 써서 가지고 오세요."

클라라는 계산대 위에 있던 펜을 꺼내 주며 덧붙였다. "펜은 가져가시면 안 돼요."

나는 자리에 앉아서 지원서를 작성하기 시작했다. 기름 찌든 냄새, 사람들이 오가는 소리, 쓸데없는 농담을 하며 떠드는 소리, 학교를 빼먹은 아이들, 점심시간을 맞은 막노동자들, 과자를 구걸하는 마약쟁이, 온갖 사람들이 내는 소리들을 무시하고 지원서에 집중하기란 쉽지 않았다. 손님이 들어설 때마다 입구에서 벨소리가 울렸고, 그 사이로 자동차 경적 소리, 경찰차 사이렌 소리가 울렸다. 저 망할 소음은 사방에서 들려왔다.

"아가씨, 여기 뭐가 맛있어요?" 내 또래 젊은 남자가 르네에게 수작을 걸었다. "머리에 그거 쓰니까 예쁘네요." 그가 장난스레 말하자 일행들이 웃음을 터뜨렸다. 나는 르네의 반응을 보고 싶었지만, 그가 바로 앞에서 있어서 볼 수 없었다. 하지만 목소리는 들렸다.

"네, 고맙습니다. 뭐 드릴까요, 손님?"

남자는 몸을 좌우로 흔들며 머리에 쓴 모자와 가랑이를 만지작거렸다.

"아가씨 전화번호요." 남자는 여전히 치근댔다.

"그건 됐고요, 먹을 것은 어떠세요." 르네의 목소리에는 변화가 없었다. 아마도 이런 일을 자주 겪는가 보다. 친구들 보란 듯이 수작을 부리는 바보 같은 족속들. 나는 이런 장난이 먹히는지 항상 궁금했다. "전화번호가 뭐예요?"라고 물으면 여자애들이 훅 넘어갈까? 아닐 텐데.

"네, 네, 네, 알았어요. 디럭스 주세요."

"디럭스는 없습니다. 다 팔렸어요."

"젠장, 알았어요. 음, 그럼 클럭 스트립 다섯 개 주세요."

"스트립도 없어요."

"네? 정말요?"

"정말입니다."

"알았어요. 그럼 치킨 세 조각 주세요. 치킨은 있는 거 다 알아요."

남자는 실망했다는 듯이 고개를 까닥거리며 웃었다. 이때 남자가 옆으로 움직여서, 내 시야에 르네가 들어왔다. 그녀는 몸을 돌려 진열대 위에 있는 치킨을 보았다. 어림잡아도 60개는 넘어 보였다. 하지만 르네는 다시 남자를 향해 몸을 돌리고 이렇게 말했다.

"다 나갔어요."

"뭐라고요?"

"다 나갔어요. 치킨 없다고요."

"저기 있는데 뭐라는 거예요?"

"다 나갔어요."

남자는 뭐에 얻어맞은 듯 멍하니 서 있었다.

르네는 킬킬거리며 손을 얼굴로 가져갔다. 그러고는 손가락을 카메라 모양으로 만들어 사진을 찍는 시늉을 하면서 "찰칵" 하고 외쳤다. 르네는 자신이 찍은 사진을 체크하듯이 손으로 만든 카메라를 쳐다보고는 놀리듯 말했다.

"이런, 사진이 잘 안 나왔네요."

남자의 친구들은 그를 보며 웃기 시작했다. 그가 뭐라고 입을 떼기도 전에 르네가 외쳤다.

"다음 분 주문 도와드릴게요!"

남자는 갑자기 날카로운 표정을 하고는 르네를 위아래로 훑었다. 그러고는 '너도 그렇게 예쁘진 않아'라고 하는 듯한 시선을 던지더니, 몸으로 테이블과 의자를 요란하게 부딪치며 퇴장했다. 친구들도 강아지 떼처럼 그의 뒤를 따랐다. 나는 지원서를 내려다보았다. 저런 애들은 분을 풀기 위해 항상 다른 사람들을 괴롭히지만, 나는 그런 데에 신경 쓸 기분이 아니었다.

바로 뒤에 서 있던 손님이 치킨 50조각을 주문하자, 줄을 서 있던 사람들이 모두 웃었다. 확실히 르네가 치킨을 팔 수 없는 이유가 있었다. 이미 예약한 손님이 있었던 것이다.

"고마워. 클라라에게 미리 말해 두긴 했지만."

치킨을 산 손님이 말했다.

"천만에요, 레이 아저씨."

레이 아저씨? 나는 고개를 들었다. 진짜로 윌리 레이 아저씨가 거기 서서 르네가 치킨을 바구니에 다 담을 때까지 기다리고 있었다.

레이 아저씨는 키가 크고 마른 중년 남자로, 동네에서는 딱 두 가지로 알려져 있다. 첫 번째는 그가 장의사라는 것. 아저씨는 아버지로부터 '레이의 장례식장'을 물려받아 지금까지 운영하고 있다. 이상하게 들릴지도 모르지만 이 근방에서 숨을 거둔 어린애건 노인이건 대부분 윌리 레이 아저씨네 문턱을 넘었다.

두 번째로 알려진 건 암이다. 아저씨는 두 번이나 암에 걸렸다가 완치되었는데 이 사실이 알려지게 된 것은 그가 암을 두 번째로 이겨 낸 이후였다. 그때부터 마치 암에 관한 한 무슨 여호와의 증인처럼 변해서 이

윗집 현관문을 두들기고 암 예방에 관한 팸플릿을 뿌리고 다녔다. 아저씨는 하나님이 자신을 살려 준 이유는 암이라는 질병에 대해 더 많은 사람들에게 알리라는 사명을 주었기 때문이라고 믿었다. 마치 전에는 아무도 암이 뭔지 몰랐다는 듯이 말이다. 엄마는 레이 아저씨에게 농담으로 이렇게 말하곤 했다.

"윌리, 우리를 괴롭히라고 하나님이 살려 주신 거예요? 그럴 리는 없을 텐데."

레이 아저씨는 엄마에게 항상 친절했다. 엄마가 저렇게 말해도 아저씨는 그저 웃으며 고개를 흔들고 옆집으로 발을 옮겼다.

"레이 아저씨?" 내가 먼저 아저씨를 불렀다.

"매슈, 어떻게 여기서 만나니? 잘 지냈어?"

아저씨는 언제나처럼 다리를 절며 내 옆으로 걸어오면서 말했다.

"그럭저럭요." 나는 일어서서 아저씨와 악수했다. "무슨 치킨을 그렇게 많이 사세요?"

"장례식이 있거든. 유가족 중에 음식 준비할 사람이 없나 봐. 돈을 더 내고 식사까지 준비해 달라고 해서. 그러면 항상 여기 와서 치킨을 사 가지. 구하기도 쉽고 사람들이 좋아해." 그가 설명했다. "너는 뭐 하니?"

"아르바이트 하려고요." 나는 이름만 적은 지원서를 가리켰다.

"어디? 여기서?"

"네."

아저씨는 잠깐 말없이 서 있다가, 내가 클럭 버켓에서 일하겠다는 게 마음에 들지 않는다는 듯이 다시 한 번 말해 보라고 하셨다. 나는 부끄러울 게 없었다. 힘들긴 하겠지만 정직하게 돈을 버는 일이다. 그리고 나는 클럭 버켓에서 맛있는 치킨 조리법을 배워서 집에서 직접 만들고 싶었다. 언젠가는 클럭 버켓처럼 비스킷을 만들어서 아버지와 먹을 수도 있다.

"매슈, 여기서 일하면 여기 음식은 먹지 못하게 될 거야." 마침내 아저씨가 농담조로 말했다.

나는 이해가 가지 않았다. 세상에는 아무리 먹어도 질리지 않는 게 있지 않나? 나에겐 클럭 버켓의 음식이 그렇다. 은행에서 일한다고 돈에 질리나? 그래, 조금은 그렇겠지. 레이 아저씨 말이 아주 틀린 건 아니다. 그냥 이해가 안 될 뿐이다. 하지만 아무 말도 하지 않고 어깨를 으쓱했다.

"매슈, 난 네 어머니와 아주 친했단다. 너희 아버지와도 마찬가지야. 일자리가 필요하면 내 일을 도와주겠니? 그러면 몇 푼은 벌 수 있어. 급여는 여기가 나을지 몰라도, 우리 가게에서 일하면 저런 이상한 애들을 상대하거나 밤마다 튀김 냄새 풍기면서 집에 들어가지 않아도 돼. 어때?"

레이 아저씨는 소매를 걷어 올리고, 손목시계의 도금 부분이 드러나도록 돌렸다.

"너 말야." 아저씨가 시계를 보며 목소리를 낮춰 말했다. "머리에 저런 그물을 쓰고 싶은 건 아니잖아."

하긴 그것도 정말 우습겠군.

난 잠시 생각에 잠겼다. 레이 아저씨는 확실히 우리 가족의 친구였다. 우리 엄마에게 항암 치료에 대해 알려 주기도 하고, 유방암에 대해서는 잘 몰랐지만 항암 치료의 고통을 잊는 방법으로 아이스크림을 추천해 주기도 했다. 사실 레이 아저씨는 엄마가 병원에 실려 가던 날, 영영 집을 떠난 바로 그날, 우리를 도와주셨다. 구급차 들것에 실려 가기를 거부하는 엄마를 계단으로 부축할 때 아빠를 도와주신 것이다.

"나는 공주님이나 어린애처럼 실려 가지 않겠어."

아빠와 레이 아저씨가 엄마의 팔을 하나씩 잡아 주었고, 엄마는 몸을 굽혀 고통스러운 발자국을 내디디면서 사납게 내뱉었다. 아빠는 마치 여왕님을 모시는 것 같다며 농담했고, 엄마는 "정말 그렇네!" 하고 대답했다. 레이 아저씨도 맞장구쳤다.

"데이지, 당신은 이 집, 이 골목, 이 동네를 비롯한 온 브루클린의 여왕이오!" 레이 아저씨가 장난스럽게 말했다. "당신이 돌아왔을 때는 여기에 왕좌가 놓여 있을 거요."

엄마는 영영 돌아오지 못했지만, 그때 우리는 긍정적인 레이 아저씨 덕분에 마음이 놓였다. 아저씨는 늘 그랬다. 마음씨 좋은 아저씨. 레이 아저씨를 신뢰하지만 내가 장례식장에서 일할 수 있을까? 레이 아저씨에 대해서는 별로 걱정하지 않았다. 단지 '죽음'에 관련된 일을, 항상 슬픔에 잠긴 사람들에 둘러싸여 한다는 게 마음에 걸렸다. 엄마가 돌아가신 것도 견디기 힘든데, 낯선 사람들과 하루 종일 같이 있는 건 지옥 같을 것이다. 그러나 레이 아저씨의 말을 들어 보니, 돈은 꽤 벌 수 있을 것 같았다. 여기서 일하면 이곳 음식을 못 먹게 될 거라는 말은 안 믿지만 왠지 찜찜하기도 했다. 그래도 확신은 들지 않았다. 장례식장 아르바이트라…….

"고마워요, 레이 아저씨." 나는 펜을 두드리며 말했다. "그런데 제가 잘할 수 있을지 모르겠네요. 그게…… 그러니까……."

나는 이유를 말하려고 애썼지만, 레이 아저씨는 그럴 필요 없다는 표정이었다.

"말하지 않아도 돼, 맷." 그가 손을 들며 대답했다. "나도 알아."

나는 왠지 부끄러운 마음에 고개를 떨구었다. 레이 아저씨는 나를 이해한다고 했지만, 고작 음침한 치킨 집에서 일하겠다고 아저씨의 제안을 거절한다는 건 내가 봐도 바보짓이다. 그러나 엄마의 장례식을 떠올리게 되는 곳에서 매일 일하는 것도 바보짓이기는 마찬가지다. 내 인생 최악의 기억을 매일매일 되살리는 대가로 돈을 받는 셈이니까. 레이 아저씨는 내 어깨에 손을 얹었다.

"마음이 바뀌면 연락해라."

나는 고개를 들지 않았다. 대신 고개만 끄덕이고 다시 지원서의 주소란을 채웠다. 가능한 업무로 튀기기를 선택했다. 아니면 죽는 것밖에 할 게 없다. 나에겐 선택권이 별로 없었다.

레이 아저씨가 다시 계산대로 돌아가자마자, 가게문이 열리고 볼이 터질 듯한 어린 여자아이가 손으로 입을 틀어막고 뛰어 들어왔다. 그 여자애는 화장실 문을 열기도 전에—젠장! 다 들어오기도 전이었다—붉게 덩어리진 점액을 끈적끈적한 바닥에 쏟아 버렸다. 마치 할머니가 만든 푸딩 같았다. 이런 걸 뭐라고 하더라? 티피오키? 맞다, 타피오카. 빨간 타피오카.

내가 질색하는 한 가지가 있다면 그건 토사물이다. 아니, 사실 두 가지다. 타피오카와 토사물. 딱히 이유가 있어서가 아니라 그냥 질색이다. 토한다는 것 자체도 역겹지만 그 모양, 냄새, 소리까지, 모든 게 너무 역겹다. 그 여자애가 점심 먹은 것을 쏟아 내자, 나는 의자에서 벌떡 일어나 옆에 있는 레이 아저씨에게로 펄쩍 뛰었다. 그리고 그대로 아저씨를 넘어뜨릴 뻔했다.

"이게 무슨……!"

트림 소리와 구토 소리가 나자 레이 아저씨는 잽싸게 뒤를 돌아보았다. 그리고 테이블 밑 의자가 미끄러지고 자리를 피하는 내 발소리를 듣고는 "클라라!" 하고 외쳤다. "클라라! 여기 좀 와봐!"

나는 레이 아저씨 옆에서 토한 아이를 등지고 섰다. 르네를 비롯한 손님들의 역겨워하는 표정이 보였다. 레이 아저씨는 숨을 헐떡이는 그 소녀에게 시선을 고정했다.

르네는 목을 빼고 무슨 일이 일어난 건가 보다가, 지저분한 토사물을 발견하고는 입을 꾹 닫고 고개를 저었다. 이런 일이야 늘 본다는 듯이. "클라라, 여기 치워야겠어." 르네가 심드렁하게 말했다.

"클라라!" 레이 아저씨가 다시 한 번 소리쳤다.

"가요, 가!" 클라라가 노란색 대걸레와 양동이를 가지고 주방 옆문으로 나오면서 목청을 높였다. 클라라 뒤로는 한 남자가 큰 주황색 고깔과 모래주머니 비슷하게 생긴 걸 가지고 따라 나왔다.

"세상에!" 클라라가 나를 스쳐 지나가면서 말했다. 나는 치킨에 시선을 고정했다. 토사물을 보면 나도 타피오카를 쏟을지도 모른다.

"그거 내려놓고 재한테 물 좀 갖다 줘." 클라라가 모래주머니를 가져온 남자에게 말했다. 남자는 재빨리 주방으로 달려갔다가 1초도 안 돼서 물이 담긴 컵을 가지고 나왔다.

"앉아." 클라라는 토한 소녀에게 말했다.

"정말, 정말 죄송해요." 소녀는 울면서 같은 소리를 자꾸 했다. 목소리가 변한 것을 보니 물을 한 모금 마신 모양이다.

"정말 죄송해요. 화…… 화장실까지 갈 수가 없었어요."

소녀는 민망해하며 말했다. 실은 나도 왠지 부끄러워지던 참이었다. 나는 레이 아저씨의 제안을 거절한 걸 이미 후회하고 있었고, 겁먹은 내 모습을 본 직원들은 나를 겁쟁이로 보고 있었다. 그러니 창피할 밖에.

"다음 분!"

르네가 외쳤다. 보아하니 그녀는 별로 신경 쓰는 것 같지 않았다. 역겨워하지도 않았다. 그녀에겐 이런 일이 일상이었다. 물에 젖은 오래된 양말 냄새로 가득한 이곳에서 어떻게 식욕이 돋는지 모르겠지만, 사람들은 주문을 계속했다.

레이 아저씨는 식당을 정면으로 보면서 나에게 팔을 둘렀다.

"이제 괜찮아, 매슈." 그가 말했다.

"지원서를 마저 써라. 이런 것까지 참을 수 있으면 여기서 일할 수 있어."

아저씨는 큭큭 웃으면서 계산대로 갔다.

"잠깐요, 레이 아저씨."

나는 손을 뻗어 아저씨의 팔을 잡았다. 아저씨가 나를 향해 몸을 돌렸다.

"어…… 아저씨네 장례식장에서 일하려면 죽은 사람을 만져야 하나요?"

솔직하게 물었다. 그는 팔짱을 끼고 말했다.

"만질 수 있겠니?"

"아뇨."

"그럼 만지지 않아도 돼."

나는 고민에 빠졌다. 장례식장은 별로 내키지 않았다. 하지만 내가 좋아하는 음식을 못 먹게 되는 것도, 이상한 사람들이 하는 쓸데없는 말을 들어 주는 것도, 토사물을 치우는 건 더더욱 내키지 않았다.

"알았어요." 나는 레이 아저씨에게 대답했다.

"알았다고?"

"네."

레이 아저씨가 미소 지었다. "좋아." 그는 고개를 끄덕였다. "따라와. 오늘부터 시작해도 돼."

나는 클라라가 준 펜을 계산대 위에 놓았다.

출입구로 향하면서 나는 그녀가 비웃고 있다는 걸 눈치챘다. 토사물 위에 뿌린 모래 더미를 넘으면서 나는 숨을 참았다. 이름과 주소만 적은 지원서는 테이블 위에 내버려 둔 채 식당 문을 나섰다.

"이번엔 누구 장례식이에요?"

나는 치킨을 접시에 옮겨 담으면서 레이 아저씨에게 물었다. 식사는 장례식장 지하실에서 하지만, 모든 준비는 위층에서 했다. 밖에 검은색 정장을 차려입고 서로 포옹하며 위로하는 유족들을 봤기 때문에 장례식이 열린다는 건 알고 있었다. 이 장례식장의 장점은 에어컨이 있다는 것이었다.

"론다 제임슨 아니?" 레이 아저씨가 물었다. 아저씨는 가슴살을 닭다리 옆에 놓았다.

"제임슨 아주머니가 돌아가셨어요?"

"아니, 제임슨 아주머니는 멀쩡해. 아주머니네 아버님이 지난주에 돌아가셨어."

"아. 아버지와 꽤 오랫동안 살지 않으셨나요?"

"그랬지." 아저씨는 고개를 저었다. "그래도 아버지의 죽음은 받아들이기 쉽지 않을 거야."

레이 아저씨는 크고 좋은 그릇을 테이블 위에 놓고, 통조림 샐러드를 숟가락으로 퍼서 담기 시작했다. 식당은 꽤 좋은 편이었다. 아저씨는 테이블보를 깔고 조화로 장식한 다음(나는 생화를 좋아하지 않는다. 이유는 나중에 설명하겠다.) 나에게 딱딱한 의자를 치우고 대신 쿠션이 있는 의자를 놓으라고 지시했다.

식탁을 차리고 나자 더 할 일이 없었지만, 그렇다고 집에 가고 싶지는 않았다. 동시에 나는 레이 아저씨가 내 기분이 어떤지, 잘 이겨 내고 있는지 묻지 않기를 바랐다. 다들 나를 위로하려고 그런 질문을 하지만 답은 하나였다. 기분이 어떠냐고? 글쎄…… 한번 생각해 볼까. 엄마가 며칠 전에 돌아가셨어. 그런데 기분이 좋을 리가 있나.

다행히도 레이 아저씨는 그런 것을 묻지 않았다. 오히려 엄마에 대해서는 한마디도 하지 않았다. 대신 아저씨가 내 나이 때 뭘 했는지 말하기 시작했다.

"매슈." 레이 아저씨가 한숨을 쉬며 말했다. "너는 나보다 낫다. 책임감이 있어. 그렇지?" 아저씨는 벽에 몸을 기대고 두 발을 꼬았다.

"그럴지도요." 나는 레이 아저씨가 무슨 말을 하려는지 알 수 없었다.

"나는 네 나이 때 돈 벌 생각은 안 해봤어. 오로지 치마만 생각했지."

"치마를 입고 싶었다고요?" 나는 깜짝 놀랐다.

"아니야! 내 말은……." 아저씨가 흥분하자 안 그래도 거친 목소리가 더 거칠어졌다. "여자애들 말이야. 치마 입은 여자들. 우리는 그저 여자 생각밖에 없었어. 네 친구 크리스처럼."

레이 아저씨는 내가 오래된 은어를 알아듣지 못해 실망한 기색이었다.

"아."

내가 킬킬거렸다. 크리스는 확실히 여자들을 좋아한다.

"음, 저도 여자 좋아해요. 그것도 많이. 단지 지금은 다른 생각이 많은 것뿐이에요."

나는 거기에 큰 의미를 두지 않는다. 여자야 좋지. 하지만 고등학교를 졸업하면 그것도 다 지난 일이 될 거다. 영원히. 그렇고말고.

"그래서 네가 보통 애들이랑 다르다는 거야. 나랑 내 동생 로비는 지나가는 여자 가랑이를 보느라 차 사고도 많이 냈지."

가랑이? 나는 실소를 참지 못했다. 레이 아저씨도 따라 웃었다. 아저씨는 내가 아저씨와 아저씨 동생을 두고 웃는다고 생각하겠지만, 실은 '가랑이'라는 단어가 우스웠다. 노인네들이나 쓰는 단어 아닌가.

우리가 얘기를 나누는 동안 위층에서 사람들이 움직이는 소리가 들렸다. 누구 목소리인지는 알 수 없어도 걸어 다니는 소리는 다 들렸다. 사람들이 제임슨 씨의 장례식에서 뭘 하고 있는지 궁금했다. 웃는지 우는지, 아니면 둘 다인지. 아니면 옆 사람 외모에 대해 이러쿵저러쿵하려나. 어쩌면 내가 그랬듯이 제임슨 아주머니도 울음을 터뜨릴지도 모른다.

"레이 아저씨, 뭐 좀 여쭤 봐도 될까요?"

"그럼." 아저씨가 다리를 꼬는 것을 보아하니, 내가 여자에 관해 물어볼 거라고 생각하는 게 틀림없었다. 그러나 내 질문은 그게 아니었다.

"위층에 올라가 봐도 돼요?"

"뭐라고?" 아저씨는 이해가 안 된다는 듯 다시 물었다. 나는 위층을 가리켰다.

"위에요. 장례식에. 잠깐이면 돼요."

"거긴 왜?" 그는 머리를 살짝 옆으로 기울였다.

나는 어깨를 으쓱했다. 왜 하필 그때인지는 나도 몰랐다. 그냥 갑자기 가고 싶었다. 가야 했다.

레이 아저씨는 몇 초간 나를 유심히 보았다. 그러고는 입술을 핥았다.

"이리 와봐, 매슈."

아저씨가 양복 재킷을 벗으면서 말했다.

"장례식에 가고 싶다면 예의를 갖춰야지."

아저씨는 나에게 재킷을 입혀 주면서 충고했다.

"뒷자리에 앉아라."

장례식장 위층은 좀 더 어둡고 테이블이 없는 것만 빼면, 아래층과 구조가 같았다. 나무로 만든 단상과 푹신한 접이식 의자들이 줄 맞춰 놓여 있었고, 조명은 엄마의 장례식이 열렸던 교회의 환한 불빛과는 달리 흐릿했다. 그런 어둠이 분위기를 한층 무겁게 만들었다. 이런 분위기라면 몰래 울 수 있을 것이다.

레이 아저씨의 동생인 로비 레이가 장례식 진행을 맡았다. 교회로 치면 목사님 같은 역할이었다. 그러나 로비 레이 아저씨는 목사가 아니다. 솔직히 그는 여자들의 '가랑이'를 좇아다니던 때와 별반 달라진 것이 없었다. 지금도 그는 데이트에나 어울릴 법하게 차려입었다. 꽉 달라붙는 셔츠는 마치 해변에 와 있는 듯이 가슴까지 풀어헤쳤고, 금시계, 금목걸이에, 새끼손가락에는 금반지를 꼈다. 엄마는 그를 두고 1970년대 우주에서 온 광대 같다고 놀리곤 했다.

"이제 제임슨 씨의 친구들을 자리에 모시겠습니다." 로비의 낮은 목소리는 심야 라디오 진행자 같았다. 일부러 멋을 내느라 그러는 것 같은데 진짜 목소리가 어떤지는 나도 모른다.

나는 레이 아저씨가 일러 준 대로 맨 뒷자리에 앉았다. 약간 어색한 기분이 들었다. 초대받지 않은 자리에 있어서가 아니라 레이 아저씨의 재킷을 걸친 팔이 꼭 촉수처럼 느껴졌기 때문이다. 레이 아저씨가 마른 체형이라서 어깨는 대강 맞았지만 소매가 너무 길었다. 나는 자꾸만 소매를 손목까지 올리고 흘러내리지 않도록 손가락을 쫙 폈다.

내 옆에는 보라색 치마 위에 검은색과 보라색 물방울무늬 폴카 셔츠를 입은 중년 여성이 앉아 있었다. 장례식에서는 검은색 옷만 입어야 한다고 누가 정했을까? 나는 내가 입고 있는 청바지와 녹색과 갈색이 섞인 나이키 운동화를 내려다보며 생각했다. 그러다가 옆자리 아주머니를 흘깃 쳐다보고 고개를 까딱했다. 아주머니는 나에게 어색한 눈길을 보냈다. 처음엔 내가 올 자리가 아니라고 생각해서 그러는 줄 알았다. 그러나 아주머니가 재채기를 하려고 코를 씰룩대는 걸 보고, 내가 입고 있는 레이 아저씨의 재킷에서 풍기는 향수 때문임을 알아차렸다. 중년 남자가 왜 향수 따위를 뿌리는 걸까. 엄마가 말씀하시기를, 나이 든 남자는 비누나 뜨거운 샤워보다 냄새가 강한 것이 더 좋다고 생각해서 술이나 향수에 몸을 푹 담근다고 했다. 나는 옆자리 여자분에게 악취 때문에 죄송하다고, 불편하게 해드릴 생각은 없다고 말하고 싶었다. 하지만 그러지는 못하고 대신 미안해하는 표정으로 고개를 까딱였다.

"안녕하세요, 안녕하세요."

누군가 단상에서 중얼거렸다.

"저는 A. J. 매크레어리라고 합니다. 매크레이가 아니라 매크레어리요."

나이가 많고 등이 굽은 남자가 자신의 이름을 잘못 말한 로비를 쳐다보며 말했다.

"여러분은 왜 클라크가 '스피드-오'라는 별명을 얻었는지 궁금하지 않으신가요?"

A. J. 매크레어리는 단상 위에서 몸을 마이크 쪽으로 더 기울였다. 그의 얼굴은 마치 가죽만 남은 것 같았는데 눈은 유독 크고 빛났다. 흰머

리가 옆으로만 나 있어서 꼭 고운 면으로 만든 귀마개를 한 것 같았다.

"궁금하지 않으세요?"

다시 한 번 묻는 그의 끈끈한 목소리는 입안에 이가 하나도 없는 사람의 목소리처럼 이상하게 들렸다. 몇몇은 툴툴거렸지만 몇몇은 "얘기해 줘요!" 하고 외쳤다.

"아, 그래요. 그럼 얘기해 드리지요." 그가 마이크 높이를 조절하면서 대답했다.

"우리 어렸을 때 디칼브*에는 경찰들이 주로 드나들던 오래된 도넛 가게가 있었습니다. 어느 날 그 가게 밖에서 어슬렁거리고 있는데 클라크가 나에게 돼지고기가 어쩌고저쩌고 하면서 말을 걸었습니다. 흑인 신문에서 말콤 X가 할렘에서 연설한 내용을 읽고 있던 거죠. 60년대 상황이 어땠는지 다들 아실 테죠. 사람들이 이름을 바꾸는 등 여러 가지 일들이 있었죠."

나이 많은 조문객들은 동의한다는 듯 고개를 끄덕였다. 나는 내 옆에 앉은 아주머니가 아프로 헤어스타일을 한 모습을 상상해 보았다. 으윽.

"클라크가 혁명에 대해서 떠들길래 내가 말했죠. 친구, 넌 아무것도 아니야. 너는 수다나 떨 줄 알지, 절대 그런……." 여기서 그는 잠깐 욕이 나올 뻔했는지 멈칫했다. "근사한 일은 못 할 거야."

조문객들이 킥킥거렸다.

"그랬더니 이 녀석이 말하길 '그럴 것 같냐? 한번 볼래?' 이러잖아요. 그

*일리노이 주에 위치한 도시.

러곤 그 머저리가 도넛 가게에서 도넛 하나는 입에 물고 하나는 손에 들고 뛰어 나오는 게 아니겠습니까. 어린 백인 경찰들이 그 녀석을 쫓더군요. 상상이 가십니까? 경찰이 '도둑이야! 도둑이야!' 소리를 지르더라니까요."

이 정신 나간 이야기에 다들 웃었다. 나도 마찬가지였다.

"그 이후로 며칠 동안 그 친구를 못 봤습니다." 매크레어리 씨가 말을 이었다. "다시 만났을 때 그 녀석은 자기는 결코 잡히지 않았다고 하더군요. 그걸 증명하기 위해서 그때 훔친 도넛 한 개를 나에게 주려고 집에 가져다 놨다고 했어요. 말콤 X가 말하길 자신을 위해 하는 일은 형제를 위한 것이기도 하다고 했다면서요. 그렇게 훔친 도넛 한 개는 제 것이 됐습니다. 믿을 수가 없었죠. 첫째, 그건 미친 짓이었고, 둘째, 도넛 몇 개에 목숨을 걸어서는 안 될 일인 데다가 셋째, 경찰을 따돌리다뇨! 뛰어서 경찰들을 따돌리는 게 얼마나 힘들다고요." 그가 잠시 멈췄다가 다시 말을 이었다. "정말 엄청나게 빨라야 하거든요. 그래서 그때부터 저는 그를 스피드-오라고 불렀고, 그게 그의 별명이 된 거죠."

그는 웃으며 마이크에 대고 거칠게 기침을 하더니 뒷주머니에서 손수건을 꺼냈다. 로비 레이가 그에게 다가가 다시 자리로 안내했지만, 매크레어리 씨는 자리로 돌아갈 생각이 없어 보였다. 하지만 곧 자기에게 주어진 시간이 끝났다는 것을 깨닫고, 시선을 조문객들을 향해 돌리더니 입맞춤을 하듯 마이크에 입술을 가까이 댔다.

"그가 무척 그리울 겁니다. 그의 가족들에게 은총이 가득하길 빕니다. 감사합니다."

그는 빠르게 조사를 마무리 지었다. 그 목소리는 스피커가 터질 듯이 높게 올라갔다. 사람들은 제임슨 씨가 못 말리는 사람이었다는 사실을 인정하듯 고개를 저었다.

로비 레이가 마이크에 대고 다음 연설자를 소개했다. 나는 뭔가 가슴을 자꾸 찌르는 듯한 느낌이 들어서 재킷 안에 손을 넣어 보았다. 암 예방 팸플릿이 무려 10개나 있어 꺼내 버렸다. 잠깐 동안 누구의 재킷을 입고 있는지 잊어버렸던 모양이다. 옆자리 아주머니가 내게 눈길을 던졌다. 나는 사진을 찍을 때처럼 어색한 로봇 표정—큰 눈, 꾹 닫은 입술—을 하고 재빨리 팸플릿을 도로 넣었다. 그때까지 제임슨 씨가 어떻게 돌아가셨는지 나는 몰랐다. 암 때문이었다면 아주 난감한 일이다.

"월리스 씨."

로비가 꾸며 낸 듯 어색하게 섹시한 목소리로 말했다.

두 번째 줄에서 거인 한 명이 일어섰다. 그는 내가 이제까지 본 사람들 중에서 제일 컸다. 머리는 농구공만 했고, 등은 벽돌로 만든 킹사이즈 매트리스 같았다.

"안녕하십니까."

거인이 말했다. 난 웃지 않으려고 노력했지만, 내 귀를 의심할 수밖에 없었다. 몸은 엄청난 거인인데 목소리는 여섯 살짜리 아이 같았다. 높고 찢어지는, 귀여운 목소리. 나처럼 웃음을 참는—마치 입으로 방귀를 뀌는 듯한—괴상한 소리가 여기저기에서 들렸다. 다들 참아 보려고 애는 쓰지만 힘들어 보였다.

"음, 제 이름은 마우스입니다."

그가 마이크 쪽으로 몸을 기울이며 말했다. 오븐 장갑처럼 커다란 손으로는 나무 단상을 양 옆으로 잡고 있었다. 그가 마음만 먹는다면 단상을 두 동강 낼 수도 있을 것 같았다.

"스피드-오 씨는 제가 트럭 회사에 처음 취직했을 때 일을 가르쳐 주신 분입니다. 우리는 오랫동안 같이 일했지요. 많이 웃고 즐겁게 지냈어요."

마우스가 고인과의 추억을 떠올리며 미소 짓자 사이가 많이 벌어진 앞니가 드러났다.

"스피드-오 씨를 아셨던 분들은 그가 얼마나 이야기를 맛깔나게 하는지 아시겠지요. 진짠지 거짓말인지도 모를 정도예요. 물론 그는 거짓말쟁이가 아니었고, 그렇게 보이지도 않았죠. 그래도 몇몇 이야기들은 참 바보 같았어요."

마우스가 바보처럼 웃었다. 웃음소리는 절대 멈추지 않는 딸꾹질 소리 같았다.

"한번은 5일 일정으로 배달을 하느라 애리조나 주를 가로질러 차를 몰고 있었습니다. 아마 8월이었을 거예요. 엄청나게 더웠거든요. 브루클린의 여름은 애리조나에 비하면 아무것도 아니죠." 그가 얼굴에 흐르는 땀을 닦는 척했다. "우리는 대충 주유소를 잡아 차를 세웠습니다. 스피드-오 씨는 예전에 여기 들렀을 때 바로 이 주유소에서 쉰 적이 있다고 하셨어요. 그때도 엄청나게 더워서 말 한 마리가 얼음 냉장고에 몸을 기대고 있었다고 하시더군요. 왜, 가게 앞에 놓인 오래된 얼음 냉장고 아시죠? 그거 말이에요. 그가 말하길 말이 다리 네 개를 꼰 채로 개처럼 헐떡이고 있었다고 하더군요. 다리 네 개를요! 그리고 말이 워낙 더위에 지쳐 있으니까 누가 물려 줬는지 담배를 한 대 물고 있었다는 거예요."

방에 모여 있는 사람들이 웃음을 터뜨렸다.

"그래서 제가 그랬어요." 마우스가 말을 이었다. " '스피드—오 씨, 더위 때문에 정신이 어떻게 된 거 아니에요? 허깨비를 본 거 같은데요?' 그랬더니 뭐라고 했는지 아세요? '아니야. 진짜라고. 왜냐면 내가 바로 말에게 불까지 붙여서 담배를 물린 사람이거든.'"

장례식장은 또 한 번 뒤집어졌다. 사람들은 숨이 넘어가게 웃었고, 어떤 사람은 몸을 앞뒤로 흔들며 눈물을 찍어 내기까지 했다. 나는 이야기 자체도 웃겼지만, 덩치가 큰 사내가 그렇게 아이 같은 목소리를 내는 게 더 우스웠다. 옆자리 아주머니도 킥킥거리고 있었다. 아주머니는 나를 흘끔 보더니 웃고 있는 나를 보고는 고개를 끄덕였다. 서로 쿡쿡 찔러 대는 사람들도 있는 걸 보니 몇몇은 이미 그 이야기를 들어 본 적이 있었던가 보다. 이상하게 나도 제임슨 씨를 잠깐이나마 알고 지냈던 것처럼 느껴졌다.

"그는 아주 진지했어요. 농담이라고도 하지 않았고, 웃음기도 없었죠. 그냥 담뱃불을 붙이거나 제일 좋아하던 간식인 허니번을 뜯으면서 종종 그런 이야기를 했어요. 참 좋은 친구였어요. 나는 그가 무척 그리울 겁니다. 그를 알았다는 것이 참 기뻐요."

마우스는 요란하게 자리로 돌아갔다. 대부분 아직도 웃음에서 빠져나오지 못하고 있는데, 제임슨 아주머니가 마이크를 잡았다.

"저는 린 제임슨입니다."

그녀는 잠시 그대로 서서 조문객이 조용해지기를 기다렸다.

"클라크, 스피드-오 씨는 여러분들도 알다시피 저의 아버지입니다."

제임슨 아주머니는 피곤해 보이긴 했지만 한편 꽤 명랑해 보이기도 했다. 그러고 보면 무척이나 쿨한 장례식이다. 엄마의 장례식과는 확실히 다르다.

"이렇게 자리해 주셔서 정말 감사드립니다. 여러분들이 작별인사를 하러 왔다는 것을 아버지가 아셨다면 무척 기뻐하셨을 거예요."

바로 그때, 아주머니의 눈에 눈물이 차오르기 시작했다.

"저는 울지 않겠습니다." 아주머니는 한숨을 크게 쉬고 자신에게 속삭이듯 말했다. "아버지는 모든 것을 자기만의 방식대로 했어요. 정직하시고 대쪽 같은 분이었죠." 아주머니가 벌어진 앞니를 드러내며 활짝 웃고 있는 마우스에게 한쪽 눈을 찡긋하자, 사람들은 웃음소리를 낮추었다. "아버지는 아버지만의 방식으로 의리를 지켰습니다." 이때 그녀는 매크레어리 씨를 향해 고개를 끄덕였다.

"가장 중요한 것은 아버지가 자신만의 방식을 지켰다는 것입니다." 아주머니의 얼굴은 눈물로 녹아 버릴 것 같았다. "아버지는," 하고 입을 떼었지만 말을 잇지 못했다. 눈물이 터지기 일보 직전이었고, 막을 수 없었다.

자리에 앉아 있던 나는 문득 초조해졌다. 기분이 이상했다. 무슨 일이 일어날지 보고 싶은 마음이 간절했다. 울까? 뛰쳐나가 버릴까? 기절할까? 평생 동안 알고 지낸 이웃인 제임슨 아주머니가 슬퍼하는 모습을 보고 싶지는 않았지만, 한편으로는 아주머니도 나와 같은 감정을 느끼는지 알고 싶었다.

"아버지는……" 아주머니의 목소리가 떨렸다. "죄송합니다. 저는…… 저는……." 아주머니는 마이크에서 몸을 떼고 누구든 좀 도와달라는 듯 왼쪽을 쳐다보았다. 하지만 아무도 없었다. 아주머니는 몸을 떨며 피가 날 정도로 아랫입술을 깨물었다. 몇몇이 "괜찮아!" 하고 소리쳤지만 상황은 그렇지가 않다. 그건 나도 알고 아주머니도 안다. 이곳에 있는 그 누구보다 더 잘 안다. 로비 레이가 아주머니를 위로하려고 다가와서 안아주자, 아주머니는 몸을 가누지 못하고 오열했다. 그러자—이상하게 들릴지도 모르겠지만—나는 만족감을 느꼈다.

나는 장례식 전통이 되어 버린 식사 자리에는 가지 않았다. 장례식 외에 다른 것은 필요 없었다. 나는 레이 아저씨에게 멋진 코트를 돌려주고, 집에 가겠다고 말했다.

"숙제하러 가니?" 아저씨가 할아버지처럼 물었다.

"네, 아쉽네요." 나는 거짓말을 했다. 사실 숙제 같은 건 없었다. 사람들이 서로 자기 소개를 하면서 어떻게 제임슨 씨를 알고 지냈는지 이야기하는 데에 흥미가 없었을 뿐이다. 내가 한 번도 제임슨 씨를 만난 적이 없다는 걸 유족이 알면 난감해할 것이 틀림없다. 나와 제임슨 씨는 농담이나 조언을 주고받은 적도 없다. 나는 그냥 공원에서 애들 놀이를 지켜보듯이, 텔레비전 리얼리티 쇼를 보듯이, 장례식을 보고 싶었을 뿐이다.

"그래. 너는 나나 로비와는 확실히 달라." 레이 씨가 팔을 양복 재킷에 넣으면서 말했다. "어서 가봐. 내일 학교 끝나고 여기서 보자."

나는 고개를 끄덕였다.

"내일 봬요."

# 사실은 괜찮지 않아

삶의 일부였던 사람이 갑자기 사라져 버리는 건 정말 이상한 경험이다. 그 사람과 동시에 사라지는 게 한두 가지가 아니다. 요리하는 냄새, 배경으로 깔리는 릭 제임스, 프랭키 비벌리, 아이슬리 브라더스의 노랫소리. 주전자 물이 끓으며 나는 휘파람 소리, 부엌 개수대에 흐르던 물소리……. 엄마는 언제나 부엌 개수대 앞에서 스텝을 밟았다. 엄마 목소리, 엄마 목소리…….

엄마는 다양한 억양으로 말하기를 좋아했다. 내가 태어나기 전에 아버지를 만난 연기 학원에서 여러 가지 억양을 배웠다고 했다. 그렇다고 엄청나게 잘하는 건 아니었지만. 엄마는 배우가 되려고 할렘에서 사우스캐롤라이나로 왔고, 아빠도 똑같은 꿈을 가지고 볼티모어에서 이곳으로 이사했다. 엄마와 아빠의 유일한 차이점은, 엄마는 연기 학원에 다니려고, 아빠는 본인 표현으로는 '끌리는 대로' 왔다는 것이다. 두 분은 성공할 기회를 기다리면서 소울 푸드 식당에서 일하셨다. 아빠는 주방에서 설거지를 했고, 엄마는 홀에서 서빙을 하면서 아무 손님에게나 정신 나간 억양을 선보이곤 하셨다. 엄마는 약간의 사투리에 러시아 억양이 섞인 말을 하면 사람들이 혼란스러워하는 게 재밌다고 하셨다. 흑인 여성이 그런 억양을 쓰니 말할 것도 없었을 것이다. 난 불어 억양을 가장 좋아했다. 엄마가 제일 잘하기도 했고 "위, 위Oui, Oui"*라고 할 때는 프랑스 사람과 구별하기 힘들었다. "오흐부아au revoir"**라면 모를까.

이제 집은 완벽히 침묵 속에 빠져 있다. 아무 냄새도 나지 않는다. 처음으로 텅 비어 있다는 느낌이 들었다. 퀴퀴하고 낡은 듯한. 동시에 낯설다. 아직도 집에 들어서면 일단 평소처럼 엄마를 부르려고 한다. 하지만 이내 마음을 다잡고 부엌 식탁에 앉았다. 그러고는 한때 익숙했지만 갑자기 낯설게 느껴지는 집 안을 둘러보았다

개수대에는 그릇이 없었다. 냄비도, 프라이팬도. 라디오 기능이 있는 디지털 시계는 숫자로 오후 4시 4분을 가리키고 있었다. 벽에는 코니 아일랜드 해변에서 내 손을 잡고 있는 젊은 엄마 아빠의 사진이 걸려 있다. 부모님은 행복해 보였지만 나는 비참한 표정이었다. 나는 그 사진을 찍은 기억이 없다. 그건 나의 첫 해변 여행이었다. 엄마는 내가 모래사장이 뭔지도 모르고 물에 발도 못 담근다며 놀렸다. 그래서 여행 내내 울기만

*불어로 '네'라는 뜻.
**불어로 헤어질 때 하는 인사.

했다. 사진 모서리가 이상한 갈색으로 바래기 시작했다. 아마도 몇 년 동안 개수대에서 나온 수증기 때문일 것이다. 지금까지는 그 사진에 별 신경을 안 썼지만, 이제는 왠지 특별해 보였다. 우리 가족 사진.

엄마가 만든 오래된 요리 노트가 설탕 캔과 밀가루 통 사이에 끼어 있는 게 눈에 띄었다. 엄마는 여기에 내가 따라 하기 쉬운 조리법을 써놓으셨다. 두껍고 쓸모도 없고 여성스러운 요리책 없이도 밥을 해 먹을 수 있게, 엄마만의 요리 비법을 전수해 주시려던 거다. 나는 요리 노트를 집어 들고 식탁에 앉았다. 흉하게 얼룩진 푸른색 커버에는 '맷이 여자들을 사로잡는 비법'이라는 제목이 엄마의 멋스런 필기체로 쓰여 있었다. 여자애들이 정말 좋아하는 건 요리라는, 엄마와 나 사이의 농담이었다. 그런 엄마 덕에 나는 내가 거품기나 체 따위가 뭔지 아는 남자애라는 사실을 자랑스러워하게 되었다. 그건 사실이다.

며칠 전에도 엄마의 요리 노트를 열어 보려고 했지만, 차마 그러지 못했다. 이번엔 한번 해봐야지. 나는 노트 가운데를 펼쳤다.

매슈를 위한 OMG* 오믈렛(OMG가 뭔지 알려 줘서 고마워)

재빨리 노트를 닫았다. 거의 동시에 무척 배가 고팠고 오믈렛이 몹시 먹고 싶었지만 어쩔 수 없다. 엄마의 글씨에서 엄마 목소리가 들리는 것 같았다. 안 돼!

나는 뭔가에 홀린듯이 노트를 식탁 가장자리로 밀어 버리고 의자에 등을 기댄 채로 냉장고 문을 열어젖혔다. 빵과 버터, 반 정도 남은 계란,

우유. 양파도 있었지만 절반은 갈색으로 변했다. 중국 요리도 두 팩 있었는데 하나는 그릇 안쪽에 볶음밥이 조금 붙어 있었고 하얀 플라스틱 포크도 꽂힌 채였다. 또 하나는 가장자리에 정체 모를 소스가 묻어 있었다. 엄마가 돌아가신 이후 나와 아빠는 보다시피 이런 포장 음식만 먹었다. 요리 노트를 10초도 펼치지 않은 결과다.

나는 소스가 묻은 스티로폼 상자를 집었다. 새우와 브로콜리가 있길래 냄새를 맡아 보았다. 으윽! 먹다 남은 중국 음식은 오늘 저녁 메뉴로는 안 되겠다. 이러다가 내 장례식을 치르게 될지도 모른다.

뭔가 잽싸게 만들어 먹을 수도 있지만 그러는 대신 주머니에서 구겨진 2달러를 들고 식료품점으로 갔다. 지미에게 졸라서 몇 달러는 외상으로 하고 샌드위치를 사서 집에 오는 길에 먹기로 했다. 지미는 식료품점 주인이다. 나이는 사십 대 정도에 파키스탄에서 왔다. 동네 사람들은 그가 이라크 사람인 줄 알고 있지만. 그가 파키스탄에서 온 걸 어떻게 알았냐면, 내가 먼저 물었기 때문이다. 내가 묻는 걸 보고 엄마는 "무례하게 굴지 마라"라고 하셨지만, 그는 자기 본명이 지미가 아니라 아마드라는 것까지 말해 주었다. 좋은 사람이다. 하지만 이 사람도 제정신은 아니다. 한번은 식료품점에 강도가 들었다. 지미는 계산대 뒤에서 마체테** 같은 엄청나게 큰 칼을 꺼내더니 강도에게 휘둘렀다. 동시에 그는 동네 사람들에게 뭐라고 소리쳤다. 그러자 그 자리에 있던 사람들이 오히려 지미에

*oh, my god의 약자.

**날이 넓고 무거운 칼.

게 겁을 먹었다. 강도는 훔친 돈을 돌려주면서 미안하다며 사과를 했다. 지미는 식료품점에 있던 손님들에게 절대로 자기 물건을 훔치지 말라고, 돈이 없으면 차라리 솔직히 말하라고, 그러면 자신이 도와주겠다고 했다. 만약 누가 강도짓을 하면, 그 손가락을 분질러서 고양이들이 뜯어먹게 가게 바닥에 뿌리겠다고도 했다. 지미의 뜻이 잘 전달되었는지, 그 이후로 가게에 강도가 들지 않았다.

가게 안으로 들어서자 고양이 똥 냄새와 차가운 고기 요리 냄새가 코를 찔렀다.

"마요네즈는 조금만 뿌려 주세요." 어떤 젊은 남자가 샌드위치 만드는 직원인 마이크에게 말했다. 마이크의 본명은 타히르다.

"마요네즈 뿌릴 땐 왜 이렇게 손이 커요? 파프리카 가루도 좀 뿌려 줘요."

지미는 계산대 뒤에 앉아서 담배, 성냥, 복권, 사탕 따위를 팔았다.

"맷, 잘 지냈어?"

지미가 어색하게 뒤섞인 아랍식 뉴욕 억양으로 말했다.

"네. 그럭저럭요."

계산대 쪽으로 가며 대답했다. 지미는 몸을 앞으로 약간 기울이며 말했다.

"엄마 일은 안됐다. 어떻게 지내고 있는 거야?"

그가 최대한 정중하게 말하려고 애쓰며 속삭였다.

"잘 있어요."

나는 짧게 대답하고 시선을 돌렸다. 식료품점 한가운데 서서 또다시 엄마를 잃은 슬픔에 빠질 수는 없다. 그나저나 지미가 어떻게 아는 걸까. 잘 지낸다는 건 진심이 아니었다. 좌우지간 여기 드나드는 사람들이 말을 옮긴 게 틀림없다. 이 동네에서 일어나는 모든 일들을 알 수 있는 데라면 교회 빼고 여기 지미의 식료품점뿐이다. 대부분은 그냥 뜬소문이지만 말이다. 지미는 무슨 말을 들었을까. 사람들은 엄마가 어떻게 돌아가셨다고 떠들고 다닐까. 이 동네에서는 약물 복용이 흔한 사인이다. 사람들은 "그래, 맞아. 그 여자는 항상 약에 절어 있었어. 좀 이상했지" 이런 식으로 말하고 다닌다. 그래서 엄마 이야기에 대해서도 지미에게 꼬치꼬치 묻지 않기로 했다. 사람들이 어떻게 생각하는지는 상관없으니까.

나는 교실에서 비밀 쪽지를 넘겨 주듯이 구겨진 지폐를 계산대에 내밀었다.

"뭐 줄까?" 지미가 네츠 농구팀 모자를 고쳐 쓰며 물었다.

"샌드위치 주세요. 부족한 돈은 내일 드릴게요."

나는 부드럽게 말했다. 지미는 망설임 없이 내가 낸 2달러를 계산대에 던져 넣었다. 그러고는 고기 자르는 기계 뒤에서 축구공만 한 칠면조 가슴살을 들고 있는 마이크에게 아랍어로 뭐라고 소리쳤다. 마이크도 뭐라 뭐라 대답했다. 둘의 대화는 목을 청소하는 소리 같았지만, 나는 그런 광경에 익숙했다.

"맷, 나는 너랑 네 아빠를 잘 아니까 두 개 줄게. 하나는 아빠 드려."

지미는 웃으면서 나에게 인사치레로 주먹을 내밀었다. 나는 마이크에게 걸어갔다. 그는 주문을 받을 때 항상 그러듯이 고개를 끄덕였다.

"빵에 꿀 발라 주시고요. 양배추, 토마토, 마요네즈, 프로볼로네, 파프리카 가루, 올리브 오일하고 식초, 후추 넣어 주세요. 고기하고 치즈는 따뜻하게 데워 주시고요."

나는 마치 있지도 않은 형제자매의 이름을 나열하듯이 줄줄 읊었다. 이게 내가 어릴 때부터 주문하던 방식이다. 아빠가 하던 그대로 말이다.

"두 개 다 똑같이 만들어 주세요."

"세 개요."

뒤에서 누군가 덧붙였다.

"세 개 해주세요. 프로볼로네 치즈 대신에 체다 치즈로요. 그런 느끼한 건 누가 먹는지 몰라."

마이크는 고개를 저으며 피식 웃었다. 나는 누군지 뻔히 알면서 고개를 돌렸다.

"안녕, 크리스."

"맷."

우리는 하이파이브를 했다.

"웬일이야?"

크리스는 내 소꿉친구로 동네 끝자락에 있는 아파트에서 산다. 갈색 사암으로 지은 집에서 사는 것과 아파트에서 사는 것은 아주 다르다. 갈색 사암 집은 전 층을 소유하든가 아니면 두세 가구가 층을 나누어 산다. 반면에 아파트는 스물이 넘는 가구가 한 층에 사는 것이나 마찬가지다. 그런 건물 안은 굉장히 위험하다. 크리스가 살고 있는 아파트도 마찬가지였다. 상상을 초월할 정도로 위험했다. 사람들은 그곳을 '미친 아파트'라고 불렀다. 동네 깡패들이 밤새 바깥에서 뭔가를 붙이거나, 욕을 하거나, 지나가는 행인에게 마약을 팔기도 했다. 사람들은 그 건물 가까이 주차하는 것도 꺼렸다. 아침이면 차가 어디 다른 데 서 있을지 모르기 때문이다. 실제로 그런 일이 일어나기도 했다.

"그냥 저녁 먹으려고." 내가 대답했다.

마이크는 내가 주문한 샌드위치를 지미에게 건넸다. 지미는 언제나 그러듯이 손가락을 핥더니 카운터 밑에서 돈 가방을 꺼냈다. 그러더니 공중으로 가방을 던져 파리를 때려잡듯이 찰싹 때렸다. 이게 다 겨우 가방이나 열자고 하는 짓이었다. 그냥 손으로 열면 되련만 지미는 쿨해 보이려고 꼭 저렇게 했다. 가방이 터지는 듯한 소리가 들리자 크리스가 깜짝 놀랐다.

"맷, 잠깐 기다려." 크리스가 음료수를 한 캔 계산대에 올려놓고 5달러짜리 지폐를 냈다. "같이 가자."

크리스와 나는 우리 집에 도착해서 현관참에 잠깐 섰다. 사실 이럴 때 누구든 함께 있어 준다는 게 고마웠다. 엄마가 병원에 가신 이후로 누구랑 함께 있어 본 적이 별로 없다. 아빠랑 나는 대개 엄마 옆에서 지인들이 보낸 카드를 열어 보고, 엄마 침대 옆에 장식하느라 시간을 보냈다. 아빠는 엄마에게 카드를 읽어 주겠다고 했지만 엄마는 항상 싫다고 했다. 당연히 아빠는 엄마가 싫다고 하든 말든 카드를 읽었다. 아빠는 엄마가 진짜로 나을 거라고 믿었던 모양이다. 카드 말고도 이웃과 친구들이 보낸 꽃바구니와 풍선들이 매일매일 엄청나게 도착했다. 엄마는 풍선은 밤에 보면 무섭다고 싫어하셨다.

"가끔 아침에 일어났는데 저 바보 같은 풍선이 얼굴 가까이에 있으면

오줌을 지린다니까." 엄마는 깔깔거리면서 이렇게 농담하곤 했다.

나는 꽃 선물이 마음에 들지 않았다. 그냥 바보 같았다. 걱정되는 사람에게 곧 시들어 버릴 때까지 쳐다볼 수밖에 없는 선물을 보낸다는 것은 왠지 잔인해 보였다. 그러나 엄마는 꽃을 아주 좋아하셨다. 돌아가시던 날, 엄마는 꽃바구니를 딱 한 개 남기고 나머지는 간호사들에게 나누어 주셨다. 그동안 자리를 많이 차지했다고, 자신을 보살펴 준 사람들에게 선물하고 싶다면서 말이다. 내 생각에도 데이지 밀러가 평범한 환자는 아니었기 때문에 간호사들이 보답을 받을 자격은 충분했다. 엄마는 나와 아빠에게 마지막 꽃바구니와 그동안 받은 카드를 다 가져가라고 하셨다. 나는 엄마에게 필요 없다고, 엄마가 다 가져야 한다고 말하려고 했는데 아빠가 '그냥 입 닫고 시키는 대로 해라' 하고 말하는 듯한 눈길을 주었다. 나는 카드와 편지를 모았고 아빤 꽃들을 챙겼다. 우리는 뭔가 이상한 느낌을 받았다. 그동안 엄마가 신경도 안 쓰던 카드라면 몰라도 "사랑스러운 것들"이라고 부르던 꽃들마저 다 치우라니. 하지만 더 이상 묻지 않기로 했다. 우리는 그저 엄마가 원하는 대로 할 뿐이었다. 그리고 바로 그날, 깊은 밤에 엄마가 왜 그러셨는지 알게 되었다.

아빠는 새벽 네 시쯤 전화를 한 통 받았다. 아빠와 나, 둘 다 깨어 있었다. 그날 밤 아빠는 자정부터 부엌에서 코냑을 마셨다. 병원에서 돌아오자마자 아빠는 찬장에서 술병을 꺼내 식탁 위에 올려놓고 한참 동안 한 잔도 마시지 않았다. 엄마는 가끔 한두 잔 마셨지만 아빠는 원래 술이라곤 입에도 대지 않았다. 엄마 생각을 하고 있었겠지. 아빠를 탓할 수 없었다. 아빠는 카드를 한 장씩 펼쳐 보더니 내가 잠자기 전에 이야기를 들려주듯이 쾌유를 비는 메시지를 큰 소리로 읽어 주었다. 나는 아빠가 나에게도 한잔 권할 줄 알았다. 왜 아빠와 아들 사이의 정 같은, 뭐 그런 걸 위해서라도 말이다. 하지만 아빠는 그러지 않았다. 아빠는 술병이 낯선 손님이라도 된다는 듯 식탁 위에 올려놓을 뿐이었다. 나는 병원에서 가져온 꽃들을 쳐다보면서 아침이면 시들 꽃들을 내다버려야겠다고 생각했다. 아무 의미가 없는 것들이다.

아빠가 싫어할 줄 알면서도 입을 다물고 있을 수 없었다.

"이거 다 진짜 가지고 있을 거예요?"

나는 꽃잎을 하나 떼면서 물었다. 아빠는 잠자코 카드만 읽고 있었다.

"아빠? 그냥 버리는 게 낫겠어요. 엄마가 싫어하겠지만 어차피 시들어 버리잖아요."

아빠는 잠시 멈칫하더니 아무 말도 못 들은 척하며 이상한 시구를 읊었다.

"똑바로 서라, 사랑이 최고의 약이다."

나는 꽃들을 내버려두었다. 그리고 식탁에서 잠깐 잠이 들었는데 다시 깨서 보니 아빠는 계속 카드를 읽고 있었다. 자정 15분 전이었다. 나는 일어나서 아빠에게 뽀뽀를 하고 방으로 들어갔다. 계단을 반쯤 올라갔을 때, 술 따르는 소리가 들렸다. 아빠가 한 잔 마시고 뭐라고 중얼거리는 소리를 들었다. 그리고 다시 술 따르는 소리.

몇 시간 후, 전화벨이 울렸다. 전화에 대고 아빠가 뭐라고 하는지 나는 듣지 않았다. 벨이 울리는 순간부터 나는 직감했다. 몇 분 후, 아빠가 천천히 계단을 올라와 방문을 두드렸다.

"들어오세요."

내가 중얼거렸다. 아빠가 문을 열기 전에, 이미 나는 외출 준비를 마쳤다. 우리는 둘 다 마비 상태였다.

"그동안 어떻게 지냈어?"

크리스가 샌드위치 절반을 입안에 집어넣으며 물었다. 다진 양배추가 입술 밖으로 삐져나오자 크리스는 엄지손가락으로 다시 밀어 넣었다.

"일하고 오는 길이야."

"일? 일한다고? 어디서?" 크리스가 짐짓 놀라며 물었다.

"레이 아저씨네서 일하기로 했어. 그냥 소소한 일 좀 돕는 거야. 생활비 좀 벌려고." 내가 설명했다. "아빠한테 다 맡길 수는 없으니까." 나는 샌드위치 포장을 벗기며 덧붙였다.

"레이 아저씨네? 장례식장 말이야?"

"그래."

"헤."

크리스가 남은 샌드위치 반쪽을 입으로 밀어 넣었다. 그 모습을 보면서 나는 크리스가 흡입하듯이 먹는 습관을 지적하던 엄마의 잔소리를 떠올렸다.

"크리스토퍼, 음식에는 발이 안 달렸단다."

엄마는 크리스의 뒤통수를 만지작거리며 놀리곤 했다. 이번엔 내가 그 뒤통수를 잡아 뜯어 버릴까 잠시 망설였다.

"죽은 사람을 만지는 거야?"

크리스가 물었다. 당연히 궁금할 만하지만 크리스가 막상 "죽은 사람"이라고 하니까 왠지 기분이 묘했다. 우리 엄마가 그중 하나가 됐기 때문이다. 그러나 별로 신경 쓰지는 않았다.

"내 말은 그러니까." 크리스가 더듬거렸다. "네가 그…… 음…… 음……." 마치 공기를 마시다가 사레들린 것 같았다.

"그래, 죽은 사람을 만지는 일이야."

나는 그의 어깨에 손을 올리고는 쥐어짜듯 말했다.

"웃기지 마!" 크리스가 입에서 음식 조각을 튀기며 소리쳤다.

나는 웃으면서 말했다. "농담이야. 시체 따위는 안 만져도 돼. 레이 아저씨가 그러지 않아도 된다고 하셨어. 그냥 의자 같은 거나 옮기는 일이야."

"아." 크리스는 샌드위치 포장지를 구기더니 우리 집 앞에 있는 쓰레기통을 향해 슛을 날렸다. 포장지는 골대를 맞추지 못하고 저 멀리 떨어졌다.

크리스는 내 샌드위치 포장지로 다시 한 번 시도하고 싶은 눈치였지만 나는 먹는 데 집중했다. 나는 크리스에게 지금 내가 학교에서 받는 느낌, 예를 들면 제임스 스키너와 몇몇 선생님들을 비롯한 모두가 나를 이상하게 바라보고 있는 것 같다는 얘기를 털어놓았다. 크리스는 그들이 나를 위로하고 아무 일도 없었던 것처럼 대하고 싶어 하지만, 혹시라도 실수를 해서 나를 화나게 할까 봐 두려워하는 거라고 말해 주었다. 나는 괜찮다고 말했다. 사실 괜찮지는 않았지만. 나는 많은 일을 함께 겪은 크리스가 나를 견디게 해주고, 나를 평소처럼 대해 주는 유일한 사람이라고 말했다.

“평소처럼 대한다고?”

“그래.”

“보통처럼?”

“그래, 보통처럼.”

“오, 그렇구나.” 크리스가 왠지 비웃듯이 미소 짓자, 비뚤어진 아랫니가 빛났다.

“저 남은 샌드위치는 누구 거야?” 크리스는 종이 포장지를 향해 눈을 굴리며 물었다. “맷 밀러 마법의 소스를 만들어서 뿌려 먹을래? 특별한 재료가 뭐더라?”

“마늘 가루.”

크리스는 엄마가 오래전에 나에게 가르쳐 준 소스 얘기를 하고 있는 것이다. 별로 멋지지 않은 제목의 요리 노트에도 그 소스가 나와 있다. 엄마는 나에게 소스 이름을 정하라고 하셨지만 요리 노트에는 “이름 없는 소스”라고만 적혀 있다. 그 소스는 햄버거, 치킨, 식료품점 샌드위치 등 어떤 음식에도 잘 어울렸다. 케첩, 머스터드, 꿀, 흑설탕, 마늘 가루를 적당히 섞은 평범한 소스인데 어떤 음식이든 맛을 확 살려 주었다. 만약 클럭 버켓에서 일하게 되면 그 소스 조리법을 전수하려고 했는데……. 어쩌면 만능 소스 같은 멋지고 눈에 띄는 이름을 갖게 될지도 모른다. 그거 괜찮네.

“그래, 마늘 소스.” 크리스가 내 대답을 예상했다는 듯이 고개를 끄덕였다.

"그런데 싫어."

"왜 이래. 평소처럼 하라며."

"지금 요리할 기분이 아니야."

"요리하라는 게 아니라 소스만 만들라고!"

크리스가 우기다가 내가 슬슬 짜증 내는 걸 눈치채고는 금방 포기했다.

"알았어, 알았어. 소스 따윈 집어치우고 샌드위치는 내가 먹어도 돼?"

나는 웃으면서 크리스의 어깨를 쳤다. 처음부터 자기 것뿐 아니라 내 것까지 먹어 치울 생각이었을 거다. 먹는 것에 만큼은 크리스는 마치 기계 같았다.

"안 돼! 우리 아빠 거라니까."

"아저씬 안 드실 거라고." 크리스가 우겼다.

나는 그저 웃었다. 처음에는 내 샌드위치를 가져가려는 수작인 줄 알았는데 크리스의 목소리에 다른 뭔가가 있었다.

"식료품점에 가기 전에 아저씨를 봤어. 알바니 가 지나서 그 코르크라는 아저씨랑 술집 앞에 서 있던데."

코르크는 레이 아저씨의 막냇동생이다. 형제들은 코르크를 볼 때마다 어떻게든 도우려고 했지만 코르크가 언제나 앞 부분이 얼룩진 바지를 입고 거리를 쏘다니기 때문에 그럴 수가 없었다. 그는 뼛속까지 주정뱅이였다. 사람들은 그의 본명이 뭔지는 모르고, 와인을 너무 많이 마시는 데다가 얼굴에 코르크 마개처럼 구멍이 숭숭 뚫려 있어서 '코르크'라고 불렀다. 엄마는 술 때문에 얼굴이 그렇게 됐다고 했다. 아빠가 그와 함께

다니는 건 반가운 일이 아니다.

"그래도 아빠 몫을 남겨야지."

나는 약간 화를 내면서 말했다. 우리는 주부들이 장을 보고 난 후 빨래를 담은 카트를 밀며 돌아가는 모습을 바라보면서 잠시 앉아 있었다. 아이들은 거리로 나와 시끄럽게 떠들고, 가로등이 깜빡거릴 때까지 발에 닿는 것들을 차고 놀았다.

"이제 집에 가야겠어." 크리스가 말했다. "나 밤에 노는 거 별로 안 좋아하는 거 너도 알지?"

크리스는 날이 저물면 밖에서 놀지 않았다. 클 만큼 커서도 가로등이 켜지면 어김없이 집으로 들어갔다. 크리스가 그러고 싶어서 그러는 게 아니라, 날만 어두워지면 전에 말했던 무서운 사람들이 집 앞에 모이곤 했기 때문이다. 그 사람들은 누구든 마주치기만 하면 괴롭혔다. 클럭 버켓에서 본 머저리들처럼 항상 데리고 놀 사냥감을 물색했다.

크리스와 내가 일곱 살이었을 때, 우리 부모님은 밸런타인데이에 함께 시간을 보내기로 했다. 크리스의 어머니가 나를 돌봐 주신다고 했기 때문에 아빠는 크리스 집으로 나를 데려다 주었는데, 우리가 크리스 집에 도착하자 그런 무서운 사람들이 일부러 문을 막고 서 있었다.

사람들은 크리스네 집 밖에서 무슨 일이 일어날까 걱정했지만, 그날 밤 크리스와 나는 건물 안에서도 무슨 일이 생길지 모른다는 사실을 배웠다. 그날은 나와 크리스가 그저 좋은 친구였다가 단짝이 된 날이기도 했다.

자초지종은 이렇다. 크리스와 나는 침대 위에 누워서 미친 듯이 웃고 있었다. 우리는 늘 그러듯이 대자로 누워 있었는데, 그날은 유독 크리스의 발에서 변기 물에 담갔다 나온 것 같은 냄새가 났다. 냄새가 너무 지독한 게 웃겨서 장난으로 목이 막힌 척을 하기도 하고, 크리스네 엄마가 만들어 주신 생토마토 맛이 심한 스파게티를 토하는 척하기도 했다. (지금 생각해 보니 마늘 가루가 좀 필요했던 것 같다.)

코를 찌르는 크리스의 발 냄새를 막겠다고 내가 이불로 얼굴을 덮고 미친놈처럼 웃고 있는데, 밖에서 느닷없이 고함이 들렸다. 건물 밖이 아닌 크리스네 현관 앞에서 나는 소리였다. 아파트 복도 말이다. 복도에서 어느 연인이 싸우는 중이었다. 뭐라고 하는지 정확히 들리지 않았지만 남자 쪽이 더 크게 소리치고 있었다.

크리스와 나는 장난을 멈추고 조용히 누워서 벽을 뚫고 들려오는 소리에 귀를 기울였다. 나는 일어나서 현관 쪽으로 가고 싶었다. 뭐라고 싸우는지 듣거나 아니면 직접 볼 수 있을 테니까. 왜 그랬는지는 모르겠다. 그냥 나와 부모님밖에 살지 않는 우리 집에서는 좀처럼 없는 일이라 호기심이 생겼던 것 같다. 크리스네 아파트에는 사람들이 엄청 많이 살았지만 대부분 크리스도 잘 모르는 사람들이었다. 크리스가 아는 사람이라고는 맞은편에 사는 로저스 누나, 왼쪽 집에서 잘 짖는 개 한 마리와 살고 잡초 치우는 습관이 있는 나이 든 스타톤 씨, 나와 크리스가 처음으로 상상 속의 아내로 삼은 스물두셋 먹은 니콜 정도였다. 아파트 사람들을 통틀어 크리스가 아는 사람들이라고는 이들뿐이었다.

고함 소리가 그치지 않자 나는 더 이상 참지 못하고 벌떡 일어섰다.

"뭐 하려고?" 크리스가 속삭였다.

"무슨 일인지 보고 올게."

크리스가 눈을 동그랗게 떴다.

"미쳤니? 엄마가 우릴 죽일 거야. 엄마가 세운 규칙 잘 알잖아."

물론 잘 알고 있었다. 헤이스 아주머니는 내가 놀러갈 때마다 규칙들을 읊으셨다.

규칙 1.

다 먹은 음식 상자, 중국 음식이나 맥도널드 봉지는 다음 날 아침 쓰레기를 내놓을 때까지 전자레인지 아니면 냉장고에 넣는다. 음식 찌꺼기가 남아 있는 상자를 바로 쓰레기통에 버리면 쥐가 들끓기 때문이다.

규칙 2.

우리 둘 다 밤에 씻으면 안 된다. 아주머니가 쓸 온수를 남겨야 하니까 한 명은 밤에, 한 명은 아침에 씻는다.

나는 이해가 안 갔지만 왜인지 그 집에는 온수가 두 사람 쓸 만큼밖에 나오지 않았던 모양이다. 세 명은 너무 많았나. 크리스와 나는 가위바위보를 해서 밤에 씻을 사람을 정하곤 했다. 크리스가 항상 바위를 냈기 때문에 이기기 쉬웠다. 하지만 그날 밤에는 크리스의 발 냄새가 너무 심했기 때문에 내가 져줘야 했다.

그리고 규칙 3.

현관 앞 복도나 길거리 등 밖에서 무슨 소리가 나더라도 절대 무슨 일인지 보려고 하면 안 된다. 아무것도 듣지 못한 척해야 한다.

"뭐 어때. 아주머니는 주무시잖아." 내가 말했다. "그냥 살짝 보고 올게. 살짝만."

크리스는 깊은 숨을 내쉬었다. 내가 자기 어머니의 규칙을 깨뜨리자고 부추기니 화가 난 것 같았다. 하지만 무슨 일인지 너무너무 궁금했다.

마침내 크리스가 씩씩거리며 말했다. “야, 너 때문에 큰일 나겠다.” 크리스의 말이 맞았다. 뭐라도 일을 저지르면 아주머니는 호락호락 넘어가지 않을 것이다. 엄마는 헤이스 아주머니에게 내가 말을 안 들으면 때려도 좋다고 하셨고, 아주머니는 그러고도 남을 분이었다. “그럼 빨리 보고 오자.” 크리스도 이렇게 침대에서 빠져나왔다.

우리는 까치발을 하고 거실로 나왔다. 크리스는 아주머니 침실 문에 귀를 댔다. 코를 고는 소리로 아주머니가 잠 든 것을 확인하고 거실로 빠져나와 바닥에서 삐걱거리는 소리가 들릴까 봐 신경을 곤두세웠다. 헤이스 아주머니는 언제나 집을 엄청 깔끔하게 치우시기 때문에 발에 뭐가 걸릴까 걱정할 필요는 없었다. 거실에서는 밖에서 들려오는 말소리가 더 잘 들렸다. 남자가 여자에게 내가 얼마나 사랑했는데 나에게 이러냐고 소리쳤다. 그의 말은 노래처럼 들릴 정도로 길었다. 아마도 술에 취한 모양이었다. 여자는 “이제 끝났어! 끝났다고!” 하며 거의 소리를 지르면서 남자에게 계속 집에 가라고 말했다. 자세히는 모르겠지만 남자가 밸런타인데이를 함께 보내려고 여자에게 왔는데, 둘은 이미 헤어진 상태인 데다가 여자는 이미 다른 남자랑 약속이 있는 것 같았다. 이게 내 머리로 최대한 끼워 맞춘 시나리오였다.

크리스는 소리가 나지 않게 잠금 장치를 천천히 올리고 손잡이를 돌렸다. 문 소리 때문에 크리스의 어머니가 깨실까 봐 가슴이 두근거렸다.

하지만 이미 때는 늦었다. 크리스가 연 문틈 사이로 복도에서 한 줄기

불빛이 들어오자마자 내가 들어 본 중 가장 큰 소리가 들렸다. 우리는 소리를 지르며 현관문을 쾅 닫았다. 이어 여자의 비명소리가 들리고 술 취한 남자는 미안하다고, 이러려던 게 아니라며 중얼거렸다. 크리스의 얼굴은 새파랗게 질렸다. 내 얼굴도 마찬가지였다.

"대체 뭐야?"

헤이스 아주머니가 침실에서 뛰어나왔다. 머리는 푸른색 꽃무늬 손수건으로 감싸 핀으로 고정한 채였다. 왠지 그 모습이 아직도 기억에 남는다. 아주머니는 2초 만에 집 안의 형광등을 전부 켰다.

뭔가 크게 잘못된 건 알았지만 걱정할 겨를이 없었다.

헤이스 부인은 한눈에 우리의 표정을 읽고 당황한 얼굴로 뛰어왔다. 그러고는 두 팔로 우리를 감싸안았다. 아주머니의 분홍색 잠옷이 번데기처럼 안전하게 느껴졌다.

"무슨 일이니?" 아주머니가 물었지만 우리는 둘 다 아무 말도 할 수 없었다.

아주머니는 무릎을 꿇은 채 숨을 거칠게 몰아쉬었다. 아주머니의 숨결에서 나오는 잠기운이 내 코를 찔렀다.

"무슨 일이야?" 아주머니가 다시 한 번 물었다.

"그, 그, 그……." 크리스는 눈에 눈물이 고인 채로 설명하려고 애썼다. "남자가, 밖에 있는 남자가……." 크리스가 더듬거렸다. 이게 크리스가 겨우 내뱉은 말이었다. 아주머니는 현관문을 살짝 열더니 밖을 엿보고는 재빨리 쾅 닫고 거칠게 말했다.

"문에서 멀리 떨어져." 아주머니가 우리를 뒤로 밀며 말했다. "방으로 돌아가 가만히 있어. 내 말 안 들리니? 가만히 있으라고!" 아주머니가 소리치며 덧붙였다.

'알았어요.' 나는 속으로 대답했다. 이 기분이라면 방에서 평생 나오지 말라고 해도 상관없을 것 같았다.

우리는 침대로 되돌아와 다시 대자로 누웠다. 크리스의 발 냄새 따위는 아무래도 상관없었고, 우리의 우정은 그 순간 영원히 봉합되었다. 크리스와 나는 누워서 복도에서 들려오는 이웃과 경찰들이 웅얼거리는 소리, 무전기 소리(뭔가 본 사람은 아무도 없는 것 같았다), 앰뷸런스의 사이렌 소리, 어린 소녀가 내는 듯한 비명 소리, 스타톤 씨의 개가 밤새 짖는 소리를 들으며 바짝 깨어 있었다.

# 검은 양복

'엄마에게Dear Mama'. 엄마가 돌아가신 이후 잠들 때마다 듣는 노래다. 투팍이 나를 위해 빈민가 자장가를 불러 주는—정확히는 랩이지만—것 같았다. 나는 이어폰을 끼고 등을 대고 누워 무한반복으로 설정한 다음, 어두운 허공을 바라보면서 천장도, 지붕도, 구름도 없는 상상을 했다. 그러면 어느새 진짜로 천장도 벽도 사라지고 나는 내 작은 침실이 아닌 어느 낯선 꿈속에 있었다. 모든 것이 보이고 느껴져서 잠이 들었다는 것마저 모르는 그런 꿈 말이다.

꿈속에서 나는 엄마의 장례식이 열린 교회 안에 있었다. 이번에는 에어컨이 소리를 내며 돌아가고 있었다. 그때 온 손님들도 있었다. 느끼한 목사님, 엄마의 직장 동료였던 윌리스 아주머니, 먼지 낀 스타킹에 흰 신발을 신고 있던 안내인 아주머니도. 그러나 엄마는 관 안에 없었다. 엄마는 내 왼편에 앉아 팔을 내 허리에 두르고는 얼굴을 나에게 파묻고 있었다. 관이 비어 있었는데도 다들 울었다. 목사님도, 친척들도, 이웃들도 모두. 다들 작게 훌쩍거리는 정도가 아니라 콧물 범벅이 된 채 듣기 싫은 소리로 시끄럽게 흐느끼고 있었다. 현실에서처럼 고통스러운 울음소리. 다들 그렇게 울고 있는데 엄마와 나만 신도들이 앉는 자리에서 빙그레 웃고 있었다. 그러다 어느새 모든 것이 어둠 속으로 사라지면서 잠에서 깼다.

그대로 잠깐 누워 있다가 이게 전부 꿈이었다는 걸 깨닫고 혼란스러워지면서 약간 화도 났다. 꿈이 너무 생생해서 교회에서 에어컨이 돌아가는 것도 느껴질 정도였다. 최소한 느낌은 그랬다. 나는 몸을 굴려 몇 시인지 확인했다. 새벽 네 시. 투팍의 '엄마는 매년 추수감사절마다 기적을 일으켰지'라는 노랫말도 최소한 백 번은 재생되었을 것이다. 막 아빠가 들어오는 소리가 들렸다.

보통 음악을 듣고 있을 때는 아빠가 들어오는 소리를 못 듣는데, 이번에 아빠는 내가 집에 늦게 들어왔을 때처럼 까치발로 계단을 올라와서 침실로 미끄러져 들어가지 않았다. 대신 아빠는 엄청나게 쿵쿵거리며 자기가 귀가했다는 걸 알렸다. 그런데 쿵 하는 소리가 크게 나더니, 유리 깨지는 소리에 이어 아빠가 슬픈 강아지처럼 울부짖기 시작했다.

"아빠?" 나는 계단 끝에서 아빠를 불렀다.

"맷?" 아빠가 놀라면서 말했다. "괘찮아, 괜찮아. 어서 자라."

아빠가 혀가 꼬인 소리로 대답했다. 나는 계단을 뛰어내려갔다. 아빠는 한쪽 무릎을 바닥에 대고 개수대를 짚고 일어서느라 용을 쓰는 중이었다. 얼굴은 낭떠러지 끝을 붙잡고 있는 것처럼 겁에 질려 있었다. 주방 바닥에는 축축한 종이봉투가 널브러져 있었는데 코냑인지 뭔지 하여튼 술이 줄줄 샌 모양이었다. 술병이 깨지면서 유리 조각이 가방을 뚫고 아빠 손을 벴는지 술과 피가 사방에 투성이였다. 현관 신발장 위, 아빠가 짚고 일어서려는 개수대에서도 피가 뚝뚝 떨어졌다.

"아빠!" 내가 외쳤다. "이게 대체 무슨 일이에요?"

이렇게 묻긴 했지만 나는 무슨 일인지 알고 있었다. 아빠가 코르크와 같이 있다는 사실을 크리스가 알려 주었을 때, 처음에는 펄쩍 뛰며 크리스의 목을 잡고 그게 무슨 뜻인지 아냐고 묻고 싶었다. 하지만 그러지 않기를 잘했다. 크리스는 거짓말쟁이가 아니다. 크리스도 거짓말을 하고 싶었겠지만 그러지 못했을 뿐이다. 게다가 나도 그게 사실이라는 걸 알았다. 엄마가 돌아가신 그날 밤 이후부터 아빠는 술이 점점 늘었다. 그런데 코르크와 같이 다닌다고? 확실히 좋은 징조는 아니다. 나는 아빠가 어디서 뭘 하고 다니는지 알고 있었다. 그러나 내 생각이 잘못되었기를 바라며 자초지종을 물었던 것이다.

"괜찮아, 맷. 괜찮다고."

아빠는 술 취한 사람이 자기는 취하지 않았다고 우기는 그 목소리로 똑같은 말을 반복했다. 코르크도 항상 그런 식으로 말하지만 아무도 믿지 않았다.

"그냥 미끄러진 거야." 아빠는 일어나려고 애썼지만 바닥이 빙판이라도 되는 양 계속 미끄러졌다. 혼자서는 도저히 일어날 수 없을 것 같아서 식탁 의자를 빼서 아빠 쪽으로 밀었다.

"여기 앉아요." 나는 복잡한 심정으로 말했다.

"이런, 손을 베였어." 아빠는 의자에 풀썩 주저앉으며 신음했다. 그러고는 두 손을 꼭 눌러 상처를 압박했다. 체리를 으깨는 것처럼 손바닥에서 피가 뚝뚝 떨어졌다. 아빠가 고통스럽게 앞뒤로 몸을 흔들었다. 나는 개수대 밑에서 접시 닦는 수건을 꺼냈다.

"어디 한번 봐요." 나는 무릎을 꿇으며 수건을 내밀었다.

아빠는 손을 풀었다. 빨갰다. 나는 수건으로 상처를 감싸고 아빠에게 이대로 잡고 있으라고 했다. 아빠에게서 술 냄새가 났다. 아빠가 끙끙거릴 때마다 퀴퀴한 냄새가 나를 때렸다. 아빠는 아들이 아닌 어느 낯선 이가 자신을 도와주는 것처럼 무표정하고 길을 잃은 듯한 눈으로 나를 보았다.

"좀 괜찮아요?" 내가 물었다.

물론 괜찮지 않을 것이다. 이 질문은 내가 자라면서 백 번은 족히 아빠한테 들어 본 질문이다. 마치 반사작용처럼. 자전거에서 떨어져 팔이 온통 긁혔을 때, 아빠는 상처 위에 반창고를 붙여 주면서 "괜찮니?" 하고 물었다. 내가 최초이자 마지막 싸움에 말려들었을 때—중학생 때, 진짜로 열 받았을 때—아빠는 내 입술에 연고를 발라 주며 "괜찮니?" 하고 물었다. 나는 한 번도 괜찮지 않았다. 결국 나아지긴 했지만, 아빠가 물어봤을 때는 그렇지 않았다. 그러나 무슨 이유인지는 몰라도, 아빠가 "괜찮니?" 하고 물어볼 때는 항상 괜찮다고 대답해야 할 것 같았다.

아빠는 대답 대신 끙끙거렸다. 혀가 죽어 버려서 갑자기 아무 말도 못하게 된 것 같았다. 아빠가 다시 신음 소리를 내고 갑자기 바지에 젖은 얼룩이 점점 커지더니 아빠의 오줌 냄새가 공중에 떠다니는 코냑 냄새와 섞였다.

그런 아빠를 보고 있자니 자연히 엄마와 연애 시절에 아빠가 어땠을지 머릿속에 그려졌다. 엄마는 어떻게 아빠를 레스토랑에서 만났는지 자주 이야기해 주셨다. 아빠는 파트타임 설거지 담당자이자 풀타임 주정뱅이였다.

"아빠는 항상 술병 바닥이 보일 때까지 끝장을 봤어." 엄마는 고개를 저으며 이렇게 덧붙였다. "내가 말리지 않았으면 무덤에서 신혼살림을 차렸을걸."

엄마는 아빠를 사랑하지만(아빠가 멀쩡할 때) 아빠가 술을 끊지 않으면 결혼하지 않겠다고 했다. 그래서 아빠는 술을 끊었다. 그것도 20년 동안이나. 그러나 지금은…… 엄마가 없는 지금, 아빠는…… 젠장, 무너지고 있는 것 같았다. 동시에 나는 왠지 아빠의 심정을 이해할 수 있었다. 내가 몸을 일으켰을 때, 아빠는 벌써 의자에 고꾸라져 코를 골며 자고 있었다. 나는 자식을 바라보는 심정으로 아빠를 쳐다보았다. 역할이 바뀌어서 내가 오늘 처음으로 술에 취해 들어온 자식에게 소리치며 무책임하다고 벌을 줘야 하는 것처럼 말이다. 다시 한 번…… 거꾸로. 난 그런 짓은 할 수 없었다. 아빠는 내 아들이 아니라 아버지기 때문이다. 내가 할 수 있는 것은 하나님께 아빠가 정신 차리게 해달라고 기도하는 것뿐이다.

다음 날 아침은 평소와는 몇 가지 달랐다. 첫째로, 나는 양복을 입기로 했다. 엄마 장례식에 갈 때 입었던 양복이다. 나에겐 정장이 딱 한 벌 있다. 장례식장에서 일하게 됐으니, 청바지나 나이키 운동화보다는 양복이 나을 것 같았다. 학교에서는 반갑지 않은 눈길을 받겠지만, 덜 자란 아이들이 킥킥거리는 소리를 몇 시간 견디는 게 노인 냄새가 나는 레이 아저씨의 재킷을 입는 것보다는 낫다. 최소한 내 양복이 내 몸에 더 잘 맞고, 어떤 냄새와도 비교되지 않는 나만의 체취가 나니까. 나에게 양복이 잘 어울린다는 건 말할 필요도 없지만, 넥타이만은 아직 낯설어서 제대로 매느라 애를 먹었다. 처음 두 번은 매듭이 작게 위쪽으로 붙었다. 그러다가 고리를 두 번 만들어야 한다는 걸 깨닫고 다음 시도에서는 성공했다.

이날 아침이 평소와 달랐던 두 번째 이유는 아빠였다. 계단을 내려가면 식탁에 이마를 찧고 입에서 침을 흘리고 있는 아빠를 볼 줄 알았는데, 웬일로 주방이 깔끔했다. 유리 조각도, 바닥의 핏자국도, 오줌 냄새도 없었다. 아빠는 전자레인지 앞에서 늘 사용하는 컵으로 커피를 마시고 있었다. 탄 커피와 거의 탈 뻔한 식빵 냄새가 공중에 떠다녔다. (아빠는 아주 간단한 요리도 할 줄 모른다. 토스트조차도!) 상처가 난 아빠의 오른손에는 깔끔하게 붕대가 감겨 있어서 왼손으로 컵을 들고 있었다. 아빠는 오른손잡이라서 컵을 입술 가까이 끌어올리려고 애쓰는 모습이 우스웠다. 그러나 아빠가 애쓰고 있는 건 그것뿐이었다.

"좋은 아침, 맷." 아빠는 몇 시간 전 일은 기억에 없다는 듯 내게 말을 걸었다. 그러고는 나를 아래위로 훑어보았다.

"웬 정장이야?"

"학교 끝나고 레이 아저씨를 도와주기로 했어요."

내가 대답했다. 그런데 왜인지는 몰라도 내 대답이 아빠의 한 귀로 흘러가 버린 느낌이 들었다. 아빠는 내가 왜 엄마의 장례식에 입었던 양복을 입었는지 궁금했지만, 진짜로 알고 싶은 건 아닌 모양이다. 아빠는 개수대 옆에 서 있으면서도 해변에서 찍은 가족사진이 없어진 것도 눈치채지 못했다. 어제 내가 사진을 내 방에 가져갔는데.

아빠는 어깨를 으쓱하더니 토스트와 커피를 먹기 시작했다.

"아침 먹어야지?" 아빠가 아무렇지 않게 물었다.

나는 1초 동안 서서 아빠를 쳐다보았다. 아빠는 낡은 회색 트레이닝 바지를 입고 있었고 언제나 그렇듯이 뱃살이 삐죽 나와 있었다. 그래도 나를 속일 수는 없다. 아빠는 괜찮지 않다.

"아니, 늦어서요." 내가 말했다. 어젯밤 일 때문에 마음이 불편해서 빨리 이 이상한 나라를 떠나고 싶은 마음이 간절했다. 학교도 내 17년 인생을 보낸 이 주방보다 낯설지는 않을 것이다.

그러자 아빠가 히죽거렸다. "그러다가 네 장례식에 가게 되겠는걸."

이 말은 거의 수천 번 들었지만, 오늘따라 거슬렸다. 겨우 몇 시간 전에 말 그대로 내가 아빠 뒤치다꺼리를 한 다음이라 더 화가 났다. 나는 "어젯밤이 아빠 제삿날이 될 뻔했어요"라고 대꾸하고 싶은 걸 간신히 참았다.

"네……." 나는 책가방을 메면서 말했다. 문득 입을 닫고 살겠다는 나 자신과의 약속을 돌이켜야 하나 싶었다.

나는 현관으로 몸을 돌렸다. 아빠가 버터 나이프로 토스트를 드르륵 드르륵 긁어 댔다. 그 소리가 나를 움츠러들게 했다. 마치 기차가 역에서 멈출 때 내는 끼익 소리 같았다. 신경이 곤두섰다. 뭔가 말해야 했다. 다는 아니어도 최소한 어떤 것에 대해서는 말이다.

"아빠?" 나는 몸을 돌려 아빠와 마주 보았다.

"응?"

나는 잠시 생각하다가 다시 말을 이었다.

"어젯밤에요."

아빠는 토스트 긁기를 멈추었지만, 나를 보지는 않고 그저 반은 까맣고 반은 갈색인 빵을 내려다보고 있었다. 그런데 마음 먹은 대로 할 수가 없었다. 내가 바라는 대로 아빠가 정신 차리게 할 수 없었다. 이렇게나 절실히 원하는데도 말이다. 왜냐면 우리는 둘 다 만신창이고, 상처받았고, 너무 힘든 일을 겪었기 때문이다. 그러니 내가 이러는 건 단지…… 심술일 뿐이다. 나는 원래 하려던 말 대신 이렇게 말했다. "샌드위치를 챙겨 드셨나 모르겠어요. 아빠 주려고 샀는데. 냉장고에 있으니까 탄 토스트는 먹지 마세요."

아빠는 한숨을 길게 내쉬었다. 내 입에서 나올 줄 알았던 말이 안 나오니 기쁜 기색이었다.

"아." 아빠가 나를 보면서 약간 민망한 티를 냈다. "고맙다."

'당연히 그러시겠죠.' 나는 속으로 생각했다.

구름이 아침 아홉 시를 저녁 여섯 시처럼 만들어 버리는 브루클린의 거지 같은 가을날이었다. 비는 오지 않았다. 대신 누군가, 아니면 뭔가 계속해서 내 얼굴에 침을 뱉는 것처럼 안개가 꼈다. 징그러워. 하필 나는 세상에서 가장 불편한 신을 신고 있었다. 뻣뻣하고 투박한, 발목까지 오는 구두를 신었더니 엉덩이가 아픈 사람처럼 걸을 수밖에 없었다.

"야, 나 두고 가도 된다니까."

나는 버스 정류장을 향해 뒤뚱거리며 크리스에게 말했다. 크리스는 가랑비나 막기에는 너무 큰 우산을 들고 서 있었다.

"평소처럼 대하라면서." 크리스가 어깨를 으쓱하며 말했다. "이게 평소 같은 거라고." 나는 웃으며 고개를 끄덕였다.

"이런 거대한 우산은 평소 같지 않은데." 내가 농담했다.

"네 원숭이 같은 정장도 마찬가지야." 크리스가 받아쳤다.

나는 다시 웃었다.

"일 때문에 입은 거야. 말했지? 죽은 사람을 만지는 장례식장 일을 한다고."

나는 그를 만지는 시늉을 하며 말했다.

"네가 왜 내 옷을 트집 잡는지 모르겠다. 넌 정장도 없잖아. 넥타이도 못 맬 거고."

"맞아. 난 정장 같은 거 없어. 하지만 우산이 있지." 크리스가 커다란 우산을 폈다.

버스가 와서 크리스가 우산을 접으려는데, 너무 웃긴 일이 벌어졌다. 우산을 접지 못해서 활짝 편 채로 버스에 올라야 했던 것이다. 크리스는 욕을 퍼부으면서 계속 시도했지만, 결국 내가 대신 우산을 접어 줘야 했다. 버스에 탄 사람들에 운전사까지 낄낄댔다. 크리스는 당황했지만, 자기가 봐도 웃긴 모양이었다.

학교는 평소와 다름없이 흘러갔다. 나는 여자아이들을 피해 라커와 교실을 돌아다녔다. 여자애들은 체육복을 입고 머리를 동그랗게 말고 라커에 붙인 거울을 쳐다보면서 립글로스를 바르며 물고기 같은 얼굴을 하고는, 담배연기처럼 사람들 머리 위를 떠다니는 소문들을 깔깔거리며 옮기고 다녔다. 내가 까만 정장을 입고 발을 다친 비밀 요원처럼 하고 돌아다녔으니, 그 애들이 떠드는 얘기에 내 이름도 들어 있을 것이다. 우리 반 아이들은 내 차림이 애도의 표현이라고 생각하는 것 같았다. 내게 무슨 이상한 목적이 있다고 생각하는 게 분명했다. 그러나 이미 말했듯이 고등학교는 나에게 아무 의미가 없기 때문에 그런 데에 별로 신경 쓰지 않았다.

나는 그로브너 선생님의 교실에 앉아서 선생님이 읽어 주는 고대 영어로 쓰인 이야기를 듣고 있었다. 노트에 필기하는 사각거리는 소리, 노트 여백에 구불구불 시구를 갈겨 쓰는 소리 사이로 커졌다가 점점 작아지는 선생님의 목소리는 셰익스피어 시대의 언어보다 괴상하게 들렸다. 내 머릿속은 전날 일어난 일로 가득했다. 아빠 일뿐 아니라 제임슨 씨의 장례식도 그랬다. 그 늙은 남자, 크고 찢어지는 목소리로 온갖 웃긴 일화들을 얘기했던 사나이, 웃음소리와 농담들. 당연히 제임슨 아주머니가 일어나 이야기하던 모습도 떠올랐다. 나는 교실에 앉아서 머릿속으로 그 장면을 재생하고 또 재생했다. 아주머니의 촉촉한 눈, 웃으려고 애쓰는 이상한 얼굴, 그 모습을 보며 느낀 낯선 만족감. 나는 죄책감을 느끼는 동시에 기분이 좋아졌다. 비참한 기분은 동질감을 필요로 하는 것 같다. 엄마는 자주 그렇게 말했지만 나는 한 번도 그런 생각을 해본 적이 없었다.

엄마는 시계를 쳐다보고 있으면 시간이 잘 가지 않는다고 했다. 나는 확실히 시계를 쳐다보고 있었고, 1초가 마치 나를 겉멋 든 아이들과 네모 피자*가 나오는 엉터리 감옥에 가두는 1분처럼 느껴졌다. 나는 캔터베리 이야기, 그로브너 선생님이 떠드는 이야기엔 신경 쓰지 않았다. 내가 원하는 건 빨리 여기서 해방되어 레이 아저씨네 장례식장에 가는 것이었다.

그리고 또 다른 장례식에 참석하는 것.

*미국 학교 카페테리아에서 흔히 나오는 피자를 가리킨다.

# 19살은 이르다

내가 도착했을 때 레이 아저씨는 건물 밖에 서서 식료품점에서 사온 커피를 마시고 있었다. 내 복장은 별로 흐트러지지 않았다. 얼룩도 없고 단정하게 여며 입었다. 책가방 끈 때문에 어깨 부분에 약간 주름이 갔을 뿐이다. 정장을 입으니 뭔가 기분이 남달랐다. 정말 중요한 일을 하러 가는 느낌이 들었다. 중요한 일이 뭔지는 모르지만, 정말 그랬다.

“모양 좋은데, 빤질이. 얼음송곳보다 더 매끈하구먼.”

아저씨는 나에게 손을 내밀며 말했다.

“안녕하세요, 레이 아저씨.” 나는 약간 민망해하며 아저씨의 손을 잡았다.

“웬 정장이야?” 아저씨가 푸른색 종이컵을 들어 마지막 커피 한 모금을 삼키면서 농담조로 물었다.

"그냥 입고 싶어서요." 내가 말했다. 양복을 입으면 더 많은 장례식에 참관할 수 있을 것 같아서 그랬다고, 레이 아저씨에게 솔직히 말하지 못했다. 검은 양복을 입으면 어느 장례식에 가도 무난할 것 아닌가.

아저씨는 나를 잠시 빤히 보았다.

"그래, 모양새는 괜찮네. 네 또래 친구들이 너처럼 복장을 제대로 갖추고 바지를 엉덩이까지 올려 입는다면, 정말로 일할 맛이 날 텐데. 바지를 그렇게 내려 입으면 카우보이처럼 걸어야 하거든. 브롱스*에서 말 타고 오던 것처럼 말이야."

나는 피식 웃고 말았다. 안 웃으려고 했지만 좀 웃겨야 말이지. 아저씨의 농담은 엄마를 떠올리게 한다. 엄마는 이웃 남자애들이 뒤뚱거리며 걷는 게 꼭 빈민가 펭귄 같다고 했다.

"내 친구들은 안 그래요."

내가 말했다. 축 처진 바지는 내 스타일이 아니다. 그렇게 엉덩이를 드러내는 건 너무 이상할 뿐이다. 레이 아저씨가 고개를 끄덕였다.

"나도 알아, 맷." 아저씨가 컵을 쓰레기통에 버리면서 말했다.

아저씨는 내 어깨 너머로 선 차에 시선을 두었다. 몸을 돌려 보니 검은색 캐딜락 한 대가 레이 아저씨의 차 범퍼에 아주 가까이 붙어 주차하는 중이었다. 차창은 어두웠고, 백미러에 네온 분홍색 종이가 달려 있었다. 운전자는 금방 알아볼 수 있었다. 로비 레이. 그의 머리 기름 냄새는 내

* 맨해튼, 퀸스, 그리고 소설의 배경인 브루클린과 함께 뉴욕 시를 이루는 네 개의 행정 구역 중 하나.

가 있는 데까지 풍겨 왔다. 그는 너무 큰 선글라스를 써서 마치 벌레 같았다. 조수석에는 처음 보는 남자가 앉아 있었다.

"자, 농담은 그만두고. 그나저나 오늘 양복 입기를 잘했다. 네가 도와줄 일이 있거든."

"무슨 일요?" 나는 죽은 사람은 만지지 않겠다고 한 일이 떠올라 신경이 곤두섰다.

"너 상여꾼이 뭔지 아니?"

"아뇨." 한 번도 들어 본 적 없는 말이다.

내 뒤로 차 문이 열리는 소리가 났다.

"형, 코르크 봤어?" 로비 레이가 차에 탄 채로 물었다.

레이 아저씨는 동생을 보더니 별 멍청한 질문을 다 한다는 듯 입술을 비틀었다.

"걔는 뭐래? 하겠대?" 로비 레이가 불안하고 다급한 목소리로 물었다.

주변에 있는 사람이라고는 나뿐이었기 때문에, 내 얘기를 하고 있는 게 분명했다. 뭘 하겠다는 얘긴지는 몰랐지만, 대강 꿰어 맞춰 보니 상여꾼을 말하는 것 같았다.

레이 아저씨는 동생에게 눈을 흘겼다. "잠깐 기다려 봐." 그는 로비에게 진지하게 말했다. 로비 레이는 긴장한 듯 고개를 끄덕이더니, 검은 자동차 안으로 다시 쏙 들어갔다.

"미안하구나, 매슈." 레이 아저씨가 담뱃갑을 손바닥으로 치며 말했다. "방금 얘기한 상여꾼은 관을 드는 사람이야."

그 말에 심장이 무릎까지 꺼지는 기분으로 입을 딱 벌렸다. 아저씨는 말을 이었다.

"유족들이 하기도 하지만 대부분 장례 업체에서 하지. 보통은 해줄 사람이 있는데, 오늘은 코르크가 어디 있는지 찾을 수가 없네."

'그렇겠지. 우리 아빠를 고주망태로 만드느라 바쁠 테니까.' 나는 속으로 생각했다.

"그래서" 레이 아저씨가 한숨을 쉬었다. "네가 해줬으면 하는데."

나는 뭐라고 해야 할지 몰랐다. 싫다고 할 수는 없었다. 아니, 싫다고 해도 되긴 하겠지만 그러면 장례식에 갈 수 없다. 내가 양복을 입은 건 장례식에 가기 위해서인데 말이다. 그렇다고 선뜻 하겠다는 말은 나오지 않았다. 나는 한 번도 관을 들어 본 적이 없다. 너무 무거우면 어쩌지? 시신에서 냄새가 나면? 관을 드는 데도 특별한 형식이 있으려나? 영구차에서는 어떻게 하지? 관을 떨어뜨리면 어쩌지? 레이 아저씨가 내 대답을 기다리는 동안 내 머릿속에는 별의별 생각이 번쩍거렸다. 마구 긴장이 되기 시작하면서 팔 아래에서부터 축축하고 역겨운 것이 솟아나는 기분이 들었다.

"어떻게 할래?" 아저씨는 강아지에게 묻듯이, 하지만 남자답게 물었다.

나는 고개를 끄덕였다.

젠장!

"어디로 가고 있어?" 레이 아저씨가 말했다. 아저씨는 동생과 통화하느라 클럭 버켓에서 직원들이 주문 받을 때나 쓰는 헤드셋을 쓰고 있었다. 차라리 이어버드를 쓰시라고 하고 싶었지만, 그런 걸 쓰기엔 아저씨 나이가 많긴 하다.

"아니야, 로비. 정신 차려. 먼로하고 스타이브샌트야. 매디슨이 아니라 먼로라고."

아저씨가 짜증스럽게 말하고는 고개를 흔들며 뭐라 혼잣말을 중얼거렸다. 나는 라디오 진행자가 뉴욕 자이언츠에 대해 불평하는 소리를 들으며 창문 밖으로 이웃들을 내다보았다.

현관참의 계단을 보자 엄마가 떠올랐다. 정확히 어떤 모습이라고는 할 수 없다. 그냥 엄마에 대한 모든 게 떠올랐다. 돌아가신 누군가를 떠올리면서 이성적으로 뭔가를 정확하게 말하기란 불가능하다. 대부분 그렇게 구체적이지 않기 때문이다. 어떤 때는 그 사람이 나에게 끼친 감정을 떠올리기도 한다. 내가 하던 공상도 그랬다. 엄마가 나에게 준 느낌들. 이 세상에서 내가 제일 운 좋은 아이였다는 느낌, 누구에게도 지지 않을 것 같고 내가 아주 중요한 사람이라는 느낌.

레이 아저씨는 차 안에서 별 말씀이 없었지만 나를 계속 곁눈질하는 게 느껴졌다. 내가 무슨 생각을 하는지 분명히 아는 것 같았다. 눈물이 쏟아지려고 하자 아저씨가 내 어깨에 손을 얹었기 때문이다.

"괜찮아?" 아저씨가 전방에서 눈을 떼면서 물었다.

"네, 괜찮아요." 나는 아무렇게 않은 척 헛기침을 하며 말했다.

"너……." 아저씨가 마저 말하기도 전에 급정거를 했다.

"이런!"

빨간불이었다. 우리가 탄 차는 로비 아저씨의 차를 거의 받을 뻔했다. 뒤이어 차 뒤편에서 쿵 소리가 났다. 뒤차가 우리 차를 받은 줄 알았는데 그게 아니었다. 레이 아저씨는 손을 뻗어 앞좌석 바로 뒤에 설치한 덧문을 열었다. 우습게도 그때까지 나는 새까만 덧문이 내 뒤통수 뒤에 있다는 걸 전혀 몰랐다. 그 문은 택시에 달린 앞좌석과 뒷좌석을 구분하는 문처럼 생겼는데, 레이 아저씨 차의 문은 음영 처리가 되어 있다는 게 달랐다.

레이 아저씨는 차 뒤쪽을 흘낏 보았다. 나도 아저씨를 따라 고개를 돌려 쿵 소리가 어디서 났는지 보았다. 그리고 순간, 말 그대로 숨을 멈췄다. 관이었다. 나는 관이 앞서가고 있는 로비 아저씨 차에 있는 줄 알았다. 놀란 티를 내지 않으려 했지만 어쩔 수 없었다. 긴장한 기색은 그대로 드러났다. 로봇 같은 얼굴. 하지만 그게 내 잘못인가? 젠장, 관이 바로 내 머리 뒤에 있는데!

"괜찮아." 레이 아저씨가 고개를 빼고 앞의 신호등을 보면서 말했다.

"이 탑승객은 아무것도 느낄 수 없거든." 그가 농담을 하기에 나도 억지로 미소 지었다. "그래요. 그렇겠죠." 나는 창문에 시선을 고정한 채 대답했다.

신호등이 파란불로 바뀌어서 우리는 교회 안으로 들어갔다. 두려움이 내 안에서 끓고 있었다. 그래도 진정하려고 애쓰면서, 레이 아저씨 말이 맞다고, 관에 있는 사람은 아무것도 느낄 수 없다고 나 자신을 설득했다. 그러니 손이 미끄러져 관을 떨어뜨린다고 해도 세상이 끝나지는 않을 것이다. 별 문제 없이 "다시 할게요"라고 말하면서 관을 들면 그만이다. 아무도 신경 쓰지 않을 것이다. 하지만 그때 거울에 비친 내 모습은 마치 죽은 사람 같았다.

"그분을 아세요? 아, 제 말은 돌아가시기 전에 아셨냐고요."

나는 어색하게 로비 아저씨에게 물었다. 나는 말을 잘하는 편이 아니지만, 최소한 같이 일하는 사람과는 대화를 시도해 봐야 한다는 건 알고 있었다.

레이 아저씨는 교회 안으로 뛰어 들어가 목사님과 관을 들여오는 문제로 이야기를 나누고 있었고, 로비는 잡담할 기분이 아닌 것 같았다. 내 눈에만 그렇게 보였나. 내가 있는 자리에서 레이 아저씨가 자신에게 화를 낸 것이 민망해서 그런지도 모른다. 그렇다면 이해할 만하다.

"아니."

로비가 레이 아저씨의 차 트렁크 문을 열면서 말했다. 트렁크 안은 건물 복도처럼 생겼다. 로비는 예쁜 여성의 얼굴을 쓰다듬듯이 관을 손으로 쓸었다.

"우아! 이봐 베니, 강철인데! 그것도 두께가 18이야!"

그는 마치 자동차 얘기를 하듯이 소리쳤다. 베니는 보통 체격에 몸집은 약간 마르고, 까무잡잡한 피부에 검은 수염이 카펫처럼 얼굴 아래를 뒤덮은 남자였다. 그는 로비의 차 뒷좌석 문을 열고 앉아 다리 한 짝은 안에, 한 짝은 밖에 걸친 채 담배를 피우고 있었다.

"그래?" 베니가 말했다. 그는 차에서 나와 문을 닫고는 담배를 한 모금 빨아 노란 부분까지 태우고 길바닥에 버렸다. "누군데?"

"흠." 로비가 망설였다. "회사원인가?"

"참 나, 회사원? 이 근처에 묻히는 사람이? 아닐걸."

"그게 무슨 뜻이야? 회사원은 이 근처에 살지 말라는 법이라도 있나?"

이건 또 무슨 소리인가.

"내 말뜻 알면서 왜 이래. 이름이 나이트 양인지 뭔지 간에 월스트리트에서 일하는 은행원이 아닌 건 확실해. 너도 알고 나도 알잖아. 이 어린 녀석도 알고." 그는 나를 턱으로 가리켰다.

"그래도 이 관은 뭔가 다른데."

"관은 돈만 주면 살 수 있잖아. 젠장, 네 그 망나니 동생도 죽으면 좋은 관에 누울걸. 가족이 장의사니까."

베니가 이렇게 말하면서 로비를 약 올렸다. 로비가 뭐라고 쏘아붙이기 전에 레이 아저씨가 검은 양복을 입은 남자 두 명과 교회 밖으로 나왔다.

"됐어. 교회에서 우리를 도와 줄 형제님 두 명을 데리고 왔어. 이제 여섯 명이야. 세 명이 한 쪽을 들어. 신참은 가운데를 들고. 그 정도면 될 거야."

베니와 로비는 나이트 양의 관 값이 얼마나 나갈지 떠들다가 레이 아저씨의 말에 자리를 털고 일어났다. 레이 아저씨가 존중받고 있다는 게 마음에 들었다.

한쪽은 로비와 베니, 그리고 둘 사이에 자리 잡은 내가 맡고 레이 아저씨와 다른 두 사람은 반대쪽을 맡았다. 내가 알아차리기도 전에 차에서 관이 나왔다. 나는 관 옆에 붙어 있는 철로 된 손잡이를 꼭 붙잡았다. 내 손은 땀에 젖었지만 이 여자분이 누워 있는 비싼 관을 떨어뜨리지 않게 해달라고 기도하는 것 외에 달리 할 수 있는 게 없었다. 천국에서 어떤 나이 든 숙녀가 엄마에게 고개를 저으며 손가락질을 하며 내 흉을 보는 광경이 떠올랐다.

계단을 오른다. 한 번에 한 발짝씩. 레이 아저씨는 군대 장교처럼 사람들의 움직임을 지휘했다. 다른 남자 넷은 발을 내디딜 때마다 끙끙거렸는데 나는 별로 힘이 들지 않는 것 같았다. 그렇다고 손을 놓고 확인해볼 필요는 없겠지.

교회 안에 들어가자 나머지는 쉬웠다. 우리는 제대로 이어지는 통로를 따라 관을 끌고 갔다. 벽에는 커다란 목조 십자가가 늘 그렇듯 커다란 스테인드글라스 창문에 둘러싸인 자리에 높이 걸려 있었다.

"이제 됐어. 셋을 세면 드는 거야." 레이 아저씨가 지시했다. "하나, 둘, 들어."

우리는 관을 커다란 테이블 위에 놓았다.

"이런, 정말 무겁네." 레이 아저씨가 손수건으로 관 위의 장식을 닦으면서 신음했다.

"그래. 이건 동이랑 강철로 되어 있는데 두께가 18이나 돼." 로비가 한 발 뒤로 물러서서 관이 테이블 위 정중앙에 놓여 있는지 확인하며 말했다. "비싼 거야."

"또 시작이냐." 레이 아저씨가 로비 아저씨를 보며 말했다. 그러고는 나에게 고개를 돌려 부드럽게 말했다. "이 머저리들은 허구한 날 사람들이 관에 돈을 얼마나 썼는지 떠든다니까."

나는 엄마의 관도 무거웠는지 물어보고 싶었다. 아마 별로 무겁지는 않았을 것이다.

"무식해서 그래." 아저씨가 관의 앞부분을 열면서 덧붙였다.

아저씨가 관을 열려고 하는 것을 눈치채고, 나는 한 발짝 뒤로 물러섰다. 관 속에 누워 있는 엄마를 본 적이 있기 때문에 죽은 사람을 본다는 건 별로 무섭지 않았지만, 이 나이트 양이라는 사람은 누군지도, 어떻게 생겼는지도 모른다. 나는 주름이 많고 돈 많은 할머니를 떠올렸다. 진주와 다이아몬드가 박힌 귀걸이, 반지, 예쁜 드레스. 맨해튼의 고급 식당에서 저녁을 먹기 전에 낮잠을 한숨 자는 것 같은 모습 말이다.

레이 아저씨는 마지막 나사를 풀고 관 뚜껑을 열었다. 나는 슬쩍 관 속을 엿보고 깜짝 놀랐다. 나이트 양은 나이 든 할머니가 아니었다. 오히려 어리다고 하는 편이 맞았다.

"슬픈 일이야." 레이 아저씨가 말했다. "너무 빨리 갔어."

나는 그녀의 매끈하고 둥근 얼굴을 쳐다보았다. 주름은 없었고, 작은 다이아몬드 귀걸이, 하트 모양 은 목걸이가 걸려 있었다.

"몇 살이에요?" 내가 물었다.

"열아홉 살."

열아홉! 나보다 두 살 많네. 나는 침을 삼켰다.

"무슨 일이었대요?"

"아이 어머니 말이 천식 발작이었대."

"천식? 어떻게 천식 발작으로 죽을 수가 있어요? 사람이 천식으로 죽을 수도 있다는 얘긴 못 들어 봤어요. 흡입기 몇 번 들이마시면 괜찮아지는 거 아니에요?"

천식이라고? 천식으로 사람이 죽다니!

"그래, 그건 그렇지. 그런데 이 애한테 천식이 있다는 건 아무도 몰랐어. 심지어 본인도. 그러니까……." 레이 아저씨가 어깨를 으쓱했다. "호흡기도 없었지." 레이 아저씨가 관 속의 십대 소녀를 내려다보고는 내 어깨를 두드렸다. "꽃 옮기는 것 좀 도와줘."

그날 장례식은 제임슨 아저씨의 장례식과는 아주 달랐다. 식장은 수많은 십대들로 붐볐다. 그중 몇 명만 동네에서 몇 번 봤을 뿐, 대개는 처음 보는 아이들이었다. 청바지에 운동화를 신은 조문객들이 들어오는 동안 나는 뒷자리에 앉아 있었다. 몇몇은 낸시 나이트의 얼굴이 앞면에 인쇄된 티셔츠를 입고 있었다. 여자아이들은 대부분 입을 손으로 막고 있었고, 남자아이들은 거의 모자를 벗었지만 선글라스는 그대로 쓴 채였다. 버릇 없어 보이긴 했지만, 나는 왠지 이해할 수 있었다.

나는 레이 아저씨와 로비, 베니와 함께 뒤에 서서, 조문객들이 우리 엄마 장례식에서 그랬던 것처럼 장례식 행진을 하며 시신을 보고는 낸시가 생전과 똑같다는 등 뻔한 이야기를 하는 모습을 쳐다보았다. 그러나 이 아이들이 낸시를 바라보는 방식은 나이 든 아주머니들이 우리 엄마를 바라보던 모습과는 달랐다. 이 십대들은 이웃집 여자아이가 죽었다는 사실에 그저 놀란 것 같았다. 아무 예고도 없이 갑자기, 영영 낸시에게 전화를 걸 수도, 교실에서 수다를 떨 수도 없게 된 것이다. 갑자기 끝난 것이다. 나는 그런 상황을 받아들이는 기분이 어떨지 알 것 같았다.

다행스럽게도 이 장례식에는 합창단이 없었다. 대신 머리를 땋은 말라깽이 소녀가 일어나 교회 지붕을 날려 버릴 것 같은 목소리로 '참새를 바라보는 주님의 눈His Eye is on the Sparrow'을 불렀다. 정말 온 마음을 다 바쳐 불렀다. 그 아이는 깊이 파고드는 목소리로 낸시에게 가 닿을 듯이 큰 소리로 노래했다. 노래를 부르는 소녀의 얼굴에 눈물이 흘렀다. 다른 사람들의 얼굴을 직접 볼 수는 없었지만 눈가를 찍어 내는 걸 보니 많이들 우는 모양이었다. 나는 상당히 검은 피부에 검은 옷으로 차려입고 맨 앞에 앉은 낸시의 어머니에게 집중했다. 여러 가닥으로 꼰 머리를 올려 묶은 아주머니는 몸을 흔들거리고 있었고, 다른 아주머니가 낸시 어머니의 어깨에 팔을 두른 채 부채를 부쳐 주고 있었다.

식순을 보니 다음 순서는 추모사였다. 목사님이 마이크 앞에 섰다. 목사님은 고등학교 졸업식에서 입는 것 같은 주홍색 긴 제의를 입고 있어서, 그 안에 정장을 입었는지 아니면 청바지에 티셔츠 차림인지 알 수 없었다. 나도 저런 제의를 입으면 좋겠는데. 목사님은 얼굴은 아이 같았지만 이마에 주름이 많은 걸 보니 겉보기보다는 나이가 많은 게 분명했다. 목사님은 마이크 앞에 서서 추모사를 읽기 시작했다,

추모사는 아주 짧았다. 낸시가 19년밖에 안 되는 짧은 삶을 살았기 때문일 것이다. 뭔가 해보기에도 너무 짧다. 내가 죽는다 해도 추모사는 단 몇 줄밖에 되지 않겠지.

매슈 밀러는 데이지 밀러와 잭슨 밀러의 아들이었습니다. 그의 가장 친한 친구는 크리스 헤이스였습니다. 그는 인생을 구원해 줄 여자 친구도 사귀지 못했습니다. 그는 세상을 떠났습니다. 끝.

식순을 적은 종이 앞면에는 내 사진도 있을 것이다. 졸업식 사진 중에 하나로. 로봇 얼굴, 12번.

목사님이 추모사를 읽었다. 낸시는 둘째 딸로 태어나 브루클린 공고를 우수한 성적으로 졸업했다. 낸시가 가장 좋아한 과목은 영어였고, 시와 R&B 음악을 사랑했다. 또한 트랙 달리기를 좋아해서 메릴랜드 대학에 육상 선수 장학생으로 입학하여 1학년 때 아주 우수한 성적을 거두었다. 죽기 며칠 전 그녀는 레이스에서 우승했다. 목사님은 죽기 전이라는 표현 대신에 "하나님께서 자신의 천사를 거두기 전"이라고 표현했다. 엄마의 장례식에서도 목사님은 비슷한 표현을 쓰셨다. 죽는다는 말보다 낫긴 하다. 하지만 죽은 건 죽은 것이다. 가슴 아프지만 어떻게 불러도 그 사실은 변하지 않는다.

나는 낸시에 대해 생각해 보았다. 그녀는 우승까지 해본 육상 선수에 공부도 잘했다. 이런 경우는 흔치 않다. 게다가 교회 안을 캠프 떠나는 아이들만큼 꽉꽉 채우고, 복도도 모자라 벽을 둘러싸고 서 있는 아이들을 보니 인기도 꽤 많았던 모양이다. 낸시는 아주 멋진 여학생이었을 것이다. 그러나 낸시가 아무리 훌륭한 육상 선수였어도, 죽음을 따돌릴 만큼 빠르지는 않았다.

낸시의 어머니에 대해서도 생각하지 않을 수 없었다. 아주머니는 맨 앞줄에 앉아 숨을 크게 내쉬고 몸을 흔들면서 이따금씩 하나님에게 도움을 청하는 듯 두 손을 올리곤 했다. 나는 엄마를 잃는 기분이 뭔지 알지만, 나를 잃는다면 엄마의 심정이 어땠을지 헤아릴 수는 없었다. 엄마는 길거리에서 어떤 아이가 죽었다는 소식을 들을 때마다 "부모가 자기 자식을 묻다니, 그건 정말 못할 짓이야"라고 말하곤 했다. 엄마는 나에게 수백만 번이나 그 말을 했지만, 그 말이 아니더라도 엄마 역시 낸시 엄마처럼 하나님한테 대신 자신을 데려가라고 빌면서 울고, 나를 살려 달라고 소리 지르며 가슴이 찢어졌을 것이다. 엄마는 나를 아주 많이 사랑했기 때문이다. 내가 죽는다면 그 어떤 농담도 엄마를 웃게 할 수 없었을 것이다. 그렇게 엄마의 인생은 끝났을 것이다.

나는 나이트 양에게 동정심을 느꼈다. 집이 부자는 아닌 모양인데, 저 무거운 관에 돈을 꽤 많이 쓴 것 같았다. 물론 그 아이에겐 그럴 만한 가치가 있었겠지. 우리 엄마라도 똑같이 했을 것이다.

목사님의 추모사가 끝나자 낸시의 여동생이 단상 위로 올라갔다. 열여섯 살 정도 돼 보이는 그 아이는 화장이 눈물에 섞여 얼굴에 검은 줄이 흐르고 있어도 귀여운 태를 감출 수 없었다. 작은 덤불처럼 머리를 완전히 둥글고 짧게 자른 그 애는 마이크 앞에 서서 종이 한 장을 들고 덜덜 떨고 있었다. 이름은 얼리샤였다.

"이것은……." 간신히 입을 뗐는데 목소리도 손이 떨리듯 같이 떨리고 있었다. "이것은 낸시 언니를 위한 시입니다."

얼리샤는 한 손을 가슴에 대고 큰 숨을 들이마셨다.

둘 중에 누가 달보다 더 빠를지
달리던 때가 생각나
오후 내내 깔깔거리며
농담하던 게 생각나

엄마가 케이크를 만들어 주면

먼저 먹겠다고 다투던 일이 생각나

언니의 생일날

내가 가장 예쁜 풍선을 터뜨린 일이 생각나

우리가 가장 좋아하는 노래를 부르며

밤을 지새우던 때가 생각나

여기까지 읊은 뒤 얼리샤가 잠시 침묵했다가 말했다. "그 노래는 로린 힐이 부른 '너에게서 눈을 뗄 수 없어Can't take my eyes off you'."

이제는 자매의 엄마가 허리를 펴고 일어나 고개를 끄덕였다. 그 얼굴은 내 자리에서 보이지 않았지만, 웃고 있는 것만은 분명했다.

얼리샤는 시를 계속 낭송했다.

우리가 가장 좋아하는 노래를 부르며

밤을 지새우던 때가 생각나

1월의 눈싸움

6월의 물싸움이 생각나

나는 꿈에도……

얼리샤가 다시 낭송을 멈추었다. 그녀의 손이 아까보다 더 심하게 떨렸다. 마음속 응어리를 목구멍으로 삼키는 것이겠지. 얼리샤는 조문객들을 올려다본 다음, 어머니와 평화롭게 누워 있는 언니 낸시를 차례로 보았다. 나는 제임슨 씨의 장례식에서 느꼈던 것과 똑같은 감정으로 속이 뒤틀리는 것만 같았다.

얼리샤가 말을 이었다. "꿈에도 몰랐어." 얼리샤의 목소리는 초콜릿 빛깔의 뺨에 흘러내리는 눈물에 가려 사라졌다. 그녀는 종이를 작은 사각형으로 접어 자리로 돌아가면서 관 속에 넣었다. 자리에 앉자 그녀의 어머니가 사랑하는 마음을 전부 끌어 모은 듯 그녀를 감싸 안았다. 엄마의 장례식에서 목사님은 나에게 지금 나처럼 고통스러운 사람은 없을 거라고 말씀하셨다. 얼리샤와 나이트 부인을 보니 그들도 그때의 나와 같았다. 이 교회 안에서 그들만큼 슬픈 사람은 없다. 다시 한 번, 나는 만족감을 느꼈다.

레이 아저씨가 나를 향해 걸어오면서 따라오라는 몸짓을 했다. 베니, 로비와 다른 두 남자가 관을 향해 걷는 우리를 뒤따랐다. 목사님은 마지막 기도를 올리고 있었고, 처음 노래를 부른 여자아이가 장례식을 마무리 지을 다른 노래를 부르기 위해 마이크 앞으로 돌아왔다. 이번에는 모든 이들이 따라 부를 수 있는 경쾌한 노래였다. '나의 이 작은 빛 This Little Light of Mine'.

나는 베니와 로비 사이에 자리 잡았다. 같이 금속 손잡이를 잡고 관을 들어 올리는데 아까처럼 긴장되지는 않았다. 나는 나이트 부인과 딸이 앉아 있는 곳으로 고개를 돌렸다. 둘은 노래를 부르며 눈에서 흐르는 마지막 눈물 몇 방울을 닦고 있었다. 나는 그들과 눈을 맞추고 미소를 지었다. 나이트 부인도 따라 웃었다. 그때 로비가 내 팔을 팔꿈치로 찔렀다. 갈 시간이었다. 우리는 레이 아저씨의 신호에 맞춰 관을 들고 돌아서,

뒤따르며 노래를 부르는 낸시의 친구들, 가족들과 함께 낸시를 데리고 천천히 햇빛 속으로 나왔다. 빛나라, 빛나라, 빛나라.

# 비가 많이 오던 날

"뭐 하냐?"

크리스가 큰 우산을 지팡이처럼 짚고 멋진 스텝을 밟으면서 걸어오고 있었다. 그 모습이 배불뚝이 포주가 걸어오는 듯해서 우스꽝스러웠다. 로비 레이하고도 좀 비슷하다. 책이 잔뜩 든 크리스의 헐렁한 책가방은 엉덩이까지 축 처져 있었다.

"아무것도." 내가 말했다. "네가 뭐 하는지 보고 있었지."

"근데 무슨 일 있었냐? 나한테 그렇게 화를 내는 걸 보니 무슨 일이 있었나 본데."

"내가 언제 너한테 화를 냈다고 그래?"

"방금 나한테 화냈어, 맷!" 크리스가 휴대전화를 꺼내더니 내가 보낸 문자를 셌다. 총 아홉 개. 내가 뭐라고 쏘아붙이기는 했지만 기분이 이상해서 그랬을 뿐이다.

영구차에 낸시의 관을 넣은 다음, 나는 같이 차에 타고 묘지로 가는 대신 바로 교회를 떠나 집으로 갔다. 레이 아저씨도 이해한다면서 그날 일당으로 30달러, 그 전날 일당으로는 30달러를 주셨다. 꽤 괜찮은 보수였다.

집으로 걸어오면서 나는 인생에 대해, 친구들에 대해, 엄마 없는 생활이 얼마나 엉망인지, 왜 이리 거꾸로인지, 내가 이러고 살아도 되는지 생각했다. 원래는 부드럽게 지나갈 일들이었다. 내가 감당해야 하는 가장 불편한 일은 사진 찍는 날, 그뿐이었다. 그런데 지금 나는 이곳에, 혼자, 자신이 죽을 줄은 꿈에도 몰랐던 내 또래 소녀의 장례식에서 상여꾼을 하다가 집으로 가고 있다. 하지만 그보다 더 최악은, 황당한 일이지만 내가 장례식에 참석하는 걸 좋아한다는 것이다! 그래, 이건 너무 이상하다. 하지만 엄마가 돌아가신 이후, 다른 어떤 곳에서보다 장례식에서 기분이 나아졌다. 그 사실 때문에 오히려 미칠 것 같아서 친구와 같이 있었으면 했다. 그래서 그랬다. 맞다. 나는 크리스에게 퉁명스럽게 굴었다. "뭐, 그랬거나 말거나." 내가 말했다. "나 돈 있는데 뭐 사줄까?"

나는 10달러와 20달러짜리를 슬쩍 내보였다. 내가 이렇게 돈 자랑하는 것을 엄마가 봤다면 분명 펄쩍 뛰었을 것이다. 크리스도 펄쩍 뛰면서 눈이 휘둥그레졌다.

"야, 그 돈 어디서 났어?" 크리스는 마약이라도 팔아서 벌었다는 대답을 기다리듯이 물었다. 그러나 크리스는 나를 잘 알기 때문에, 내가 정당하게 돈을 벌었다는 것도 알 것이다. 나는 그렇고 그런 녀석이 아니니까.

“일해서 벌었지, 바보야.” 내가 지폐를 반으로 접으며 말했다. “먹을 거야, 말 거야?”

“아직 요리는 안 하고?” 크리스가 물었다.

“배고프지 않으면 말고.” 내가 돈을 주머니에 도로 넣었다.

“누가 그렇대? 난 네가 뭘 만들어 먹지 않는다는 게 이상해. 내 친구 중에 음식을 할 줄 아는 애는 너뿐인데.” 크리스가 내 눈에는 보이지 않는 뭔가를 향해 우산을 휘둘렀다.

“그냥 그럴 기분이 아니야.” 내가 점점 뜨거워지는 양복 재킷의 소매를 걷어 올리며 말했다. “항상 엄마랑 하던 일이었거든. 우리 둘이서만.”

크리스는 바닥을 내려다보면서 개미를 눌러 죽이듯이 우산으로 길바닥을 툭툭 쳤다.

“그렇구나. 그럼 그럴 수 있지.” 그가 올려다보며 말했다. “우리 어디로 가지?”

나는 잠시 생각했다. 크리스는 생각에 빠질 때마다 늘 그러듯이 대머리에 윤을 내는 것처럼 머리를 문질렀다. 하지만 우리는 이미 어디로 갈지 알고 있었다. 항상 그랬듯이, 클럭 버켓이었다.

우리는 거리에 굴러다니는 빈 깡통, 먹을 걸 찾아다니는 길고양이, 밝은 햇빛 아래 새 운동화를 신고 담배를 피우며 구부정하게 앉아 있는 동네 사람들, 길가를 빠르게 걸어가는 할머니, 천천히 걸어서 귀가하는 직장인들로 가득 찬 동네의 콘크리트 길을 걸었다. 버스, 택시, 자전거, 그리고 스케이트보드들. 가게 주인들은 세일 정보를 열심히 외치고 있었다. 우리는 노래를 부르는 어린 여자아이들, 웃고 있는 좀 더 성숙한 남자아이들, 우는 아기들을 지나쳤다.

"잠깐만." 식료품점이 있는 모퉁이에 도착하자 나는 주머니를 두들기며 말했다. "잠깐 여기 좀 들르자. 지미에게 외상을 했거든."

"돈이 생겼다고 빚부터 갚다니, 감동적이다." 크리스가 웃으며 말했다.

나는 가게 문을 열었다. 고양이가 냅킨 더미를 넘어 수프 그릇 위로 펄쩍 뛰어올랐다.

"지미, D 사이즈 배터리 두 개에 얼마예요?" 정장에 운동화를 신은 여자가 물었다.

"2달러 30센트입니다."

"2달러 30센트? 말도 안 돼. 겨우 배터리 두 개에요? 그럼 그건 됐고 복권 두 장 주세요." 그녀는 두꺼운 플라스틱 상자를 두드리며 자기가 긁고 싶은 복권을 지미에게 가리켜 보였다.

"5달러입니다."

"5달러? 지미, 한 장에 2달러 50센트라는 거예요?"

이때 지미가 우리를 발견했다.

"맷, 뭐 줄까?"

여자 손님은 5달러 지폐를 카운터에 내밀었다. 더 많은 돈을 버는 것이 배터리보다 중요했던 모양이다. 그러니 배터리 대신 복권을 사겠지.

"안녕하세요, 지미. 저번에 외상한 거 갚으러 왔어요." 나는 주머니에 손을 넣으며 말했다.

"괜찮은데." 지미가 말했다. "너희 아빠가 다 내셨어."

"정말요?" 난 당황스러웠다. "누구랑 같이 왔어요?"

"응, 친구. 좀 이상한 사람이더라. 항상 알바니 가에서 돌아다니는 그 주정뱅이 준다고 맥주 몇 병이랑 담배 몇 갑도 사시더라고. 얼굴에 징그러운 구멍이 있는 사람 말이야."

나는 속이 답답해졌다.

"몇 시쯤이었어요?"

"잘 모르겠어. 10시 조금 전이었나." 지미가 고개를 저으며 말했다. "아마 그쯤이어서 그 주정뱅이랑 돌아다니는 걸 기억하나 봐. 밀러 씨는 아침에는 술을 잘 안 마시잖아."

지미 말이 맞다. 우리 아빠는 그런 사람이 아니다. 아빠는 항상 이성적이었다. 앞뒤도 맞았고. 하지만 그건 항상 옳은 방향으로 이끌어 주는 아내가 있었을 때 얘기다. 난 내 기도를 떠올렸다. 아빠가 술버릇을 고치길 빈 기도 말이다. 위에 계신 분이 신이든 누구든 간에 내 바람을 들어주지 않으신 게 분명했다.

"알았어요. 그럼 이만 갈게요."

나는 문을 열었다.

"이봐, 맷! 정장 멋지다!" 지미가 쉰 목소리로 내게 말했다. 밖에는 크리스가 벽에 기대서서 휴대전화로 게임을 하고 있었다.

"이제 가자." 내가 말했다.

"야, 너 최고 점수 몇 점이었어?" 크리스가 잠깐 멈추었다가 "템플 런*에서 말야" 하고 나를 쳐다보지도 않고 물었다. 손은 여전히 휴대전화 액

* 뒤따라오는 괴물을 따돌리는 달리기 게임.

정 위에서 놀고 있었고, 우산은 손목에 걸려 있었다.

나는 대답하지 않았다. 그러자 크리스가 나를 올려다보았다.

"왜 그래? 지미가 이자라도 받았어?" 크리스가 옅게 웃으며 물었다. 그래도 내가 대답하지 않자 게임 화면을 끄고 휴대전화를 주머니에 넣었다.

"뭐야?" 크리스가 다시 물었다.

"돈 낼 필요가 없었어. 아빠가 일찍 와서 다 냈대."

"근데 뭐가 문제야?"

"지미가 그러는데 아빠가 코르크랑 같이 있었대."

크리스가 얼굴을 찌푸리고는 아무 말도 하지 않았다. 나도 마찬가지였다. 우리는 몇 블록을 더 걸었다. 우리 사이에는 무거운 침묵이 감돌았다. 알바니 가에 이르자 블록을 따라 내려가 아빠가 어디 계신지 찾아볼까 하는 생각이 들었다. 그러나 크리스와 함께 있는데 그러고 싶지는 않았다. 왜냐면, 그래, 맞다. 창피했다. 크리스가 어릴 때부터 봐왔던 우리 아빠와는 전혀 딴판인 지금의 모습을 보여 주고 싶지 않았다. 보고 싶지 않기는 나도 마찬가지였다. 엄마가 항상 말씀하시길 현실에서 도망칠 수는 없다고 했다. 그러나 나는 그러고 싶었다. 정말로, 난 도망치고 싶었다.

크리스가 어색한 침묵을 깼다.

"일은 어때, 정장 친구?" 크리스가 우산 끝을 하수구에 대고 질질 끌자 교회 종소리 같은 소리가 났다.

고주망태가 된 아빠, 그리고 어느 십대 여학생의 장례식에서 하루를 보낸 일 외에 나한테는 별 화젯거리가 없다는 것에 대해 잠시 생각했다. 레이 아저씨나 로비라도 나보다는 정상적인 청소년기를 보냈을 것이다. 내 또래라면 여자애에게 관심을 갖는 게 어울린다. 레이 아저씨가 말했듯이 '치마'에 대해서 말이다. 레이 아저씨나 로비가 정상일지도 모른다. 나는 뭔가 다르다. 그것도 이상한 의미에서.

크리스가 내 대답을 기다리고 있기에 "할 만해"라고 대답했다. 바보 같은 대답이었다. 나는 마음을 다잡았다. "사실 별로야. 오늘은 장례식에서 관을 들었어."

"뭘 했다고?"

"사람들이랑 관을 들었어. 상여꾼이라고 하더라. 머저리 같지."

"그랬겠다."

"제일 어이없었던 건 그 장례식 주인공 여자애가 우리보다 겨우 몇 살 위였다는 거야."

크리스는 나를 쳐다보았다. 눈빛을 보니 그 아이가 왜 죽었는지 궁금한 모양이었다.

"천식으로 죽었대. 그런데 천식이 있는지도 몰랐대."

크리스가 고개를 저었다. 나는 크리스가 무슨 생각을 하는지 알았지만 뭐라 말해야 할지 몰랐다.

"왜?"

"아무것도 아니야. 난 네가 어떻게…… 매일 장례식에 가는지 모르겠어. 그게…… 아냐. 아무것도 아냐."

나는 잠시 생각에 잠겼다가 말했다.

"인마, 매일은 아니야. 그리고 클럭 버켓에서는 이만큼 벌지 못할걸." 나는 주머니에서 현금을 꺼내며 농담했다. 크리스에게 진실을 말할 수 없었다. 나 자신도 인정하기 힘든 진실은, 내가 장례식을 좋아한다는 것이다. 크리스에게 이 얘길 하지 못하는 이유는 내가 왜 장례식에 푹 빠졌는지 알기 때문이다. 내가 괴물이라서가 아니다. 아니, 어쩌면 그럴지도 모르지. 하지만 이유가 아예 없지는 않다. 지금은 알 수 있다. 나는 다른 사람들이 소중한 사람을 잃은 슬픔을 어떻게 견디는지 보고 싶었다. 물론 고통스러워하는 모습을 보고 즐기는 것은 아니다. 단지 나에게만 이런 고통이 있는 게 아니라는 것을 확인하면 기분이 나아졌다. 결코 다시 가질 수 없는 것을 그리워하는 사람은 나만이 아니었다. 봐. 이유가 있잖아. 하지만 나는 크리스에게 이렇게 말할 수 없었다. 크리스에게는 아버지가 없을뿐더러 기억조차 없다. 그건 함께 살다가 잃은 것과는 다르다. 최소한 내 생각은 그렇다. 게다가 크리스네 어머니는 건강하시니, 크리스는 이해할 수 없을 것이다. 그러나 제임슨 아주머니는…… 이해했다. 나이트 부인도 마찬가지였다.

"계속 나한테 밥을 사면 돈이 남아나지 않을걸!"

크리스가 나를 현실 세계로 다시 끌어당겼다. 그 말이 맞았다. 클럭 버켓에서 크리스는 클럭 디럭스 세트를 시켰다. 마요네즈, 양상추, 토마토, 양파 링, 특별한 소스와 피클이 들어 있는 엄청나게 큰 햄버거와 큰 감자튀김, 큰 초코 셰이크가 있는 세트였다. 그러고도 바나나 푸딩도 시켜도 되냐고 물었다. 나는 겨우 3단 버거와 커피, 비스킷을 시켰는데. 크리스가 시킨 음식은 8달러 50센트였고, 내 건 3달러 35센트였다. 그리고 주문을 받은 사람은?

"합해서 11달러 85센트입니다." 르네가 감자튀김을 뒤집느라 계산대를 둥진 채 말했다. 르네는 처음 봤을 때와 똑같았다. 머리에 우스꽝스러운 그물을 쓰고 기름기 묻은 보라색 셔츠를 입은 모습. 내가 그 애의 행색을 우스워하듯이, 정장을 입은 나도 우스워 보이긴 마찬가지겠지. 하지만 르네는 우스워 보일 때도 귀여웠다. 뭐라고 말을 걸어 볼까. 그날 양아치 녀석을 망신 준 일 재밌었다고 말해 볼까. 뭔지는 몰라도 말을 터 볼 수 있는 게 없을까. 하지만 나는 이미 르네 앞에 서 있었고, 그러자 모두 어리석은 생각 같았다. 엄마는 항상 "안녕, 잘 있었니?" 하고 말을 걸라고 했지만, 엄마는 이 동네에서 자라지 않았으니 모른다. 엄마가 살던 남부 사람들은 다 친절했다던데. 하지만 잘될지 누가 알아? 그냥 말해 보자.

안녕, 잘 있었니?

말하라고. 하지만 혀끝에서만 맴돈다. 그냥 말. 해.

침묵.

"11달러 85센트입니다." 르네가 손을 내밀며 다시 말했다.

나는 아무 말도 할 수 없었다. 그저 못난 사기꾼처럼 돈을 꺼내고 결제했다.

우리는 배를 채우고 동네로 걸어갔다. 걷는 와중에 크리스가 우스꽝스럽게 초코 셰이크의 마지막 한 방울까지 빨대로 빨아먹으려고 애를 썼다. 볼은 움푹 들어가고 두 눈은 빠질 것처럼 힘을 주는데, 셰이크 한 잔을 먹더라도 참 힘들게 먹는 재주가 있었다. 나는 아빠 드시라고 치킨 몇 조각을 챙겼고 비스킷 반을 남겼다. 어차피 입맛이 별로 없었고, 아빠가 집에 오면 배고파할 것 같았으니까. 아빠에게는 아직 화가 나 있지만 어쩔 수 없지 않나. 아빠는 아빠니까.

우리 집 앞에 도착해서 나는 크리스에게 르네에 대해 어떻게 생각하는지 물었다.

"누구?"

"르네 말이야. 우리 주문 받았던 여자애."

"너 걔 알아?"

"아니, 아직은. 근데 알고 싶어."

"그러니까 걔를 스토킹하겠다는 말이군." 크리스가 씩 웃었다.

"아니라고." 내가 짜증을 내며 말했다. "그냥 네가 보기엔 어떤지 물어본 건데 무슨 소리야."

"아." 크리스는 잠시 생각해 보는 것 같더니 "그럭저럭 괜찮은 것 같아" 라고 했다.

"그게 다야?" 내가 깜짝 놀라 물었다. 내가 보기엔 그냥 괜찮은 정도가 아닌데.

크리스는 어깨를 으쓱했다. 젠장. 어떻게 하면 그 애랑 사귈 수 있을지 크리스에게 물어보려는데, 갑자기 옆 블록에서 사이렌 소리가 나더니 우리 목소리를 가려 버려 대화는 거기에서 끝났다. 때마침 하루의 시작을 알렸던 비가 다시 내려 그날의 마지막을 장식했다. 처음에는 보슬비였다가 갑자기 퍼붓듯 쏟아졌다. 가로등이 켜지자 크리스는 낙하산처럼 우산을 펴면서 작별 인사를 했다.

집으로 들어가 현관에 책가방을 내려놓았다가 다시 들어 주방 의자 밑에 놓았다. 그러지 않으면 아빠가 들어오다가 가방에 걸려 넘어지면서 전날 밤 일을 반복할 게 틀림없었다. 나는 클럭 버켓 상자를 테이블 위에 놓았다. 어느새 기름기가 새어 나와 상자 바닥이 축축해져 있었다. 나는 손을 씻고, 최대한 조심스럽게 양복 재킷을 벗어 자세히 살펴보았다. 이 옷은 내 유일한 정장이고 새 직업 덕분에 상당히 자주 입게 될 것이다. 그 직업이라는 것은 특이하고도 새로운 취미와 다를 것이 없었다. 장례식장에서 일하나 장례식에 그냥 참석하나 똑같으니까.

옷깃에는 먼지도, 얼룩도 없었다. 찢어진 데도 없었고, 단지 어깨에 주름이 약간 졌을 뿐이다. 나는 옷을 거실에 있는 소파 팔걸이에 가볍게 걸쳐 놓았다. 내가 어렸을 때 엄마는 이 큰 진홍색 소파를 우주선이라고 불렀다. 나는 청바지를 벗는 것보다 쉽게 바지를 벗어서 한쪽 끝에 내려놓았다. 그러고는 어렸을 때처럼 그 '우주선'에 털썩 드러누워 이대로 나를 어디론가 데려가 주기를 바랐다.

나는 속옷과 양말만 신고 쿠션을 파고들면서 숨을 깊게 들이쉬며 텅 빈 집에서 들리는 소리에 귀를 기울였다. 아무도 없는 집치고는 꽤 많은 소리가 났다. 개수대에선 물방울이 똑똑 떨어졌고, 냉장고에서는 웅 하는 소리가 났다. 이런 소리들은 엄마 말로는 집이 안정되었다는 뜻이라고 했다. 비는 점점 더 세차게 내리면서 잡음이 나는 텔레비전 같은 소리를 냈다. 사이렌은 끊임없이 울렸다. 성가신 소리였다. 어쨌든 내가 정말로 듣고 싶은 엄마의 목소리는 들리지 않았다.

나는 리모컨을 향해 손을 뻗었다. 이런 일로 감성에 젖거나 하지는 않는다. 딸깍. 뉴스. 딸깍. 농구 경기. 스포츠에 관심이 있었으면 좋았을걸. 딸깍. 경찰 쇼. 딸깍. 뉴스. 딸깍. 리얼리티 쇼. 부잣집 부모가 딸의 열여섯 번째 생일 파티를 기획하는 쇼였다. 그 여자아이는 엄마에게 친구들과 로스앤젤레스에서 뉴욕까지 가는 개인 전용기 안에서 파티를 하고, 뉴욕에 도착해서는 제이지, 비욘세와 함께 저녁을 먹고 싶다고 말했다. 대단하군.

내 열여섯 번째 생일에는 부모님이 만났던 식당에서 같이 저녁을 먹은 게 다였다. 지금은 소울 푸드를 팔던 예전 그 식당이 아니지만, 하여튼 좋았다. 엄마는 그때 불어 억양으로 프렌치프라이를 주문하면서 어린 직원에게 자기 고조할머니가 프랑스에서 프렌치프라이를 개발했다고 장난을 쳤다. 속아 넘어간 불쌍한 그 직원은 엄마에게 사인을 부탁했다. 아마 아직까지도 손님들에게 그 일을 자랑하고 있을 것이다. 이런 일들이 일어나는 동안, 그 식당에서 설거지를 했던 아빠는 포크, 나이프, 접시와 유리잔 들을 검사했다. 깨끗하게 닦인 것은 하나도 없었다.

"죄다 얼룩이 있고 줄무늬가 남았어, 데이지. 설거지 하나 제대로 못하네."

"아아, 진정해요." 엄마는 테이블 반대쪽에서 키스를 날렸다. "당신 같은 일꾼은 찾지 못해서 그럴 테니까요." 엄마는 나에게 윙크를 했다.

"세척기를 쓰는 게 분명해. 기계로는 제대로 못하지. 팔꿈치에 묻은 기름기도 못 지울걸." 아빠가 팔꿈치를 테이블 위에 대며 말했다.

"나도 알아, 여보. 그럼 주방으로 가서 어떻게 하는지 알려 주지 그래? 그러면 당신 기분도 좋아질 거고, 음식 값도 안 내도 될걸." 엄마가 웃었다. 우리도 따라 웃었다. 행복한 열여섯 번째 생일이었다.

나는 낡고 오래된 소파에 누워 이 쇼의 어디가 재미있는지 꼽아 보려고 애썼다. 내가 보기엔 현실과는 저 멀리 동떨어져 있다. 적어도 나의 현실과는 그렇다. 나한테 필요한 것은 나를 먼 곳으로 데려다 줄 우주선 한 대과 텔레비전이었다. 실은 진짜 그렇게 된 거나 마찬가지다. 다시 정신을 차려 보니 입에 침을 흘리며 엎드린 채였다. 텔레비전에서는 다른 쇼를 방영하고 있었다. 나도 모르는 새 잠이 들었나 보다. 기억나는 마지막 장면은 그 여자애가 가슴 수술을 하겠다고 엄마에게 대드는 모습이었다. 역겨웠다.

나는 텔레비전을 껐다. 개수대에선 계속 물이 새고 있었다. 냉장고는 아직도 웅웅거렸다. 집은 안정되어 있었고 밖에는 아직도 폭우가 쏟아지고 있었다. 더 이상 사이렌 소리는 들리지 않았다. 최소한 그 소리는 멈췄다.

DVD 플레이어 액정 화면이 9시 26분밖에 안 됐음을 알렸지만 나는 다시 자기로 했다. 피곤하다. 일을 많이 한 것도 아닌데 마음은 벌써 지쳐서 밤을 향해 전원이 꺼질 준비가 되어 있었다.

나는 침대로 기어올라가, 이불을 턱밑까지 끌어올리고 잠시 동안 낸시를 생각했다. 낸시의 어머니가 몸을 꺾으며 울던 모습, 여동생이 읊은 시, 낸시와 그 여동생이 눈싸움을 했다는 얘기, 여름의 물싸움……. 낸시의 남자 친구도 장례식에 왔을까? 왔다면 기분이 어땠을까? 아빠와 비슷한 느낌이었을까? 지금 낸시의 남자 친구도 코가 비뚤어지게 술을 마시고 있을지도 모른다.

나는 머릿속을 비우고 이어폰에 손을 뻗었다. 투팍의 '엄마에게'.

당신에게 진 빚을 어떻게 갚을 수 있을까요
하지만 내가 이해한다는 것을 보여 주고 싶어요
엄마는 존경받고 있다는 것

노래가 절반 정도 흘렀을까. 나는 눈을 깜빡였다. 하지만 눈이 감긴다는 사실을 깨닫기도 전에 눈을 떴고, 어느새 그 교회에 와 있었다. 나이 든 할머니들과 하얀 스타킹, 하얀 신발, 선풍기. 자기 장례식에 와 있는 엄마 옆에 또다시 앉아 있었다. 전처럼 관은 비어 있었다. 엄마는 내 옆에 앉아 내게 팔을 두르고 꼭 안았다. 나도, 엄마도, 우는 대신 서로를 꼭 안았다. 우리를 뺀 나머지 사람들은 다들 울고 있었다. 클락슨 부인도, 낸시의 어머니, 낸시의 여동생 얼리샤도 거기 있었다. 그러나 아빠는 보이지 않았다. 아빠는 어디 있을까. 아내의 장례식에 오지 않다니? 아빠는 그럴 사람이 아닌데.

그때 뒤에서 문을 두드리는 소리가 났다. 쾅. 누군가 문을 두드렸는데 안내인들은 그를 들여보내지 않았다. 그 사람이 다시 쾅 하고 문을 쳤다. 나는 일어나서 있는 힘껏 소리쳤다. “들여보내 줘요!”

그들은 움직이지 않았다. 두드리는 소리는 계속되었다. 크게. 더 크게.

“들여보내 줘요!” 나는 다시 소리치면서 복도로 나왔다. “들여보내 주라니까요!” 나는 문 쪽으로 걸어가기 시작했다. 두드리는 소리는 점점 더 커졌다.

쾅쾅. 나는 잠에서 깼다. 쾅쾅. 누군가 아래층에서 현관문을 두드리고 있었다. 두드리고 두드리고 또 두드리고. 나는 침대에서 일어났다. 꿈이 현실이 되었고 다시 일상으로 돌아왔다는 걸 깨달았다. 투팍이 귀에서 빠진 이어폰에서 속삭거리고 있었다. 내 심장은 가슴에서 빠져나오려는 듯 쿵쾅거렸다.

두드리는 소리는 멈추지 않았다. 나는 침대에서 빠져나와 아빠를 맞을 준비를 하면서 계단을 뛰어내려 갔다. 분명 열쇠를 놓고 갔거나 잃어버렸을 것이다. 그래, 잃어버렸을 거다. 술을 너무 많이 마셔서 두드려 대고 있는 걸 거다. 벌써 바지에 오줌을 쌌을지도 모르지. 어젯밤 일이 반복되려는 거다.

나는 열쇠구멍으로 밖을 내다보았다. 어두운 형상이 문밖에 있었다. 하나가 아니라 둘이다. 앞에 선 사람 뒤에 나머지 하나가 서 있다. 죽음의 신처럼 길고 마른 그림자 하나가 어색해하는 조수를 데리고 우리 집 현관문을 부수려는 것 같았다. 둘 다 아빠는 아니었다.

"매슈!" 현관 바깥에서 검은 그림자가 소리쳤다. "매슈!"

나는 문을 열었다. 굵은 빗줄기는 계속 내리고 있었다. 빗줄기가 너무 세서 눈을 뜨기도 힘들었다. 빗물은 여기저기 튕기면서 얼굴을 적셨다.

"매슈, 나다! 레이 아저씨야!"

레이 아저씨? 아저씨가 여기 왜 있지? 일 때문은 아닐 거다. 그것도 이런 날씨에. 일 이야기라면 내일까지 기다릴 수 있다. 아니면 전화를 하거나. 같이 온 사람은 누구지? 엄마가 아빠에게 불을 켜달라고 빌었던 게 생각났다. 저쪽이 보였다면 이렇게 무섭지는 않을 텐데.

"레이 아저씨?" 나는 문에서 한 발자국 떨어졌다. 속옷만 입은 채였다. 밖에 있는 사람이 아빠인 줄 알고 바지 입을 생각은 하지도 않았다.

레이 아저씨는 문을 벌컥 열고 안으로 들어왔다. 뒤에 서 있는 남자 얼굴은 아직도 보이지 않았다. 마치 그 남자가 자기 모습을 드러내지 않으려고 애쓰는 것 같았다.

"매슈." 레이 아저씨가 젖은 모자를 벗으면서 말했다. "이렇게 불쑥 찾아와서 미안하다. 전화했는데 받지 않더라고."

투팍과 빗소리가 너무 시끄러웠던 탓이다.

레이 아저씨는 옆으로 물러서서 뒤에 서 있던 콰지모도*를 확 끌어당겼다. 그는 마침내 얼굴을 들었다. 사람의 얼굴에 특이한 점이 있으면 그것이 먼저 시선을 끌기 마련이다. 예를 들어 사마귀나 점, 아니면 상처가 얼굴에 있으면 눈은 항상 거기에 먼저 쏠린다. 이 사람에게도 그런 특이점이 있었다. 꼭 특이하다 할 수는 없지만, 언제든 알아볼 수 있는 그런 것. 구멍이었다. 마치 작은 티스푼으로 뺨을 몇 술 파낸 것 같은. 코르크였다.

"내 말 잘 들어. 우리랑 같이 병원에 가야겠다." 레이 아저씨가 바로 용건을 꺼냈다.

"뭐라고요?"

"네 아버지 지금 병원에 있어." 레이 아저씨가 말을 멈추더니 얼굴을 떨구었다. 눈에는 수심이 가득했다. "차에 치였어."

나는 숨이 멎는 것 같았다. 눈앞이 흐려졌다.

*빅토르 위고의 소설 『노트르담의 꼽추』의 주인공으로 못생기고 잔뜩 움츠린 사람을 가리킬 때 종종 쓰인다.

몇 달 전 일이 떠올랐다. 부모님 침실에 갔더니 두 분이 침대에 앉아 껴안고 있었다. 엄마는 마음을 추스르고 나에게 앞에 놓여 있는 팸플릿 속 노인 사진을 보여 주면서 당신이 유방암에 걸렸다는 사실을 알렸다. 지금이 딱 그때와 똑같은 기분이다. 나는 하나님에게 내가 생각한 그것이 아니길 빌었다. 그때와 똑같은 기도였다. 제발 아니길, 하나님. 제발 아니길.

"괜찮아요? 많이 다쳤나요?" 내가 떨리는 목소리를 높이며 매달리듯이 물었다.

"아직 몰라. 가봐야 알아." 레이 아저씨가 대답했다. 아저씨는 자신에게 장례식을 맡기러 찾아온 고객을 바라볼 때와 똑같은 얼굴로 나를 보았다. 고인의 명복을 빕니다 하는 얼굴.

어떻게 옷을 꿰어 입었는지 모르겠다. 겨우 레이 아저씨의 크고 검은 차에 올라탄 일만 기억날 뿐이다. 코르크는 내 뒤에 앉았다. 그가 자리를 옮길 때마다 시트 가죽이 방귀 소리 같은 이상한 소리를 냈다. 우리 셋 사이에 축축한 술 냄새가 퍼졌다.

코르크는 아직까지 한마디도 하지 않았다. 레이 아저씨는 백미러를 조정했다.

"코르크는 오늘 네 아빠와 함께 있었다." 레이 아저씨가 말을 이었다. "매슈, 그 둘이서 뭘 하고 있었는지는 중요하지 않아. 그렇지만……." 아저씨가 말을 멈추고는 백미러를 통해 동생을 보았다.

"네가 말하는 게 좋겠다." 아저씨는 싸늘한 목소리로 코르크에게 말했다. 비가 차 앞 유리를 세차게 내리치고 와이퍼가 두 배 빠르게 움직이는 소리를 들으며 나는 정면을 보고 앉아 있었다.

"집에 가려고 했어." 코르크가 천천히 말했다. 발음이 줄줄 새는 그 목소리를 듣자마자 뒷덜미 털이 곤두섰다. "비가 오니까, 잭슨은 비가 더 많이 오기 전에 집에 가려고 했다고."

나는 두려움과 화를 참으면서 입술을 꼬았다. 술친구가 차에 치였다면 술에서 깨야 하는 게 아닌가.

"무슨 일이 있었는지 얘기해 줘, 코르크." 레이 아저씨가 명령하듯이 말했다.

소용없었다. 코르크는 정신이 오락가락했다.

"코르크!" 레이 아저씨가 목소리를 높였다.

"레이 아저씨, 그냥 아저씨가 말씀해 주실래요? 제발요." 내 목소리가 갈라졌다. "아빠에게 무슨 일이 일어났는지 알아야겠어요." 눈물이 흐르기 시작했다.

레이 아저씨는 한숨을 쉬었다. 동생이 실망스럽고 부끄러웠을 것이다.

"네 아빠는 집에 가려고 했어. 적어도 코르크가 그렇게 말했으니 사실일 거야. 코르크 말에 의하면 알바니 가에서 술을 마시는데 비가 오길래 잭슨이 가게에서 나왔대. 그런데 풀톤이랑 알바니 사이 모퉁이까지 와서는 비틀거리다가 찻길로 발을 헛디뎠대. 그러고는 집시 택시에 치였어."

눈이 아파 오기 시작했다.

"술에 취했군요." 내가 말했다.

"지금은 확실치 않아, 매슈." 레이 아저씨가 빠르게 말했다.

"아니, 궁금할 것도 없어요. 전 알아요, 레이 아저씨. 술에 취했다고요."

내가 왜 그런 얘기를 했는지 모르겠지만, 그게 사실이라는 걸 알기 때문에 어쩔 수 없었다.

# 깨지고 다시 붙이고

삑삑. 웅웅. 딸깍 하는 소리를 내고 미끄러지듯이 열리는 자동문. 청결과 불결이 뒤섞여 있는 냄새. 병원은 엄마가 있었던 때와 달라진 게 없었다. 보러 가는 사람이 바뀐 것 말고는 모든 것이 그대로였다.

코르크는 의자가 몸을 끌어당기기라도 하는 것처럼 대기실에 주저앉았다. 그에겐 거기가 가장 안전한 곳이었을 것이다. 그냥 잠들 수 있는 곳. 레이 아저씨는 나를 데리고 안내 창구에 가서 말했다.

"저기요, 잭슨 밀러 씨를 면회하러 왔는데요." 창구 뒤에 서 있는 여직원에게 레이 아저씨가 말을 걸었다. 그녀는 눈을 가늘게 뜨고 컴퓨터 화면을 바라보면서 키보드를 쳤다.

"아직 응급실에 계신 것 같네요." 직원이 눈은 화면에 고정한 채 대답했다.

나는 피가 손, 다리, 가슴, 배를 지나 온몸에 흐르는 것을 느낄 수 있었다. 뱃속에 있는 혈관마저도 확실히 느껴졌다. 속이 뒤집히면서 피가 끓었다. 사람들은 그럴 때 머리가 빨리 돌아간다지만, 내 머릿속은 그러기는커녕 그대로 멈추었다. 나는 한 가지 생각뿐이었다. 하나님, 제발 우리 아빠를 죽이지 마세요. 그뿐이었다.

"아가씨, 이 아이는 그분의 아들입니다." 레이 아저씨가 부드럽게 말했다. "아버지 상태를 보러 왔어요. 방법이 없을까요?" 아저씨가 사정했다.

창구 여직원은 그제야 나를 보았다. 두 눈은 빛나고 있었지만 피곤에 찌든 얼굴이었다. 그녀는 내가 불쌍하다는 표정을 지었다.

"기다리세요." 여직원은 전화기를 들며 말했다. 그녀가 다이얼을 누르는 동안, 레이 아저씨는 내 등을 두드리면서 고개를 끄덕였다. 크게 걱정하는 얼굴은 아니었지만 모자를 만지작거리는 걸 보니 긴장한 기색이 역력하다. 레이 아저씨 같은 사람에게서 그렇게 눈에 거슬리는 행동을 보기 쉽지 않은데.

창구 여직원은 전화를 받은 사람에게 아빠가 어떤 처치를 받고 있는지 묻더니, 환자의 아들이 와 있다고 알렸다.

"네. 네. 알겠습니다." 그녀는 이렇게 말하고 전화를 끊고는, 입을 다문 채 미소를 짓다가 "조금만 기다리면 누가 올 거야"라고 말했다.

전형적인 의사 가운을 입은 주치의가 커다란 이중문으로 들어왔다. 초록색 파자마와 머리에 쓴 두건이 마치 닌자 복장 같았다. 그는 말을 할 수 있게 입 아래로 마스크를 젖혀 놓았다.

"밀러 씨를 보러 오셨나요?" 의사가 창백한 얼굴로 물었다.

“네, 맞아요. 저는 윌리 레이고 이쪽은 밀러 씨의 아들인 매슈입니다.”

“주치의 윈스턴입니다.”

레이 아저씨가 먼저 의사와 악수한 뒤에 나도 악수했다. 의사 선생님은 내 손을 꽉 잡았다.

“잘 들어, 매슈. 네 아빠는 괜찮아질 거란다.”

나는 겨우 숨을 내쉬었다. 마치 집을 나선 순간부터 숨을 참고 있었던 것 같았다.

“그런데,” 윈스턴 선생님이 말을 이었다. “상당히 심하게 부딪혔단다.”

나는 그냥 고개를 끄덕였다. 적어도 그랬던 것 같다. 확실히 느끼지는 못했지만 머리를 움직인 것 같았다.

“차가 상당히 빨리 달리다가 아빠의 옆구리를 쳤어. 두 다리에 부러진 데도 많고, 갈비뼈 몇 개에도 금이 갔어. 창문을 들이받아서 턱뼈에도 머리카락만 한 금이 생겼단다. 다리는 수술해야 해. 막대기와 핀으로 고정하면 걸을 수 있어. 다행스러운 건 척추에는 아무 이상 없다는 거지.”

레이 씨는 내 등을 두드렸다. 좋고도 나쁜 소식은 완전히 나쁜 소식보다는 낫다.

“정말 다행이네요, 의사 선생님.” 레이 씨가 말했다. “정말 좋은 소식이에요.”

“천만 다행이지요.” 의사가 말했다.

왜인지 알 수 없었지만 나는 의사 선생님이 다행이라고 말한 게 마음에 들었다. 원래 알던 사람처럼, 아빠를 정말로 걱정하는 사람처럼 느껴져서 마음이 편해졌다.

"오늘 밤에 할 일이 많단다. 어느 갈비뼈가 부러진 건지 검사도 더 해야 되고, 부러진 다리뼈가 혈관을 베었는지 살펴본 다음에 수술실로 바로 갈 거야. 그래서 안됐지만 아빠를 보려면 아침까지 기다려야 해." 그건 상관없었다. 아빠가 죽지 않을 거라는 걸 안 이상 나는 괜찮았다.

"밀러 부인도 오시나요?" 의사 선생님이 물었다. 미처 예상치 못한 공격수에게 오장육부를 공격당한 느낌이었다. 이 상황에서 자연스러운 질문이긴 하지만 나는 대답할 준비가 되어 있지 않았다. 목을 가다듬고 대답하려는데, 말문이 막혔다.

"아뇨." 레이 아저씨가 끼어들더니 나를 곤경에서 구해 주었다. "내가 대신 여기 있을 거요." 그는 나의 등을 다시 한 번 두드렸다.

윈스턴 박사는 박자를 놓치지 않았다.

"그러세요. 말씀드렸다시피 밀러 씨를 만나려면 아침까지는 기다리셔야 합니다. 몇 주 입원해야 할 것 같고, 치료가 잘되면 옆 건물 재활 센터로 옮겨서 걷기부터 연습해야 해요. 아셨죠?"

나는 고개를 끄덕이면서 다시 한 번 의사 선생님과 악수를 하고 큰 이중문을 걸어 나왔다.

새벽 3시. 집에 돌아와 계단을 올라 침대로 들어갔다. 잠이 오지는 않았다. 나는 우두커니 앉아 얼마 안 되는 사이에 바뀐 일들에 대해 생각했다. 어떻게 인생이 이렇게 빠르게 변할 수 있을까. 어젯밤엔 아빠에게 화를 냈고, 젠장, 오늘 아침에도 그랬고, 지금은, 할 수 있는 것이라고는 아빠를 안고 사랑한다고, 아빠가 없으면 안 된다고 말하는 내 모습을 상상하는 것밖에 없다. 생각만 해도 어색하다. 어쩌다 이런 일이 생겼을까. 아빠는 거의 죽을 뻔했다. 그것도 엄마가 돌아가신 지 겨우 한 달 만에. 아빠가 돌아가신 건 아니지만 지금 나는 너무 외롭다. 레이 아저씨가 나를 도와주고 있어도, 크리스가 잘해 줘도, 나는 별로 웃기지 않은 〈코스비 가족〉*에서 1인 가구가 된 것 같은 기분이다. 톰 행크스가 섬에 고립되는 영화**의 주인공처럼 모든 것에서 멀리 떨어진 채로, 어둠 속에서 외치는 나를 향해 파도가 철썩거리며, 어둡고 깊은 물이 나를 삼켜 버리려고 기다리는 것 같다.

언제 잠이 들었는지 언제 깼는지도 모르겠다. 몇 분 동안 눈을 감고 있다가 떠보니 옷장 위에 놓은 휴대전화 알람이 울리고 있었다. 하지만 몸과 마음이 편하지 않았고, 깨어 있는 것 같지도 않았다. 오전 여섯 시 삼십 분이었다. 레이 아저씨는 면회 시간에 맞춰 병원에 갈 수 있도록 일곱 시에 밖에서 기다리겠다고 하셨다.

나는 몽롱한 정신으로 세수를 하고 흰색 정장 셔츠를 입고 단추를 끝까지 채운 뒤 검은 넥타이를 목에 맸다. 언제나 그랬듯 잘못된 방식으로 넥타이를 한 번 감고, 또 한 번 감았다. 아래층에서 바지를 입고, 딱딱한 검은색 정장 구두에 발을 구겨 넣었다. 구두 굽은 항상 불편하단 말이야. 마지막으로 빠뜨리면 안 될 재킷을 입었다.

부엌에서 책가방 끈에 팔을 걸고 어깨에 멨다. 그러고는 잠시 생각에

*1984년부터 1992년까지 미국 NBC 방송국에서 방영한 코믹 시트콤에 등장하는 가족. 이 소설 속 배경과 같은 뉴욕 브루클린의 아프리카계 미국인으로 이루어져 있다.
**영화 〈캐스트 어웨이Cast Away〉를 말한다.

잠겼다. 오늘 학교에 가야 하나? 병원에 있어야 하는 거 아닌가? 수술을 하다가 뭔가 잘못되면 어쩌지? 의료진이 나를 부르겠지만, 그래도 만약에? 교실에 앉아 그로브너 선생님이 파블리외*가 뭔지 스무 번째 설명하는 것을 꼭 들어야 하나? 이런 상황에서까지? 마음이 내키지 않았다. 나는 가방을 의자 위에 내려놓고 현관문으로 나갔다.

레이 아저씨는 벌써부터 몸을 웅크리고 앉아 신문을 읽고 있었다. 아저씨는 어두운 색 바지 밑단이 발목 위까지 오도록 바짝 올려 입었고, 어제와 똑같은 건 아니지만 비슷한 스타일의 모자가 아저씨의 곱슬머리를 덮고 있었다. 레이 아저씨는 우리 집 문이 닫히는 소리를 듣고는 고개를 들었다. 그러고는 신문을 작은 파이프 모양으로 돌돌 말고 옆에 있는 갈색 가방을 들더니 몸을 일으켰다.

"잘 잤니?" 아저씨가 말을 걸었다.

나는 계단을 내려가 레이 아저씨의 차로 다가갔다.

"네." 내가 말했다. 그게 다였다. 잘 잤다는 말이 도리에 맞는 소리인지 알 수 없었다.

"밥은 먹었니?" 레이 아저씨가 종이 가방을 열면서 말했다.

"아뇨. 괜찮아요."

"아침밥 가져왔는데." 아저씨가 아침 식사는 선택의 여지가 없다는 식으로 말했다. 그리고 가방 안에서 베이글 두 개를 꺼냈다. 하나는 내 것 하나는 아저씨 것이었다.

*13~14세기 프랑스의 익살스럽고 풍자적인 우화시.

"크림치즈 싫어하지는 않지?" 아저씨가 아직도 따뜻한 베이글을 나에게 건네며 말했다. "식료품점에는 이걸 항상 쌓아 놓는다니까." 아저씨는 너무 많은 크림치즈를 보며 고개를 젓고는 다시 가방 안에 손을 넣었다.

"여기." 아저씨가 쳐다보지도 않고 나에게 커피 한 잔을 건네면서 말했다. "순하고 단맛."

나는 커피를 마시지 않는다. 일곱 살 때, 아빠의 커피를 한 모금 마신 적이 있다. 담배 연기처럼 끔찍한 맛이었다. 바로 그 자리에서 나는 앞으로 주스만 마시기로 결심했다. 그러나 지금 이걸 사양하면 레이 아저씨가 "오늘은 네가 어른으로 거듭나는 날이다"라며 계속 조를 것이 뻔하기 때문에 그냥 아저씨가 주는 커피를 순순히 받았다. 아저씨가 담배를 권하시면 그것도 군말 없이 받아 피워야 할 거다.

우리는 정확히 7시 30분에 병원에 도착했다. 레이 아저씨는 항상 병적으로 시간을 지킨다. 하긴 장의사 일을 하자면 그러지 않을 수가 없을 것이다. 고인을 본인의 장례식에 늦게 도착하게 할 수는 없으니까. 커피를 마시자 머리가 어지러웠다. 빙빙 도는 게 아니라 팔딱팔딱 뛰는 느낌이었다. 기분은 이상했지만 커피를 마시는 목적이 바로 이것일 테지. 뇌를 팔딱팔딱 뛰게 하는 것. 레이 아저씨는 거울에 얼굴을 비춰 입가에 묻은 크림치즈 자국을 닦았다.

"들어가기 전에," 아저씨가 거울을 닫더니 심각하게 말했다. "너에게 할 말이 있는데. 그게……" 레이 아저씨는 몇 초 동안 앞을 바라보았다가 나에게 고개를 돌렸다. 머뭇거릴 때마다 턱이 떨리는 것이 내 눈에도 보일 정도였다. "나는, 음…… 매슈 너에게 미안하구나. 네가 겪고 있는 일에 대해서 말이야."

"아저씨는 잘못이 없어요." 내가 말했다.

"그렇지만……." 아저씨는 목 운동을 하듯이 머리를 양옆으로 흔들었다. "내 동생 때문에 네 아빠가 사고를 당했잖니. 그러니 나에게도 책임이 있다."

"레이 아저씨." 내가 뭐라 말하려고 하자 아저씨가 내 말을 막았다.

"그냥 내 말 들어 봐, 얘야." 아저씨가 날카롭게 말했다. "내 동생은…… 항상……." 여기까지 말하고 입을 굳게 다물었다. 울컥해서 말을 이을 수 없는 것 같았다. 그러다가 다시 말을 이었다. "내가 말하고 싶은 건, 이제부터는 내가 널 돌보겠다는 거야. 네 아빠가 다 나을 때까지 내가 널 책임질게." 아저씨는 가슴을 두드렸다.

"아저씨, 저는 정말로……."

"그만, 그만, 그만." 아저씨가 고개를 저으면서 다시 내 말을 막았다. "내 책임이 있어서 그러는 거야. 게다가 난 네 부모님한테 신세를 졌어. 너에게 신세 진 거나 마찬가지지."

이번에는 대꾸하지 않기로 마음먹고 그냥 고개를 끄덕였다.

"그래." 아저씨가 약간 부드러워진 말투로 말했다. "준비 됐니?"

병실에는 튜브와 와이어가 없는 곳이 없었다. 아빠는 두 다리에 이미 두껍고 하얀 깁스를 하고 묘하게 생긴 기계에 그 다리를 매단 채 침대에 누워 있었다. 얼굴은 심하게 멍이 들고 부어 있었다. 눈 주위와 한쪽 뺨 전체에 보라색 반점들이 남아 있었다.

“좋은 소식입니다.” 그때까지도 자리를 지키고 있던 주치의 선생님이 말했다. 어젯밤처럼 활기찬 모습이었다. “내부 접합 수술은 성공적이었습니다. 나사 몇 개로 뼈를 맞췄고, 다리뼈 상황, 특히 염증이 있는지 계속해서 유심히 지켜볼 겁니다. 지금까진 상황이 좋아요. 나쁜 소식은 말을 못 한다는 겁니다.” 윈스턴 박사가 말했다. “물론 당분간이에요. 뼈를 맞추느라고 턱뼈를 못 움직이게 와이어로 고정했거든요.”

나는 아빠에게 가까이 다가가 위에서부터 아래로 훑어보았다. 팔에도, 목에도 튜브가 고정되어 있어서 아빠를 안고 싶어도 그럴 수 없다는 걸 깨달았다. 나는 거기 서서 아빠가 잠들어 있는 모습을 마냥 쳐다보기만 했다.

“당분간은 의식이 없을 거야. 통증 때문에 마취제를 놓았거든.”

윈스턴 박사가 말했다. “하지만 수술 경과를 비롯해 다른 검사 결과를 놓고 봤을 때, 잘 회복할 수 있을 것 같아. 시간은 좀 걸리겠지만. 그건 걱정하지 않아도 된단다.”

나는 의사 선생님을 쳐다보지도 않고 고개를 끄덕였다. 여기저기 상처 입은 아빠가 미동도 없이 누워 있는 모습을 바라보는 것 외에 내가 달리 할 수 있는 게 없었다. 아빠가 나뿐만 아니라 자기 자신에게 이런 짓을 저지른 것에 대해 화를 내야 할지, 슬퍼해야 할지 혼란스러웠다. 두 눈이 떨리면서 뜨거워지기 시작하더니, 눈물이 얼굴을 타고 흘러내렸다. 재빨리 눈물을 닦아 보았지만 멈추지 않았다. 레이 아저씨는 내가 우는 것을 눈치채고는, 의사 선생님에게 재활 센터에 대해서 잠깐 얘기하자며 밖으로 나가자고 했다. 두 사람이 자리를 비켜 주어서 나는 침대 옆에 의자를 끌어다 놓고 앉았다. 엄마의 장례식 이후 처음으로, 나는 마음 놓고 울었다.

집으로 돌아오는 길에는 아저씨와 별 대화를 나누지 않았다. 아저씨는 라디오를 켜고, 70년대 올드팝을 흥얼거리며 손가락을 튕기면서 이따금씩 노랫말을 따라 불렀다. 아저씨의 목소리는 듣기 나쁘지 않았다. 좀 쉰 목소리긴 했지만 들어 줄 만했다.

"학교에 데려다 줄까?" 아저씨가 라디오 음량을 줄이면서 물었다.

뭐라고 대답해야 할까. 아저씨에게 데려다 달라고 거짓말을 하고 학교를 빼먹는 건 싫지만, 그렇다고 학교에 가기 싫다고 사실대로 말하고 싶지도 않았다. 특히 아저씨에게 철이 많이 들었다는 말을 듣고 나서는 말이다. 레이 아저씨는 나를 무단결석이나 하는 불량학생으로 생각하지는 않는다. 그건 사실이다. 나는 이때까지 학교를 빼먹은 적이 없다. 하지만 오늘만큼은 휴식이 필요했다.

"음……." 내가 망설였다.

레이 아저씨는 마치 이가 없는 사람처럼 입을 굳게 닫은 채 웃음을 참으려고 애썼다. "농담이다, 얘야." 아저씨는 거만하게 웃음을 흘리며 말했다. "학교는 무슨 학교. 책도 안 가져왔으면서." 나는 놀라면서도 한편 안심하며 아저씨를 쳐다보았다.

"괜찮아. 넌 똑똑하니까 다 따라잡을 수 있을 거야." 아저씨가 자신 있는 목소리로 말했다.

"그런데 정장을 입고 온 걸 보니 일할 마음은 있나 보구나."

"네."

"그래. 하지만 오늘은 할 일이 없어. 정장을 입었어도 갈 데가 없네."

레이 아저씨는 라디오 밑의 재떨이 서랍을 열었다. 거기에 손가락을 넣더니 작은 열쇠를 꺼냈다. "너에게 보여 줄 것이 있다."

아저씨는 라디오를 다시 틀고는 노래를 부르면서 머리를 앞뒤로 흔들었다. 엄마가 가장 좋아했던 마빈 게이의 노래가 흘러나왔다. '이너 시티 블루스Inner City Blues'.

레이 아저씨 집에 가보는 건 이번이 처음이다. 아저씨의 장례식장에는 가봤어도 우리 집 바로 건너편에 살고 있는 레이 아저씨네는 처음이라니. 아저씨의 절뚝거리는 걸음걸이 덕분에 현관 입구까지 올라가는 데 시간이 꽤 걸렸다. 아저씨가 나무로 된 현관문에 열쇠를 꽂고는 딸깍 소리가 날 때까지 열쇠를 요리조리 돌렸다.

"이 문을 열려면 요령이 필요해." 그가 설명했다. "이 열쇠가 말을 안 들을 때마다 새 문을 달자고 생각했다가도, 그냥 이렇게 살지 뭘 바꾸나 싶어서." 아저씨가 오래된 나무 현관문을 밀었다.

그때까지는 레이 아저씨네 집이 어떻게 생겼을지 별로 생각해 본 적이 없었다. 어렸을 때도 그런 생각은 해본 적이 없다. 밖에서 커피를 마시고, 담배를 피우면서 신문을 읽고, 이웃 사람들이 어떻게 사는지 관망하면서, 이웃이 한 명씩 죽을 때마다 일하러 갈 준비를 하는, 그냥 평범한 사람으로만 생각했기 때문에 사생활을 궁금해한 적이 없었다. 아저씨도 일이 아니면 암에 대한 팸플릿을 뿌릴 뿐이었다. 나는 그냥 레이 아저씨도 우리 가족과 비슷하게 살 거라고 생각했다. 아니면 뭐 다를 게 있으려고?

그러나 내 생각은 빗나갔다. 레이 아저씨네 집은 전혀 평범하지 않았다. 나에겐 그랬다. 그렇다고 귀신이 나올 것 같다거나 엉망인 것은 아니었다. 사실 집 안은 굉장했다. 텔레비전에서나 본 가죽 소파에 커다란 평면 텔레비전이 멋진 액자 옆에 걸려 있었다. 아저씨가 텔레비전이나 미술을 좋아하는 사람처럼 보이지는 않았기 때문에 그런 풍경이 낯설었다. 가구는 전부 가죽 아니면 목재였는데 보통 집에서 흔히 볼 수 있는 가벼운 목재가 아닌, 내가 보기에도 아주 비싸 보이는 어두운 색의 목재 가구가 여기저기 놓여 있었다. 장의사가 이렇게나 돈을 많이 버는지 미처 몰랐다. 전에는 레이 아저씨가 돈을 받는 모습을 상상해 본 적이 없다. 그런데 의외로 아저씨는 아주 부유하게 살고 있었다. 이 동네의 그 누구도 이 집에 와 보기 전에는 아저씨의 이런 면을 제대로 모를 것이다. 현관문이 안 열려서 열쇠를 꼼지락거리는 걸 보면 어떻게 생각할까? 왜 오래된 현관문을 바꿔 달지 않는지 갑자기 궁금해졌다. 오래돼 누더기가 된 현관문을 계속 달고 있으면 집 안을 얼마나 잘해 놓고 사는지 아무도 알 수 없을 테지. 현명한 판단이다.

"뭐 좀 마실래?" 아저씨가 코트에서 팔을 빼면서 물었다. "물? 커피?"

나는 집 안에 있는 멋진 가구들을 빤히 보지 않으려고 애썼다.

"고맙지만 괜찮아요."

"그래도 커피 물 올려놓을게." 아저씨가 부엌으로 보이는 곳의 가장자리로 향하며 말했다.

"이리 오렴." 아저씨가 나를 불렀다.

부엌은 온통 대리석과 스테인리스로 되어 있었고 개수대에는 그릇은 커녕 음식 부스러기도 없었다. 우리 집 주방과는 아주 달랐다. 크리스네 주방도 우리 집 주방과 비슷했다. 내가 가본 주방들은 다 거기서 거기였다. 여기 빼고는.

레이 아저씨는 커다란 컵에 커피를 따르고는 나를 위해 순하고 단 커피 한 잔을 탔다. 아침에 느꼈던 카페인 거부 현상이 나아졌다가 다시 심해지려고 했다. 사람들은 왜 이런 쓰레기 같은 걸 마실까.

레이 아저씨는 주방에 선 채로 한 모금 홀짝 마시다가 후루룩 들이켰다. 마치 내 마음을 읽는 것 같았다. 아저씨가 불쑥 말했다.

"매슈, 아까 내가 한 말은 진심이란다."

"알아요."

레이 아저씨가 고개를 끄덕이더니 다시 커피 한 모금을 마셨다. 나에게 하고 싶은 말이 더 있는 것 같았다. 미안하다는 말은 아니길 바랐다. 내가 레이 아저씨를 탓할 이유는 없으니, 또 그런 말을 듣고 싶지는 않았다. 그러나 아저씨의 마음은 고맙게 느껴졌다. 어색하게 커피를 마시다가 마침내 아저씨가 말했다. "따라와 보렴."

아저씨는 주방을 가로질러 거실로 돌아가더니, 거실 맨 끝에 있는 문으로 날 이끌었다. 그러고는 주머니에 손을 넣어 차의 재떨이 서랍에서 가지고 온 작은 열쇠를 꺼냈다. 문고리에 열쇠를 넣고 현관문을 열 때 그랬던 것처럼 이리저리 움직였다. 아저씨는 미소를 지으며 나를 쳐다보고는 어깨를 으쓱했다.

문이 열렸다. 안은 어두웠다.

"너한테 처음으로 보여 주는 거야. 내 동생들도 못 본 거란다." 아저씨가 스위치를 찾느라 벽을 더듬거렸다.

"뭔데요?" 나는 커피 잔을 입으로 가져가서 뜨거운 커피를 식히며 물었다. 레이 아저씨가 열쇠를 주머니에 도로 넣었다.

"왜 요즘 아이들은 모든 걸 미리 알려고 하지? 미스터리나 모험을 별로 좋아하지 않는 모양인데 그러면 인생이 재미가 없어."

나는 커피를 한 모금 삼켰다. 혀가 타는 것 같았다.

"그냥 물어본 건데요." 내가 말했다.

레이 아저씨는 한숨을 쉬며 혼잣말하듯이 중얼거렸다. 하지만 사실은 나에게 말하고 있었다.

"사람들이 가라고 하는 데로만 가는 어린 양이 되기 싫은가 보군. 주님도 그런 양이 더는 필요하지 않다는 것을 아시겠지." 그러더니 더 큰 소리로 말했다. "금고가 뭔지 알지?"

"은행에 있는 거 말씀이세요?" 나는 고등학생에서 중학생으로 어려진 느낌이었다.

"그래."

"밑에 금고가 있다고요? 돈이 가득 든?" 이제는 초등학생이 된 것 같았다. 레이 아저씨는 입에 머금고 있던 커피를 뿜을 뻔했다.

"그런 건 아니야." 그가 말했다. "하지만 우리 집 지하실은 금고나 마찬가지란다." 레이 아저씨가 뒤를 돌아 계단을 내려갔다. "뭐라고 설명할 수 없는 거야, 매슈. 따라오기나 해."

발밑에 밟히는 나무 계단은 왠지 약하게 느껴졌다. 나이 들고 다리를 저는 레이 아저씨가 어떻게 손잡이도 없이 이 비밀 본부로 내려올 수 있는 걸까. 계단 아래로 내려오자 희미하게 비추던 빛이 조금 환해지더니, 포스터가 걸려 있는 십대 소녀의 침실처럼 지하실, 금고라고 불리는 이 지하 동굴의 벽 사방에 사진이 잔뜩 붙어 있는 것이 보였다. 오래되고 말라비틀어진 농구 선수 사진과 신문 기사들. 어떤 것은 액자에 걸려 있었고, 좀 더 작은 폴라로이드 사진들 속에서는 검고 부드러운 피부의 한 여인이 이를 환하게 드러내고 있었다. 모든 사진에서 그녀는 환하고도 자연스럽게 웃고 있었는데, 사진 찍히는 것을 무척 행복해하는 표정이었다.

바닥 가운데에는 테이블이 하나 놓여 있었고, 그 위로 철사에 매달린 전구가 걸려 있었다. 내가 이 광경을 뚫어지게 바라보고 있자 레이 아저씨는 의자를 하나 더 끌어왔다. 나는 한 경기에서 85점을 낸 고등학교 농구 선수에 대한 신문 기사를 자세히 들여다보았다.

"저게 뭔지 아니?" 레이 아저씨가 접이식 의자에 앉으면서 물었다.

나는 몸을 굽혀 기사를 읽고는 숨을 들이마셨다. "이거 아저씨 얘기예요?" 몸을 돌려 아저씨를 봤다가 다시 벽에 걸려 있는 색 바랜 갈색 종잇장을 쳐다보았다.

"내 이름이 나와 있니?" 아저씨가 장난스레 말했다. "그럼 내 얘긴가 보지."

"여기에 아저씨가 85점을 냈다고 나와 있는데요?" 나는 스포츠 광팬은 아니지만 85점이 굉장히 큰 점수라는 건 알고 있었다. "아저씨가 고등학생 때 농구 선수를 한 줄은 몰랐어요."

레이 아저씨가 고개를 끄덕였다.

"대학생 때도 했지." 아저씨가 벽에 걸려 있는 또 다른 스크랩 기사를 가리키며 말했다. "시러큐스*에서."

아래쪽에는 대학신문 기사도 붙어 있었다.

레이, 경기 종료와 동시에 승리를 확정짓다!

빛보다 빠른 윌리엄 레이가 코트를 다스리는 이유

승리의 레이! 시러큐스 신입생이 코트를 휩쓸다

"정말 대단해요! 아니, 대단하셨네요!" 내가 흥분해 말했다. 아저씨는 정말 뛰어난 선수였다!

레이 아저씨가 머리를 긁었다. "그랬지." 아저씨가 히죽거리더니, 다른 쪽을 가리켰다. "저걸 한번 읽어 보렴."

구석에는 또 다른 신문 기사가 있었다. 「뉴욕 타임스」 기사였는데, 이 신문만큼은 주위에 아무것도 없이 혼자 달랑 걸려 있었다. 스포츠 면의 헤드 기사였다. 크고 검고 진한 글씨로 이렇게 쓰여 있었다.

윌리엄 레이, 무릎 부상

빛나는 스타의 시즌 막을 내리다

*미국 뉴욕 주 남서부에 있는 대학으로 농구의 명문이다.

"이걸 쓴 기자는 '선수 인생 막을 내리다'라고 써야 했어." 레이 아저씨가 말했다. "난 프로팀 선수 선발에서 10위 안에 들었단다." 그는 의자에 등을 기댔다. "그러나 무릎은 낫지 않았어. 한번 다치면 결코 낫지 않는 부위였거든."

나는 테이블에 커피 잔을 내려놓았다.

"정말 힘드셨겠네요. 정상까지 거의 다 갔는데 부상 때문에 망쳐 버리다니요. 돈도 많이 벌 수 있었을 텐데." 나는 고개를 저었다.

레이 아저씨가 웃었다.

"돈은 많이 벌었겠지. 그래, 매슈. 나는 제정신이 아니었어. 마틴 간드리가 그 큰 몸으로 날 깔고 앉아 내 선수 생활을 망쳤지." 아저씨는 머리에서 손을 떼고는 피아노를 치듯이 테이블을 두드렸다. "하지만 곧 괜찮아졌어. 그녀가 있었기 때문에."

그는 내 어깨 너머에 있는 벽을 보고 있었다. 거기엔 또 다른 사진들이 있었다. 검은 피부의 예쁜 여인이 카메라를 향해 포즈를 취한 사진들.

"누구예요?"

"엘라." 레이 아저씨의 눈은 그 사진에 고정되어 있었다. "엘라 댄스필드. 그래, 저 미소에 푹 빠졌었지."

나는 몸을 돌려 그 사진을 다시 한 번 쳐다보았다. 사진 속 여자는 정말로 환상적인 미소를 지니고 있었다. 이를 전부 드러냈지만 전혀 어색하지 않았다.

"그래, 엘라." 아저씨가 한숨을 내쉬었다.

"여자 친구예요?"

"여자 친구? 하! 매슈, 내 또래 남자들은 어렸을 때 사귄 여자 친구 사진을 벽에 걸지 않는단다. 그게 어떻게 보이겠니?"

그런 생각을 해본 적은 없지만, 내가 생각해도 이상하긴 하다.

"엘라는 내 아내야. 대학 다닐 때 만나서 졸업하기도 전에 약혼했지. 무릎 부상을 당하기 전에. 부상을 당한 후에는 아버지에게서 장의사 일을 배웠어. 먹고살기 충분했지. 농구가 그리웠지만 엘라가 있어서 버틸 만했단다."

"아내가 있으신 줄 몰랐어요. 한 번도 뵌 적이 없거든요."

"그녀는 이제 없단다. 더 이상 결혼반지도 낄 엄두가 나지 않아."

"헤어지셨어요?"

"아니. 우린 정말 사랑했어. 일주일에 한 번 이 근처 레스토랑에서 데이트를 했어. 나는 항상 장례식장 일로 바쁘니까 아내가 나를 만나러 이쪽으로 오면 저녁 식사를 하러 갔지. 어느 날, 정확히는 1975년 12월 17일. 하루 종일 비가 오고 엄청 추운 밤이었는데 엘라가 나를 만나러 집을 나섰는데 현관 계단에 검게 물이 얼어 있었나 봐. 아내가 미끄러지면서 머리를 부딪쳤고, 누군가 발견하기도 전에 숨을 거두었어. 29살이었지."

나는 아저씨의 눈을 유심히 보았다. 눈물은 보이지 않았지만, 나는 곧 울어 버릴 것처럼 속이 뒤집혔다. 아저씨도 나처럼 속이 울렁대겠지만 감정을 억누르고 있었다. 그런 상태가 되기까지 얼마나 많은 시간을 보내야 했는지, 내가 그렇게 되려면 얼마나 많은 시간이 흘러야 하는지 알고 싶었다.

"정말 유감이에요." 나는 달리 뭐라고 말해야 할지 몰랐다.

"괜찮아. 벌써 30년이나 흘렀는걸. 그때는 나도 제정신이 아니었어서 지하실을 이렇게 꾸몄지. 나에게 일어난 모든 망할 사건들을 모아 놓은 거야. 난 이 지하실에서, 바로 저 소파에서 슬퍼하며 잠들곤 했어. 하지만 사람들이 여기에 대해서는 모르게 하고 싶었지. 그래서 위층은 전부 깨끗이, 새것처럼 꾸몄어. 내 고통의 방, 내 금고를 아무도 눈치채지 못하게 말이야. 동생들에게조차도." 그가 설명했다. "그런데 이제는 네가 아는구나."

나는 흐트러지지 않고 아저씨의 이야기를 듣기 위해 최선을 다했다. 암을 두 번 이겨 낸 사람이라고만 알고 있던 이 남자가, 동네를 가로지르는 길 건너편에 살고 있는 이 늙은 남자가, 오래전 아무 이유 없이 직업과 아내를 잃은 전직 농구 선수이자 누군가의 남편이었다는 건 미처 몰랐다. 인생이 송두리째 변해 버린 채 집 지하실에서 과거를 담은 사진들에 둘러싸여 잠이 들던 사람. 나는 맞은편에 앉아 있는 레이 아저씨를 보면서, 그가 이십 대 내내, 삼십 대도 거의 대부분 울면서 보내는 모습을 떠올렸다. 그가 여기에 살아 있다는 사실도 놀라웠다. 그것도 제정신으로. 게다가 암까지 이겨 내다니? 레이 아저씨는 강철 인간임에 분명하다. 전혀 몰랐던 사실이다.

"그런데 왜 저에게 보여 주시는 거죠?" 이런 질문을 해도 될지 모르지만, 난 정말로 알고 싶었다. 아저씨가 많고 많은 사람 중에 날 선택했다. 도대체 왜?

"나도 모르겠다. 그냥…… 이해해 줄 만한 사람을 기다리고 있었던 것 같아." 레이 아저씨가 말했다. "그리고……" 아저씨는 말을 마치는 대신 남은 커피 몇 모금을 마셨다. 커피 한 방울이 검은 기름처럼 턱을 타고 흘러내리자, 아저씨는 손등으로 입가를 닦고는 마치 크리스털로 만든 공이라도 된다는 듯이 커피 잔을 바라보았다.

나는 아무 말 없이 그가 잠시 동안 과거의 기억을 더듬는 것을 지켜보았다. 단 3점 차로 경기를 이기고, 라커룸으로 돌아와 여자 친구에게 키스했던 때. 이미 오래전 사라져 버린 순간들.

"체스 할 줄 아니?" 아저씨가 갑자기 분위기를 깨고 커피 잔을 내려놓았다. 갑자기 웬 체스? 지금? 이 지하 동굴에서?

"조금요. 잘하지는 못해요." 내가 중얼거렸다. 사실 난 체스를 잘 못 둔다. 잘하는 친구들은 말을 세 번만 움직여서 체크메이트를 할 정도다. 재미있게도 크리스가 그중 하나였다. 녀석은 뭐든 하나에 꽂히면 그렇게 정신을 못 차린다. 이 동네에서는 체스를 둘 줄 아는 사람을 알아주는 편이다.

"잘됐네. 난 별로 하고 싶지 않거든." 아저씨가 안심했다. 내가 체스를 하자고 조르기라도 했던가?

"사람들, 특히 뉴요커들한테 과대평가된 게임이야. 체스가 무슨 게임의 제왕인 줄 안다니까. 체스를 두면 인생을 배울 수 있다는 둥 말이야. 말도 안 되지." 아저씨가 고개를 저었다.

사람들은 체스가 인생과 닮았다고 한다. 삶에서 이기려면 체스를 두듯이 상대의 움직임을 파악하고 항상 다음 세 수까지 미리 생각해야 한다면서 말이다. 나는 사기꾼이 틀림없는 사람들이 몇 시간 동안 체스를 두는 게 재미있었다. 체스 게임 도중에는 마약쟁이들이 접근하고 경찰들은 그들에게 마약을 사 간다. 미친 짓이었다. 크리스가 항상 말하길 마약 딜러들은 정신을 맑게 하려고 체스를 둔다고 했다. 다음 수, 그다음 수까지 항상 기억하면서 말이다. 하지만 그들은 대개 도중에 경찰에 잡혀가기 때문에 체스 실력이 별로인 것 같았다.

"'아이-디-클레어-워'* 게임은 어때?" 아저씨가 앞으로 몸을 내밀더니 오래된 테이블 위에 두 팔을 올렸다. 그러고는 내 눈을 뚫어지게 쳐다보았다.

"네?" 내가 뒤로 조금 물러섰다.

"해본 적 있니?"

"한 여섯 살 때요." 내가 웃었다.

레이 아저씨는 진지했다.

"한 판 하자." 아저씨가 테이블에서 의자를 뒤로 빼고 뒤에 있는 선반에서 카드 묶음을 꺼냈다. "이게 진짜 게임이지."

레이 아저씨가 축축한 상자에서 카드를 빼서 섞는데, 카드가 너무 오래돼서 자꾸만 서로 달라붙었다. 그래서 테이블 위에 카드를 모두 펼쳐 놓은 다음 '고 피쉬' 게임을 하는 아이처럼 마구 섞었다.

"이거야말로 게임의 제왕이지." 그가 카드를 한 장씩 다루면서 말했다. "인생 게임이야."

"그래요?"

"그렇고말고." 아저씨가 카드 뭉치에서 눈을 떼더니 5초 동안 나를 내

*I-Dee-Clare-War. 카드 게임의 일종. 직역하면 "나는 너에게 전쟁을 선포한다."

려다보았다. "체스를 둘 때는 모든 것을 계획하고 전략을 세워야 하지. 사람들은 인생이 생각한 대로 되길 바라지만 단언컨대 매슈, 삶은 그렇게 호락호락하지 않아."

아저씨가 이 방을 보라는 듯이 두 손을 휘휘 저었다. 여기가 바로 삶이 계획한 대로 흘러가지 않는다는 증거였다. 그러나 그건 레이 아저씨의 지하실 벽을 보기 전에도 이미 알고 있던 사실이다. 우리 아버지만 보더라도, 밤에 텅 빈 집에서 가만히 앉아 있기만 해도 알 수 있다. 이런 점에서는 레이 아저씨에게 완전히 공감했다.

"하지만 지금 우리가 하려는 '아이-디-클레어-워'라는 게임은 인생이 어떻게 추락하는지 잘 보여 준단다." 마지막으로 한 번 섞더니, 아저씨는 자신의 카드 더미를 고르고 뒤집은 채로 손에 들었다. 그리고 첫 번째 카드를 뒤집었다.

"내가 카드를 한 장 뒤집으면, 너도 한 장 뒤집으면 돼." 아저씨가 설명하고 내가 첫 번째 카드를 뒤집기를 기다렸다. 6번 카드. 아저씨는 10번 카드였다. "내가 이길 때도 있고" 아저씨가 카드를 자기 쪽으로 치웠다. "내가 질 때도 있지." 아저씨는 또 다른 카드를 뒤집었다. 8번 카드였다. 이번에는 내가 퀸을 뒤집어 이겼다.

"그리고 가끔은," 아저씨가 또 다른 카드를 뒤집으며 말을 이었다. "내가 이유도 모른 채 계속 질 때도 있지. 그래도 카드를 뒤집는 것 말고는 할 수 있는 게 없어. 언젠가는 이기겠지. 계속 뒤집을 카드만 있다면 괜찮아. 그게 인생이니까." 내가 이긴 판의 카드들을 내 쪽으로 밀면서 아저씨가 말했다.

# 반칙

레이 아저씨와 함께한 지하 동굴 탐험 이후로, 잠시 동안 주변이 정돈된 느낌이 들었다. 깔끔하게 마음이 정리된 건 아니지만 최소한 깜짝 놀랄 일은 더 이상 없었다. 나에겐 좋은 일이었다. 엄마가 돌아가신 충격은 아직도 남아서 밤에 잠들 때마다 나를 괴롭혔다. 투팍의 노래도 더는 도움이 되지 않았다. 그 고통은 이제 나의 일부가 되었다. 엄마가 자신의 장례식에 나타나 내 옆에 앉아 있는 꿈은 매일 밤 정해진 시각에 나를 찾아왔다. 사실 난 그 꿈을 기다렸다. 단지 몇 분밖에 되지 않겠지만, 나에게는 엄마와 함께하는 몇 시간처럼 느껴졌기 때문이다. 그때라도 엄마를 봐서 기쁘면서도 아침에 텅 빈 집에서 깨어날 때면 실망할 수밖에 없었다.

이젠 나에게 큰형 같은—정확히 말하면 삼촌 같은—사람이 된 레이 아저씨는 내가 혼자 지내는 걸 걱정하셨다. 괜찮다고 말씀드리기는 했다. 난 이제 어린아이가 아니다. 또 하루의 절반은 학교에서, 나머지 절반은 아저씨와 보내니 밤 시간 외에는 혼자 있을 일이 없었다. 밤에는 오로지 엄마의 오래된 요리 노트를 펼쳐보기만 했다. 직접 요리까지 할 엄두는 나지 않지만 말이다. 그러고 나서 잠들려고 애썼다.

레이 아저씨는 월요일, 수요일, 금요일마다 학교에 가기 전에 나를 아빠에게 데려가셨다. 내가 다친 아빠를 보러 들어가면 레이 아저씨는 로비에 남아서 첫날 밤 우리를 도와주었던 여직원과 이야기를 나누곤 했다. 아저씨는 아직까지 유머 감각을 잃지 않은 모양이었다. 덕분에 그 여직원은 일주일에 세 번 기분 전환을 할 수 있었다.

아빠가 병원 신세를 지기 시작하고 처음 두 주가 가장 힘들었다. 아빠의 입이 철사로 닫혀 있었고, 가는 튜브를 목구멍에 넣어 씹지 못하는 아빠의 몸에 음식물을 투여했기 때문이다. 액체로 된 음식이 튜브를 타고 목구멍에서 뱃속까지 들어가는 광경은 별로 보기 좋지 않았다.

진통제 덕분에 아빠는 눈을 약간 떠서 나를 볼 수 있었다. 셋째 날 아침에 찾아갔을 때는 마취에서 깨어나 처음으로 정신이 돌아와 있었다. 아빠는 정말 내가 옆에 있는지 확인하려는 듯이 눈을 가늘게 떴다. 나는 온통 검은 장례식 복장을 하고 있었다. 아빠는 영문을 모르는 듯했다.

"아빠는 돌아가신 게 아녜요." 내가 말했다. "여기 아빠 장례식장이 아니라고요."

아빠가 신음 소리를 냈고, 하얀 이불 밑으로 아빠의 배가 움찔대는 것이 보였다. 웃고 싶은데 부러진 갈비뼈가 아플까 봐 참은 것이다. 미소도 지을 수 없었지만, 아빠의 눈을 보니 내가 와서 기뻐하고 있다는 걸 알 수 있었다. 내가 죽음의 신이 아니라는 게 더 기뻤는지도 모른다.

셋째 주가 되자 의료진들은 옆 건물의 재활 센터로 아빠를 옮겼다. 다행이었다. 회복에는 시간이 걸리겠지만, 병원에 그냥 누워 있는 것보다는 나았다. 병원에 있고 싶어 하는 사람은 없을 테니까. 다친 데가 적었더라면 재활 센터에 더 일찍 갔을 것이다. 의료진들이 아빠의 목구멍에서 호스를 빼서 아빠는 다시 말을 할 수 있었다. 내가 그 광경을 보지 않았으니 다행이지 생각만 해도 끔찍하다. 어쨌든 아빠는 완전히 다 나은 건 아니지만, 대화는 할 수 있을 정도로 회복했다.

"휴, 정말 끔찍했어." 아빠가 쉬고 눌린 목소리로 말했다. "호스를 빼기도 전에 질식해 죽는 줄 알았다니까." 꼭 개구리가 우는 것처럼 아빠는 혀의 아랫부분으로 목구멍 안쪽을 긁었다.

내가 갈 때마다 아빠는 나에게 질문만 했다. 아빠는 일상이 많이 그리운 모양이었다. 코르크랑 매일 밤 돌아다니던 게 겨우 3주 전인데 말이다. 아빠가 제일 먼저 물은 것은 내 복장에 대해서였다.

"일 때문에 그래요. 레이 아저씨 일을 도와드린다고 말씀드렸죠? 레이 장례식장 말이에요."

아빠가 눈을 크게 떴다. "처음 듣는데." 기억 못 하는 게 당연하다. 아빠에게 말씀드렸던 그날 아침, 아빠는 술에 취한 티를 내지 않으려고 무진 애를 써야 했으니까. 아빠는 내 일이 못미더웠나 보다. "일은 어떠니? 죽은 사람을 만지는 거니?" 크리스와 똑같은 질문을 한 아빠에게 장난을 칠까 하다가, 그랬다가는 아빠 몸이 움츠러들어 부러진 뼈들이 다시 어굿날까 봐 참았다.

"아녜요, 아빠. 화환을 정리하거나 자리 안내나 영구차를 청소하는 일이에요."—레이 아저씨는 나에게 영구차를 세차하는 일도 시켰다— "뭐 그런 거예요. 가끔은 상여꾼도 하고요."

아빠는 침대에서 자세를 바꾸려다가 통증으로 두 눈을 찡그렸다. 아직까지 깁스를 한 두 다리는 알비노 코끼리 다리 같았다. 아빠가 겨우겨우 편하게 자세를 잡고 나서 물었다.

"일은 마음에 드니?"

"할만 해요."

"벌이는 짭짤하고?"

"네."

아빠가 고개를 끄덕였다. "일이 마음에 드는 모양이구나."

그렇다. 나는 그 일이 마음에 들었다. 솔직히 말하면 마음에 든 정도가 아니라 너무 좋았다. 레이 아저씨가 나에게 30달러를 주지 않더라도 난 그 일을 했을 것이다. 그러나 아빠에게는 차마 말할 수 없었다. 오전 내내 죽은 사람들과 슬퍼하는 유족들을 상상하느라 학교 생활이 지루하고 매일매일 무의미하다고, 어떻게 아빠에게 말하겠는가. 그래도 성적은 B 이상을 유지했다. 아빠는 이해하지 못할 것이다. 이해해 줄 사람은 아무도 없다.

장례식장 일은 지금 가장 잘되는 일이기도 했다. 내가 가고 싶은 장례식 어디든지 갈 수 있는 황금 티켓, VIP 패스와도 같았다. 장례식은 저마다 제각각이었다. 다른 가족들, 다른 장소들. 한 가지 항상 똑같았던 것은, 고인과 가장 가까웠던 사람의 반응이었다. 하루가 지나고, 한 주가 흐르고, 장례식이 바뀌어도, 나는 늘 맨 앞에 앉은 고인의 유가족들이 어떻게 슬픔을 견디는지 지켜보았다. 몸을 떨며 가슴이 찢어지는 듯한 고통스러운 목소리로 흐느끼고 우는 모습. 도와주고 싶지만 어찌할 바 모르는 불편한 조문객들이 가득 찬 장소에서 처절하게 기도하는 모습. 아무도 도울 수 없다. 아무것도. 나는 알고 있다. 상주들의 눈물을 볼 때마다 왠지 따뜻한 비가 내 안에서 내리는 느낌이었다. 그들 또한 나와 똑같은 고통을 이겨 내려고 애쓰고 있다는 것은…… 위안이 되었다.

장례식은 얼마나 제각각인지 모른다. 동네 주민이었던 단테 브라운의 장례식에서는 친구들이 빨간색 옷을 입고 고인의 관에 빨간색 반다나*, 가짜 티가 나는 크고 무거운 황금 사슬과 단체 사진을 놓았다. 사람들이 교회에 총기를 가지고 오는 것은 낯설었다. 기도할 때 마음 놓고 눈을 감지 못했기 때문이다. 블러드 갱** 멤버들이 코너스톤 침례교회 맨 뒤에 줄 지어 섰다. 다들 선글라스를 꼈고, 셔츠 옷깃 사이로 문신이 고개를 내밀고 있었다. 얼굴에는 절대 지워지지 않는 인상을 쓰고 말이다. 나는 가장자리에 서 있었다. 그들과 함께 뒤쪽에 서 있어도 별 일은 없겠지만 혹시나 해서. 가장자리에 서야 단테의 엄마와 여자 친구가 더 잘 보이기도 했다. 둘은 맨 앞자리에 앉아서 서로 얼굴을 안고 눈물을 뒤섞고 있었다. 그 두 사람이 울면서 태어난 지 얼마 되지 않은 단테의 어린

*목이나 머리에 두르는 화려한 스카프.

**1972년부터 미국 LA에서 활동하기 시작한 폭력 조직. 살인, 마약 밀매, 절도와 협박을 저지르며, 주로 아프리카계 미국인으로 이루어졌고, 빨간색 복장과 독특한 손 모양이 특징이다.

아들을 달래는 모습은 평생 잊지 못할 광경이었다.

마리 로저스의 장례식은 호상이었다. 마리는 100번째 생일 후 3일째 되는 날에 자다가 숨을 거두었다. 그녀는 뉴욕 시에서 교사로 40년 동안 근무하고 정년퇴직 이후 남편과 함께 세계를 여행하기로 했다. 그 후 남편 도널드가 사망하자 그녀는 화가가 되기로 했고, 생애 마지막 30년 동안 예술가로서 좋은 경력을 쌓았다. 그래서 그녀의 장례식은 아주 화려했다. 많은 조문객들이 자리에서 일어나 그녀와 나눈 추억에 대해서 이야기했다. 그중에는 여든 가까운 오랜 제자들도 있었다. 굉장했다. 여든 살 노인이 칠십 년 전 이 여인과 얽힌 추억을 이야기하는 건 놀라운 일이다. 그녀는 외아들인 버나드를 비롯해 다른 가족들보다 더 오래 살았다. 버나드는 자식이 없었기 때문에 교회에 모인 조문객들 중 친인척은 그리 많지 않았다.

로저스 부인에게 추모사를 바친 사람들 중에 아무 말도 하지 못한 사람이 한 명 있었다. 바로 부인의 간병인이었다. 이름은 올라였는데 거기에 모인 사람들 중 울고 있던 유일한 사람이었다. 그녀는 로저스 부인을 간호하고, 말벗이 되어 주고, 운전을 해주면서 마지막 10년을 함께 보냈다. 고인과 가장 가까운 사람이었다. 호상이었지만 아무도 올라의 슬픔은 함께하지 못했다.

재미있는 장례식도 있었다. 가장 재미있었던 장례식은 글렌데일 프라이스의 장례식이었다. 프라이스 씨는 아주 오래전 레이 아저씨의 친구였다고 한다. 아저씨 말로는 우리 엄마도 아는 사이란다. 엄마가 배우의 꿈을 이루기 위해 다닌 학교를 같이 다녔다는데, 그는 주로 브로드웨이 극

장에서 배우로 일했다. 레이 아저씨 말로는 프라이스 씨는 나름 성공을 거두었지만, 동네를 떠나지 않고 항상 "태어난 곳에서 묻힐 것"이라고 말씀하시곤 했단다.

그는 폐암을 앓았는데, 레이 아저씨는 여기에 대해서 할 말이 있었다.

"그래, 그는 내 친구였어. 한번은 자기가 나오는 공연에 나와 엘라를 초대하더니—브로드웨이에 가기 전이었지—공연이 끝나고 밖에 나가서 담배 한 갑을 아무렇지도 않게 피워 대더군." 레이 아저씨는 반은 웃고 반은 찌푸리면서, 자신이 두 번이나 암을 이겨 내고서도 끊지 못한 담배 생각을 하는 듯했다.

레이 아저씨는 말을 이었다. 프라이스 씨는 자신이 폐암 말기라는 것을 알게 된 이후로, 이제까지 맡은 역할 중 최고의 배역을 준비하기 시작했다. 본인의 장례식에서 자기 자신을 연기하기. 유일한 조건은 자신의 진짜 장례식에 이 연극을 올리는 것이었다.

확실히 그 장례식은 내가 이제까지 가본 그 어떤 장례식과도 달랐다. 조문객들은 입장하면서 식순이 적힌 안내지를 하나씩 받아 자리에 앉았다. 표지에는 프라이스 씨의 사진이 있었고, 제목은 '코미디 연극, 글렌데일 프라이스의 장례식'이었다. 등장인물 리스트도 실렸는데, 당연하게도 글렌데일 프라이스라는 이름에는 '본인'이라고 써 있었다.

고인의 관을 처음부터 끝까지 열어 놓은 이 장례식 자체는 슬픈 자리일지 몰라도 연극은 정말 우스웠다. 평생 동안 무대 위에서 개성 있는 인물들을 연기한 이 글렌데일이라는 남자가 어떻게 죽었는지에 대한 연극이었는데, 그가 이제까지 연기한 캐릭터들이 등장해 그에 대해 험한 말을 늘어놓았다. 유명인들에게 흔히 따라붙는 혹평들과 비슷했지만, 훨씬 더 재미있었다. 내가 알아본 유일한 등장인물은 셰익스피어 언어로 프라이스 씨에 대해 혹평을 늘어놓은 햄릿이었다. 정말 웃겼다. 그로브너 선생님이 보셨다면 분명 마음에 들어 했을 것이다.

배우들이 프라이스 씨의 마지막 소원을 말하면서 그의 장례식에서 코미디 연극을 펼치자 조문객들은 하나같이 배와 허리를 잡고 웃음을 터뜨렸다. 연극이 끝난 후, 프라이스 부인이 일어났다. 그녀의 커다란 미소를 보아하니 프라이스 부인도 이 코미디 연극을 마음껏 즐긴 것이 분명했다.

"남우주연상은," 그녀가 관을 내려다보며 외쳤다. "글렌데일 프라이스입니다!" 모든 사람들이 웃으면서 일어나 관 속에 널빤지처럼 딱딱하게 굳은 채 누워 있는 프라이스 씨에게 박수를 보냈다. 그의 얼굴에는 웃음도, 마지막 인사도, 아무것도 없었다. 프라이스 부인의 미소가 조금 희미해졌다. 아주 조금. 대부분의 조문객들은 박수 치기에 바빠서 눈치채지 못했지만, 나는 알아보았다. 그녀는 끝까지 감정을 붙들었지만 1초도 안 되는 그 짧은 순간 얼굴에 진심이 비쳤고, 나는 내가 원한 것을 찾을 수 있었다.

행복하고, 슬프고, 재미있는 장례식 외에, 굉장히 급하게 진행되는 장례식도 있었다. 로비 레이의 표현을 빌리면 일명 급행 장례식이었다. 몇 년이나 보지 못했던 가족들이 모이는 장례식은 "재회식"이라고 불렀다. 가족 모임처럼 되어 버리는 그 자리에서 유가족들은 오랜만에 만나, 장례식 전체를 비명과 고함으로 바꿔 놓았다. 한번은 어떤 부인이 고인이 누워 있는 관에 기어 올라가기도 했다. 나머지 유가족 중 한 사람이 그녀를 제자리에 앉히느라 거의 헤드락을 걸어야 했다. 레이 아저씨 말로는 사람이 죽었을 때 보통 죽은 사람에게 잘못한 일을 떠올리기 때문에, 재회식은 죄책감을 가진 사람이 사과를 하러 오는 자리라고 했다.

엉망인 장례식도 있었다. 이유도 없이 시간이 오래 걸리기 때문에 가장 바람직하지 않은 장례식이기도 했다. 그런 장례식에서는 추모사를 읽을 사람이 누군지 아는 사람이 아무도 없었다. 원고를 읽기로 한 여자아이는 글을 몰랐다. 나이 든 합창단원들은 자기들이 부르기로 한 노래가 뭔지 기억하는 데 꽤 오랜 시간이 걸렸다. 상여꾼이 누군지도 몰랐다. 그냥 엉망이었다. 이런 장례식에서는 보통 레이 아저씨가 나서서 일을 처리했다. 나로서는 행사가 얼마나 정신없고 지루하게 흘러가는지는 상관없었다. 가장 슬퍼하는 사람을 보고 있으면 약쟁이가 마약을 하면서 느끼는 그런 따뜻한 감정이 차오르는 것을 느낄 수 있었다. 솔직히 이제는 처음 장례식에 '참석'했을 때 느꼈던 죄책감은 더 이상 없다. 누군가 나에게 말을 걸기 전에, 만찬이 시작되기 전에 나올 수만 있다면, 난 괜찮았다. 만찬에는 절대로 참석하지 않기. 그것이 내 규칙이었다.

하지만 당연하게도, 모든 규칙이 그렇듯이, 단 한 번 깨진 적이 있다. 11월 24일 추수감사절 이틀 전. 엄마가 돌아가신 지는 3개월, 아빠에게 사고가 난 지 두 달 후였다. 아빠의 턱뼈는 이제 완전히 회복되어서 철사를 풀었고, 갈비뼈도 잘 붙고 다리의 깁스도 풀었다. 그러나 재활 센터에서 시도한 다리 운동은 무척 고통스러워 보였다. 한마디로 아빠는 걸음마부터 시작해야 했다. 주치의 윈스턴 선생님은 재활 센터 의사가 아닌

데도 항상 그곳에 있었다. 재활 센터 담당의는 피셔라는 의사였는데 윈스턴 선생님보다 재미있지는 않았지만 친절했다. 윈스턴 선생님은 치료가 잘되는지 보기 위해 자리를 지켰고, 아침 일찍부터 농담을 던졌다.

"좋아요, 밀러 씨. 어떻게든 다리를 낫게 해야 해요. 그런데 말이죠," 윈스턴 박사가 몸을 약간 숙이며 말했다. "오늘은 그냥 기계만 쓰지는 않을 거예요. 오늘은 의료진들이 밀러 씨를 일으켜 세울 텐데, 분명히 말씀드리지만 무척 아플 겁니다. 더 중요한 건 병원 환자복 모양이 그래서 엉덩이가 노출된다는 거죠. 그렇다고 울지 마세요. 다 큰 어른이 엉덩이 좀 보였다고 어린애처럼 우는 걸 보고 싶은 사람은 아무도 없을 테니까요." 윈스턴 박사가 미소를 지었다.

"아니, 의사 선생님이나 잘 들으쇼." 아빠가 농담을 받으며 말했다. "내가 울고 싶으면 울 거요. 누가 뭐라고 하면, 뭐 엿 먹으라지."

아빠는 두 사람을 철없는 십대 보듯이 쳐다보고 있는 피셔 박사를 흘낏 보았다. "피셔 박사님은 예외요." 아빠가 미소를 지으며 말했다.

윈스턴 선생님이 폭소를 터뜨리며 아빠에게 악수를 청했다. 이제는 아빠가 제정신을 차린 것 같다. 데이지 밀러의 남편으로 돌아온 것이다.

우리가 아빠를 보는 사이에 레이 아저씨는 멜리사라는 여직원에게 데이트를 신청하는 데 필요한 용기를 끌어내느라 애쓰고 있었다. 이미 눈치채긴 했지만, 아빠가 재활 센터로 옮긴 이후에도 레이 아저씨는 나를 기다리는 동안 그분을 보느라 병원 본관을 찾아가곤 했다.

"난 못 하겠다." 아저씨가 운전대를 문지르며 말했다. "20년 전이라면 벌써 결혼하자고 했을 텐데." 아저씨는 죄 없는 운전대를 두드렸다. 아빠가 말했듯이 레이 아저씨는 시작은 잘하지만 마무리는 잘 못했다. 연애는 레이 아저씨의 팔자 좋은 동생인 로비가 훨씬 더 잘하는 분야다.

"뭐가 무서워서 그래요? 그분도 아저씨랑 얘기하는 걸 좋아하시던데요." 내가 말했다. 그러나 나는 아저씨에게 좋은 조언을 해줄 입장은 아니다. 나도 여자에게 말을 잘 못 거는 건 마찬가지기 때문이다. 르네를 다시 만난다면 또 한 번 시도해 보리라. 서툰 시도라도, 좌우간 해볼 것이다. 그러나 레이 아저씨는…… 아무렴 어때. 레이 아저씨 자체만 본다면 돈과 직업이 있고, 나에게는 이 세상에서, 이 동네에서 그 누구보다 멋진 남자였다.

"무섭냐고?" 아저씨의 얼굴이 갑자기 굳었다. "내가 그 사람이랑 안면을 튼 게 얼마나 됐지?"

나는 속으로 날짜를 셌다.

"두 달 정도요."

레이 아저씨는 두 달이 이렇게 빨리 흘러갔냐는 듯 놀란 눈으로 나를 보았다. 아저씨는 운전대를 다시 한 번 때렸다.

"좋아, 한번 해보지. 곧. 해야지. 아, 미치겠네." 그러더니 언제나처럼 라디오 음량을 키우고는 우리 학교로 향했다.

"오늘은 누구 장례식이에요?" 내가 무심한 척 물었다. 나는 미리 장례식에 대한 정보를 아는 것이 좋았다. 가끔 내가 아는 사람이 있었기 때문이다. 아는 사람이라면 나도 마음 놓고 어색함 없이 조문객과 어울릴 수 있다.

레이 아저씨가 음악 소리를 낮추었다. "그웬돌린 브라운이라는 여자분이란다. 혹시 아니?"

그웬돌린 브라운. 그웬돌린 브라운. 들어 본 적이 있는지 잠시 생각해 보았다.

"아뇨. 모르는 분이에요."

"나는 알던 사람이란다. 좋은 분이었지." 레이 아저씨가 말했다. "정리는 다 됐어. 너는 음식을 차리면 돼. 아, 화환도 정리해 주렴. 네가 좋아하는 일이잖니."

아저씨는 나에게 화환이야말로 돈 낭비라고 불평하곤 했다.

"그걸 마치면," 아저씨가 잠시 말을 멈추고 옅은 미소를 지었다. "네 마음대로 하렴."

그 미소는 내가 장례식을 좋아한다는 것을 다 안다는 뜻 같았다. 그러나 아저씨가 말로 표현한 적은 한 번도 없었다. 내가 맨 처음 장례식에 참석해도 되는지 물어봤을 때부터 눈치챘을 것이다. 이유까지 아는지 모르는지는 알 수 없었다. 좌우지간 아저씨는 별로 신경 쓰지 않았다.

"몇 시에 시작이에요?" 학교 앞에 차가 멈추자 내가 물었다. 나는 뒷좌석에서 책가방을 집었다.

"일찍. 교회 문이 12시 30분에 열린단다. 장례식은 한 시에 시작해."

"저는 오전에는 학교에서 나오지 못해요." 내가 차에서 내리면서 말했다. 그리고 등받이에 걸쳐 놓았던 정장 재킷을 집었다. 재킷에 주름 지지 않도록 레이 아저씨가 알려 준 방식이었다.

"나도 안다." 그가 웃었다. "그래서 내가 데리러 올 거야. 열두 시 정각에."

뉴욕에는 생소한 것이 드물다. 없는 것이 없기 때문에 뉴욕 사람들은 여행하는 것을 별로 좋아하지 않을 정도다. 그러나 일찍 하교하는 쉰 명 정도 되는 애들이 한낮에 영구차에 오르는 나를 발견한 일은 분명 낯선 광경일 것이다. 장례식 차를 타고 돌아다니니 이제 곧 나에 대한 새로운 소문이 카페테리아 식탁에서부터 라커룸까지 퍼질 게 뻔하다.

"왜 영구차를 타고 가는 거예요?" 내가 차 안에서 몸을 숙이며 물었다. "꼭 영구차를 몰아야 해요?"

"영구차가 아니면 어떻게 브라운 여사를 장례식까지 데려다 주니?" 레이 아저씨가 웃었다. "이제 넌 학교에서 제일 유명해질 거다."

좋아. 아이들은 내가 엄마를 여의고 검은 정장을 입고 다니는 데다가 이제는 영구차까지 타고 돌아다닌다고 소문 낼 것이다. 아무렴 어떤가. 나는 공식적으로 고스* 애호가들보다 더 이상한 놈이 됐다. 그들의 우상이 된다면 차라리 괜찮을지도.

"10분 안으로 교회에 도착해야 되니까 안전벨트 잘 매라." 레이 아저씨가 액셀을 밟으며 고카트를 몰듯이 요리조리 차를 몰았다.

차가 브루클린 거리에 들어서자, 나는 창밖으로 뉴욕의 가을 풍경을 내다보았다. 가을이 되면 이 도시가 생각보다 더 울창하다는 것을 깨닫게 된다. 보통은 나무한테 관심을 주거나 쳐다보지도 않지만, 11월이 되면 걸음을 옮길 때마다 발밑에서 낙엽이 바스락거리고, 그제야 사방에 뻗은 나무들에 눈을 옮기게 된다. 그래도 가로수를 관심 있게 보는 사람

*1980년대에 유행한 록 음악의 한 형태. 주로 종말, 죽음, 악에 대한 내용을 담는다.

은 별로 없다. 도시의 광기에 가라앉아 버렸는지도 모른다.

교회에 도착하자 계단에 뒤덮인 갈색, 황금색, 붉은색 낙엽들이 바람에 무리지어 위 아래로 날렸다.

"바람만 불지 않았다면 너에게 낙엽을 쓸라고 할 텐데 그럴 필요가 없겠구나." 레이 아저씨가 엔진을 끄면서 말했다. 로비 레이가 미리 도착해 계단 맨 위에 앉아 있었다. 금색 목걸이가 햇빛에 비쳐 반짝거리고, 바람에 날리는 낙엽들은 얼굴에 날려 성가시게 하고 있었다.

"전 바람이 좋아요."

나는 휴대전화 시계를 보았다. 부재중 전화는 당연히 없었다. 12시 17분이었다.

앞으로 13분. 나는 지침을 잘 알고 있다. 만찬장을 준비하고 화환을 정리하기.

맨 처음 할 일은 화환 정리다. 보통 대여섯 개 되는 화환들이 맨 앞에 자리 잡고 있었다. 그런데 오늘의 고인은 화환을 꽤 많이 받았다. 본 적도 없는 꽃들로 야생 식물처럼 화분과 꽃병에 장식한 화환이 열대여섯 개나 됐다. 전부 둘 데도 마땅치 않았다. 나는 화환들을 날라서 관 주변에 놓았다. 일을 마치고 보니 브라운 부인은 열대 우림에 누워 있는 것처럼 보였다. 나는 땀을 너무 많이 흘려서 그 숲을 한 바퀴 뛴 것 같았고, 화환들 중 몇 개는 거의 1톤은 되는 것처럼 무거웠다.

다음으로는 좀 쉬운 일을 시작했다. 만찬 준비가 그것이다. 나는 교회 지하로 내려가 차가운 음식을 접시에 담고, 뜨거운 음식은 버팀대 위에 놓인 프라이팬에 놓았다. 음식들은 작은 캔 안에 담겨 있었다. 나는 음식이 식지 않도록 팬 아래에 있는 초에 불을 붙였다. 그게 다였다.

마지막으로 할 일은 식탁과 의자 정리다. 레이 아저씨는 유족들이 50명 정도가 참석하는 꽤 규모가 큰 만찬을 원한다고 했다. 그래서 식탁을 열 개 놓고 의자를 각각 다섯 개씩 놓았다. 갈색 의자를 펴서 식탁 밑으로 밀어 넣는 동안 위층에 사람들이 도착하는 소리가 들렸다. 누군가가 오르간을 연주하기 시작했는데 특별한 의미가 있는 노래 같지는 않았다. 그냥 분위기 잡는 용도였다. 뭔가 슬픈, 교회 오르간이라면 다른 분위기의 곡은 연주할 수 없다는 듯한 슬픈 가락이었다.

나는 준비를 마치고 까치발로 계단을 올라가 장례식에 살짝 숨어 들어갔다. 조문객들이 꽤 많았다. 예배당이 거의 꽉 찰 정도로 노인, 청소년, 중년 조문객들이 섞여 있었다. 보통 때처럼 장례식 행렬은 복도를 따라서 있었고, 고인을 마지막으로 보기 위해 관 주위에 남은 사람은 몇몇 뿐이었다. 내가 예배당의 마지막 줄에 앉자 누군가 와서 안내지를 건넸다.

"고맙습니다." 난 안내인 할머니에게 입 모양으로 인사했다. 할머니의 머리는 희한하게 보랏빛이 도는 회색이었다. 할머니는 굳은 얼굴로 고개를 끄덕이고, 병사처럼 재빨리 뒤로 물러나 가장자리의 자기 자리로 돌아갔다. 안내인들은 항상 그랬다.

그웬돌린 브라운. 안내지에는 연갈색 피부에 아프로 머리를 하고, 오렌지색 정장에 커다란 금색 고리 귀걸이를 한 사진이 실려 있었다. 관 속의 여성보다는 훨씬 젊은 걸로 보아하니 꽤 오래전에 찍은 사진 같았다. 게다가 아프로 머리에 오렌지색 정장이라니. 마치 1970년대로 돌아간 것 같았다. 고인은 적어도 70살은 되어 보였다.

안내지는 사진들로 가득 차 있었다. 어떤 사진에서는 다른 노인들과 카드 게임을 하고 있고, 주방에서 찍힌 또 다른 사진에는 숟가락을 입으로 가져가는 포즈를 취하고 있었다. 아이들을 안고 있는 사진도 있었다.

합창단이 노래를 부르는 동안 나는 추모사를 훑어보았다. 고인은 40년 동안 노숙자 쉼터를 운영했다. 빙고와 카드 게임을 좋아했고, 평생 미혼이었지만 슬하에 손녀 한 명을 남겼다. 신앙심이 깊고, 음악과 요리, 꽃, 그리고 당연하게도 사진 찍는 것을 좋아했다.

나는 안내지를 한 장 더 넘겼다. 뒷면은 마지막 사진으로 채워져 있었다. 그녀가 두 팔을 손녀로 보이는 어린 여자아이에게 두르고 있었다. 그러나 사진이 천 개쯤 되는 작은 색색깔 사각형으로 만들어진 것처럼 희미해서 또렷하게 보이지는 않았다.

“신사 숙녀 여러분, 유족들과 친지 여러분, 성인들과 죄인들, 노인들과 청년들이여.” 목사가 말을 시작했다. 그 목소리는 노래를 부르는 것처럼, 아니, 가짜 킹 목사 흉내라도 내는 것처럼 떨렸다. “우리는 오늘 그웬돌린 브라운 자매님을 추모하기 위해 이 자리에 모였습니다. 우리는 슬퍼하기 위해 모인 것이 아닙니다. 대신 왕 중의 왕이신 하나님과 마침내 평화롭게 잠드신 브라운 자매를 축하하기 위해 이곳에 왔습니다.”

이러쿵저러쿵. 이미 숱하게 들은 이야기였다. 교회에서 열리는 장례식은 다 이렇게 시작한다. 사람들이 슬퍼하기 위해서 모인 건 사실이기 때문에, 그런 말은 내 마음을 아프게 했다. 그럼 장례식에 축하하러 오는 사람도 있단 말인가.

목사님은 계속해서 “슬퍼하면서 시간을 보낼 이유는 없는 데다가 브라운 자매님은 많은 눈물을 원하지 않을 것"이기 때문에, 장례식이 길지 않을 거라고 설명했다. 장례식 절차는 브라운 여사가 좋아했던 노래들과 손녀인 러브 양의 짧은 연설을 듣는 것이 전부라고 말했다.

"그 전에 기도와 함께 시작합시다. 고개를 숙이고 주님을 바라봅시다." 목사님이 말했다.

기도를 하는 동안 나는 세상에 어떤 부모가 자기 딸에게 러브라는 이름을 지어 주었나 생각했다. 흑인들은 온갖 특이한 이름을 갖고 있긴 하지만, 그래도 러브라니? 나쁜 이름은 아니지만 지나치게 특이하다. 물론 그래도 세상에서 제일 평범한 내 이름보다야 좋은 이름이긴 하다. 매슈 밀러. 내 이름은 태어날 때부터 단추 달린 푸른색 셔츠를 카키색 바지에 찔러 넣고 바지는 바짝 올려 입은 아이 이름 같다. 하지만 러브라는 이름도 여전히 어색하긴 하다.

노래 한 곡이 끝나자 바로 다음 곡으로 이어졌다. 다행히도 실력 있는 합창단이 밝은 노래를 불렀는데, 사실 이런 장례식도 몇 안 된다. 높은 음, 낮은 음, 화음, 솔로 다 통틀어서 말이다. 나도 모르는 사이에 다른 사람들처럼 알지도 못하는 노래를 따라 부르며 발로 리듬을 탔다. 모든 이들이 그웬돌린 브라운을 천국으로 보내며 손뼉을 치면서 노래를 부르고 있었다. 나이 든 여성들이 음악에 맞춰 몸을 움직이자, 가발이 마치 살아 있는 동물처럼 이리저리 씰룩거렸다. 몇 명은 아예 자리에서 일어나 커다란 엉덩이를 흔들고, 한 명은 노란색 탬버린을 엉덩이에 대고 두들겼다.

보통 이렇게 행복한 장례식에서는 슬퍼하는 유족을 찾기가 힘들다. 하지만 목사님이 이 장례식은 거의 손녀인 러브가 진행할 거라고 했으니 이번에는 슬퍼하는 유족을 쉽게 찾을 수 있을 것이다. 브라운 여사가 딸을 잃었기 때문에 가장 가까운 가족이 손녀라는 사실은 팸플릿 추모사에서 읽어 이미 알고 있었다. 그래서 나는 그 손녀를 찾기 시작했다.

우선 목을 빼고 로비가 가장 좋은 자리라고 부르는 맨 앞자리에 그녀가 앉아 있는지 확인했다. 짐작되는 한 사람의 뒷모습이 보였지만 어떤 기분인지는 알 수 없었다. 내가 만난 대부분의 유족들은, 얼굴은 보이지 않아도 고개를 들고 있는 자세만 봐도 기분을 쉽게 알아차릴 수 있었다. 고개가 위로 들려 있으면 울지 않으려고 최선을 다하고 있다는 뜻이고, 고개를 숙이고 있으면 벌써 울고 있지만 남들에게 보이지 않으려고 애쓰고 있는 것이다. 고개를 숙인 채 어깨가 들썩거리고 있다면 완전히 오열하는 것이다.

손녀로 보이는 그녀는 등을 쭉 펴고 앞을 바라보면서 음악에 맞춰 고개를 까딱거리며, 다른 사람들처럼 손뼉을 치며 노래를 부르고 있었다. 내가 놓친 적 없는 슬픔의 표시는 아직 나타나지 않았다. 최소한 뒷모습은 그랬다.

마지막 노래가 끝나자 목사님이 다시 마이크로 다가갔다.

"좋으신 하나님!" 그가 외쳤다.

"언제나!" 신자들이 말했다.

목사님이 미소를 지으며 손가락을 흔들었다. "여러분들은 브라운 여사를 보내고 싶지 않은 모양이군요. 만약 그랬다면 더 엄숙했을 텐데. 좋으신 하나님!"

“언제나!” 교회에 모인 사람들이 더 큰 목소리로 외쳤다. 탬버린을 든 여자는 그것을 공중에 대고 흔들었다. 반응에 흡족한 목사님은 고개를 끄덕였다.

“좋아요, 바로 이겁니다.” 목사님은 러브라는 그 손녀딸을 돌아보았다.

“준비됐니?” 그녀가 고개를 끄덕였다.

“시작할 때 말씀드린 것처럼 장례식은 금방 끝납니다. 브라운 자매님의 어린 손녀딸이 짧게 추모사를 올리고, 기도하고, 퇴장 성가를 부를 겁니다. 아멘!”

“아멘!” 사람들이 교회가 떠나가라 소리쳤다.

목사님이 러브에게 마이크 가까이 오라고 손짓했다.

그녀는 최대한 기품 있고 침착한 자세로 단상으로 걸어갔다. 그녀가 단상에 도착해 얼굴을 들자, 마치 집 한 채를 집어삼킨 듯이 목구멍이 턱 막혀 버렸다. 나는 허리를 펴고 의자 끝으로 당겨 앉아서 더 자세히 살펴보았다. 내가 아는 사람이었다. 처음에는 확신할 수 없었지만, 찬찬히 보니 틀림없었다. 르네였다. 클럭 버켓의 아르바이트생 르네 말이다. 그런데 왜 다들 그녀를 러브라고 부를까? 러브는 도대체 누구지?

장례식이라서 그런지 그녀는 일할 때보다 멋지게 차려입었다. 할머니 장례식에서 손녀를 그렇게 쳐다보는 건 예의가 아니기 때문에 나는 정신을 차리려고 애썼다. 하지만 그 애는 정말 달라 보였다. 그녀는 곱슬머리를 풀었고 내가 뒤쪽에 앉아 있긴 했지만 화장을 약간 한 것까지 알아볼 수 있었다. 어떻게 그랬는지는 모르겠지만 향수를 뿌린 것도 알아챘다. 정신 차려야 해. 정신 차리자.

“모두들 안녕하세요.” 그녀가 치킨 주문을 받을 때보다 달콤한 목소리로 말했다.

“제 이름은 러브 브라운입니다. 여기 계신 여러분들은 저를 러비라는 이름으로 알고 계실 테지만요. 저는 할머니를 사랑했다는 사실 말고는 별로 말씀드릴 것이 없습니다. 여러분도 아시다시피 제 엄마가 돌아가신 이후 할머니께서 저를 이 날까지 길러 주셨습니다. 강하고 자주적인 태도로 힘든 일을 헤쳐 가는 방법도 가르쳐 주셨습니다.” 그녀는 여기서 잠깐 말을 멈추고 환하게 웃었다. “저는 여기 계신 분들이 모두 할머니와 함께 보낸 모든 특별한 순간들을 기억하고 있을 거라고 확신합니다. 할머니와 저는 사진 찍기를 좋아했습니다. 할머니께서 저에게 카메라 다루는 법을 처음 알려 주신 것도 기억나네요. 그때 저는 여섯 살 정도였습니다. 할머니가 포즈를 취하시면 제가 셔터를 누르곤 했지요. 그러고 나서 할머니는 웃으시면서 젊었을 때처럼 엉덩이를 내미셨어요.” 그녀의 목소리에는 브루클린 억양이 섞여 있었다. 몇몇 사람들이 작은 소리로 웃었다. “저는 결코 잊지 않을 것입니다. 할머니와의 기억을 언제나 간직할 겁니다. 다행히 함께 찍은 사진들이 남아 있으니까요. 언젠가 다시 만날 것을 알고 있지만, 저는 할머니가 평생 그리울 겁니다.” 여기서 그녀는 말을 멈추고, 가지고 온 종이를 펼쳤다. “여기까지는 할머니께서 저에게 남기신 말씀입니다. 더 얘기하다가는 엉망이 될 것 같으니 여러분에게 남기신 나머지 말씀은 읽어 드릴게요.” 그녀는 다시 웃었다. 이번에는 더 긴장한 듯 보였다. “할머니는 언제나 규칙을 지키셨으니까 저도 그렇게 하겠습니다.”

이번에는 교회 전체가 조용해졌다. 훌쩍이는 소리나 사탕 껍질을 벗기는 소리, 교회의 나무 의자가 삐걱거리는 소리조차 들리지 않았다. 나는 르네, 아니 러브의 얼굴에서 눈을 떼지 않고 슬픈 모습을 찾으려고 애썼다. 숨을 크게 내쉰다거나, 눈가가 젖는다거나 하는, 내가 공감할 수 있는 모습 말이다. 그녀도 나처럼 유가족이라는 것, 그녀도 감정이 폭발하고 있음이 드러나는 모습……. 그러나 쉽게 찾을 수 없었다. 나는 기다렸다.

"할머니는 이렇게 말씀하셨어요." 러브가 목청을 가다듬고 원고를 내려다보았다.

"친애하는 여러분, 이것을 듣고 계시다면 전 이미 죽었을 겁니다. 여러분 중에 한 사람이라도 오늘 슬픔에 잠겨 있다면 저는 운이 좋은 겁니다. 곧 괜찮아지겠지요. 저 또한 괜찮으니까요. 사실 그냥 괜찮은 정도가 아니에요. 제 손녀 러브가 여러분에게 말해 줄 겁니다.

러브의 엄마가 죽었을 때 나는 손녀에게 죽음이라는 말을 절대 가르치지 않았습니다. 난 죽음을 믿지 않았기 때문에, 러브도 그 단어를 입밖에 내지 않길 바랐습니다. 죽음은 끝난다는 의미입니다. 종말. 마침표. 그런 말들은 당시의 제 딸에게는 어울리지 않는 말이었습니다. 지금의 저에게도 어울리지 않지요. 오래된 헌 옷을 벗고 새 옷을 입는 것과 마찬가지로, 저는 단지 새롭게 바뀔 뿐입니다. 전업을 하는 것과도 같지요. 지금까지의 경력과 앞으로의 잠재력을 되살려 새로운 직장을 갖는 것처럼요. 제가 죽었다는 건 여러분이 제 말을 더 이상 듣지 못하고 저를 느끼지 못하는 것이겠지요. 그러나 꼭 그렇지만도 않을걸요. 여러분이 잠시 저를 보지 못한다고 해서 제가 이곳에 없는 건 아닙니다. 저는 계속 여기 남아 새로운 카메라와 새로운 필름을 돌리고……." 이 대목에서 사람들이 웃었다. 나는 러브에게 어떤 변화가 생길지 지켜보았다. 눈을 떼지 않고 그녀가 감정을 분출하는 순간을 기다렸지만, 러브는 계속해서 부드럽고 자신 있게 말을 이어 나갔다. 눈물 한 방울이 얼굴을 타고 흘러내리는 것 같았지만 그건 대단치 않았다. 그것은 그저 보통 눈물이었다. 내가 흘린 눈물과는 전혀 달랐다.

"그리고 여러분이 변할 때가 됐을 때," 러브는 원고 뒷면을 펼쳐 계속해서 읽어 내려갔다. "다음 생애로 갈 때가 됐을 때, 저는 여기서 당신을 기다릴 것입니다. 사진 앨범 한 권과, 찻잔 하나, 그리고 당신이 이제까지 느껴 본 적 없는 포옹과 함께 말입니다. 여러분 모두를 사랑합니다. 그중에서 특히 손녀 러브에게 사랑한다는 말을 전하고 싶습니다. 얼마 지나지 않아 다시 뵙길 바랍니다. 여러분의 친구, 그웬."

러브는 목을 가다듬고, 침착하게 원고를 접었다.

"모두들 와주셔서 감사합니다." 그녀가 말을 마쳤다. 목소리에는 그 어떤 흔들림도 없었다.

교회에 모인 사람들이 전부 일어나 러브를 위해, 그리고 브라운 여사가 편지에 남긴 말에 박수를 보냈다. 나는 박수를 치는 둥 마는 둥 하면서 단상을 내려오는 그녀에게서 시선을 떼지 않았다. 러브는 목사님과 포옹하고 뒤이어 어느 노신사, 그리고 나이 든 아주머니의 팔에 차례대로 안긴 다음, 자리로 돌아갔다. 나는 무엇이 그녀를 그렇게 강하게 만들었는지 궁금해졌다. 왜 그녀는 다른 상주와 다른 걸까. 아마 고인이 된 할머니 그웬돌린의 영향인지도 몰랐다. 브라운 여사는 앓은 지 오래됐으니, 러브도 마음의 준비를 할 시간이 있었을 것이다. 그래서 저렇게 잘 견디는 거겠지. 무엇인지는 모르지만 내가 처음으로 장례식에서 찾고 싶은 것을 찾지 못한 건 분명했다.

나는 자리를 떠나지 않았다. 그 애는 알고 있지만 나는 모르는 것, 그렇게 차분해질 수 있는 이유를 알고 싶었다. 그 애의 할머니는 이제 막 고인이 되었다. 엄마도 안 계시다. 옆에 아무도 앉지 않은 걸 보니 아빠도 안 계신 모양이었다. 형제자매도 없었다. 가족 없이 사는 것은 나도 마찬가지지만, 그 애가 더 잘 견디고 있는 건 확실했다. 그 애는 나처럼 투팍의 노래를 들으면서 잠들지는 않을 것이다. 나는 그 애의 비밀을 알고 싶었다.

아니, 어쩌면 이렇게 구구절절한 이유가 아니라 단지 그 애에게 관심을 가지고 있었기 때문에 자리를 지켰는지도 모르겠다. 다른 날도 아닌 오늘, 왜인지는 몰라도 용기가 났다. 엄마 말대로 개구리 왕자가 된 느낌이었다. 검은 정장이 로봇 얼굴 치료제라도 된 건가. 나는 이미 다시 르네를 보게 되면 다음 단계로 넘어가기로 다짐했었다. 그런데 젠장, 바로 다음 날 그 애를 보게 되다니? 그것도 그 애의 할머니 장례식에서?

교회 아래층에서는 사람들이 한꺼번에 말을 시작하는 것처럼 목소리가 뒤섞여서 아무 소리도 들리지 않을 지경이었다. 플라스틱 포크가 스티로폼 접시에 스치는 소리, 사람들이 자리를 찾아 앉으면서 접이식 의자가 삐걱거리고 삑삑대는 소리. 유가족들은 딱 봐도 노숙자 티가 나는 사람들과 줄을 서서, 러브가 나눠 주는 닭 요리, 완두콩, 으깬 감자와 빵을 기다리고 있었다. 노숙자들은 최대한 옷을 차려입었는데 어떤 이는 향수를 너무 많이 뿌렸고 그러지 않은 사람들은 담배 악취를 풍기고 다녔지만 피해를 줄 정도는 아니었다. 유족들은 머리부터 발끝까지 검은색으로 차려입고, 여자들은 커다란 모자를 쓰고, 남자들은 광이 나는 구두를 신었다. 아무도 만찬에 모인 노숙자들을 불쾌해하지는 않는 듯했다. 아무도 얼굴을 찌푸리지 않고, 번지르르한 말도 하지 않았다. 브라운 여사는 모든 이들이 서로를 존중하며 존경하는 이런 분위기를 원했던 것이 확실했다. 물론 나는 유족도 아니고, 노숙자 친구도 아니었다. 그냥 몰래 끼어든 아이였다.

나는 커다란 모자를 쓴 여자들 뒤에 서서, 르네라는 이름으로 알고 있었지만 진짜 이름은 러브인 그 아이가 음식을 나눠 주는 모습을 지켜보았다. 모두들 그 애에게 한마디씩 했다. "정말 잘했어" 아니면 "너에게 은총이 있길 바란다" 같은 말들. 내 앞에 있는 아주머니는 "너 정말 예쁘다"라고 말했다.

내가 할 말을 해버리다니.

내가 그 말을 하려고 했는데.

러브는 정말 예뻤다. 머리에 그물을 쓰지 않은 르네. 화장도 했다.

"닭다리로 드릴까요, 닭가슴살로 드릴까요?" 그녀가 내 눈을 보지 않고, 나를 알아보지 못한 채로 물었다.

"음, 닭가슴살요." 내가 말했다.

그녀는 스테인리스 포크로 프라이팬 위에 놓여 있는 닭가슴살을 집었다.

"아니 잠깐만, 닭다리로 주세요." 내가 긴장해서 말했다.

러브는 나를 올려다보고 웃으면서 고개를 저었다. "닭다리요?"

나도 피식 웃었다. "네." 긴장감이 약간 사그라졌다. 그녀는 고기를 내 접시 위에 올려 주었다.

"야채는요?"

"야채는 괜찮아요." 내가 옆으로 물러나며 말했다. 예의를 너무 차린 것 같았다.

"감자는요?"

"좋아요. 주세요." 이젠 한결 마음이 편해졌다.

러브는 크림처럼 으깬 감자에 숟가락을 묻었다가 크게 한 수저 퍼올렸다. 접시에 툭 올리자, 그 무게 때문에 접시를 거의 놓칠 뻔했다. 나는 잠시 꾸물거린 다음, 완두콩 물이 나의 유일한 정장 위로 흐르기 전에 균형을 잡았다. 만회하기에는 너무 늦었다. 러브는 웃음을 참느라 애쓰다가 음식에 침을 튀길 뻔했다. 나도 웃음이 나왔다.

"우리 만난 적 있니?" 그녀가 숟가락을 감자 프라이팬 위에 다시 묻으며 물었다.

"어, 글쎄. 그게……." —맷, 이 기회를 놓치면 안 돼!— "한 번 만난 적 있어. 아니, 사실은 두 번……."

러브는 기억하지 못하는 듯했다.

"클럭 버켓에서." 내가 다시 상기시켜 주었다. "몇 달 전에 아르바이트하려고 들렀는데……."

그녀는 그래도 기억이 나지 않는 듯했다. "미안해. 아르바이트 자리를 구하는 사람들이 하도 많이 와서. 급여가 괜찮다는 소문 때문에." 그녀가 눈을 굴렸다. "그렇지도 않은데 말이야."

"그렇지 않다고? 설마. 많이 받는다고 해서 가본 거였는데." 내가 히죽 웃었다. "그 왜, 너에게 치근댔던 사람 있잖아? 네가 이제 치킨 없다고 쫓아낸 사람."

"아." 러브가 웃었다. "기억나. 그런 얼간이들은 하고 싶은 말은 그냥 막 뱉어도 된다고 생각하지. 그래서 한 방 먹인 거야." 그 애는 이렇게 말한 다음, 교회에서 그렇게 상스러운 말을 한 것이 후회된다는 표정을 지었다. 그러나 아래층이니 문제될 거 없다.

"그러고 나서 어떤 여자애가 뛰어 들어와서 바닥에 토를 했잖아."

"맞아." 러브가 혓바닥을 내밀더니 웃긴 표정을 지었다. "이제 네가 기억나네. 너 또 한 번 왔었지? 네 친구랑 와서 잔뜩 주문했잖아."

"그래."

"그날 보니 아르바이트 자리가 필요하지 않은 것 같던데." 러브가 의심쩍다는 투로 말했다. 나를 돈 많은 사기꾼이라고 생각하는 걸까.

"아니, 그런 건 아니고……."

"아, 그건 네 일이니 참견할 건 아니지." 그녀가 내 말을 끊더니 어깨를 으쓱했다. "그런데 여기서 뭐 하고 있니? 우리 할머니와 아는 사이였니?"

이런. 내 머릿속이 가능한 답변을 떠올리면서 급하게 돌아가기 시작했다. 적절한 대답을 전부 떠올려 보니, 결국 멋진 답변을 할 수 있는 방법은 없다는 걸 깨달았다. 할머님께서 내가 노숙자였을 때 돌봐 주셨다고 거짓말을 한다면 별로 좋은 인상을 남길 수 없을 것이다. 러브는 노숙자에게 편견을 가지고 있지 않겠지만, 이제는 그들을 모두 쫓아내고 싶어 할지도 모르니까. (지금쯤 그중 몇 명은 마약상이라고 의심받고 있을 것이다.) 내가 장례식장에서 일한다고 한다면, 나는 죽은 사람들과 일하는 녀석으로 낙인 찍힐 것이다. 내가 어른이라면 별로 문제가 되지 않는다. 하지만 고등학생이 패스트푸드점에서 일하는 경우는 있어도 장례식장에서 일하지는 않는다. 러브에게 할머님과 함께 쉼터에서 봉사활동을 했다고 말할 수도 있었다. 그러나 그렇게 한다면 나는 그 애에게 계속 거짓말을 해야 하는데, 난 여자아이들을 속이는 데에는 자신이 없었다. 결국 뭐라고 말해야 할지 알 수가 없었다.

"그게……." 나는 얼굴이 굳어 가는 것을 느꼈다. 로봇 얼굴이 다시 돌아오고 있는데 막을 수가 없었다. 그때 내 어깨 위에 큰 손이 놓였다.

"여기 있는지 몰랐다, 매슈." 레이 아저씨의 쉰 목소리가 나와 러브 사이에 끼어들었다. "지금쯤이면 집에 간 지 한참 됐을 때인데……." 그때 내가 대화 중이었다는 것을 깨닫고, 아저씨는 러브를 보며 어색하게 말했다. "아, 방해해서 미안하다." 윙크를 한 번 한 다음, 러브에게 이렇게 말했다. "러브, 이 아이를 잘 부탁한다. 내 동료야. 가장 일을 잘하지." 그러더니 나를 돌아보고 눈썹을 한 번 치켜세운 다음 걸어 나갔다. 나는 고개를 숙였다.

"장례식장에서 일하니?" 그녀가 물었다.

들켜 버렸네.

"그래."

"그런데 왜 여기서 저녁을 먹고 있어? 일해야 하는 거 아니야?"

내가 눈을 들자 러브는 장난 섞인 미소를 지으며 거만한 자세로 서 있었다.

"그런 건 아니야." 내가 말했다. "레이 아저씨 말씀처럼 난 벌써 퇴근했을 시각이야."

러브는 허리에서 손을 내렸다. "그럼 이번에는 그냥 남은 거야?" 나는 러브의 목소리에서 약간 놀리는 말투를 감지했다. 나는 식탁 옆에서 숟가락을 집어 으깬 감자를 한 가득 퍼서 접시에 담았다.

"그냥 배가 고파서." 이 말을 하면서 웃는 표정이 바보스러워 보이지 않기를 바랐다.

나는 텅 빈 식탁에 앉아 음식을 먹었다. 꽤 맛이 좋았다. 닭고기에는 약간 후추를 (내가 만든 마늘 소스도) 치면 더 좋을 것 같았고, 감자는 마늘 가루가 약간 필요했지만 전체적으로 먹을 만했다. 문득 엄마의 장례식에 나온 음식은 이보다 나았는지 궁금해졌다. 그때 나는 아무것도 먹을 수 없었기 때문에 맛이 어땠는지 모른다. 식욕이 없었다. 조문객들은 좋아한 것 같긴 했다. 어쨌든 브라운 여사 장례식의 음식은 평균 이상이었다.

나는 음식을 입에 넣을 때마다 고개를 들어 아직까지도 희고 조잡한 식판에 음식을 놓아 주는 러브를 흘낏 보았다. 그녀는 웃으면서 테이블 뒤에서 줄을 선 모든 사람들을 포옹하려고 두 팔을 벌렸다. 사람들이 몇 명 지나갈 때마다 그녀는 내가 눈치채지 못하게 내 쪽으로 빠르게 눈길을 던졌다. 그러나 나 또한 그녀를 쳐다보고 있었기 때문에 그럴 때마다 눈이 마주쳤다.

배식을 마치고 나서 러브는 자신의 식판을 가지고 내가 앉아 있는 테이블로 왔다.

"여기 앉아도 되니?" 그녀가 내가 혼자 있는 것을 뻔히 알면서도 물었다.

"아니." 나도 장단을 맞춰 주려고 최선을 다해 짧게 대답했다.

러브는 식판을 테이블 위에 올려놓았다. "누가 오면 다른 자리에 앉으라고 하지 뭐."

뜨거운 음식 앞에 오래 서 있느라 땀으로 범벅된 이마가 빛나는데도, 러브는 참 예뻤다. 아무렇게나 해도 이렇게 예쁘다니.

"매슈." 그녀가 으깬 감자를 치즈 케이크 먹듯이 조금씩 먹으며 말했다.

"맷이라고 불러." 내가 말했다.

"그래, 맷."

꼭 영화의 한 장면 같았다.

"그래, 러브."

"러비라고 불러도 돼."

"르네."

내가 말하자, 러브의 두 눈이 나를 쏘아보았다. 추파는 전혀 없었다. 좀 놀란 눈빛이었다. 내가 뭔가 잘못 말한 것처럼. 나는 입에 올리지 말아야 할 것을 말한 듯한 기분이었다.

"방금 뭐라고 했어?" 그녀가 말했다.

"르네. 난 그게 네 이름인 줄 알았어. 클럭 버켓에서 볼 때마다."

"왜?"

나는 가슴을 두드렸다. "네가 걸고 있던 이름표."

르네는 원피스 뒤로 손을 뻗어 황금색 사슬 목걸이를 꺼냈다. 거기에 적혀 있는 이름은 르네였다. 그녀는 그것을 들고 잠시 동안 보았다.

"내 이름은 러브야." 그녀는 목걸이를 가슴으로 떨어뜨렸다. "르네는 우리 엄마 이름이고."

이런. 멋져 보이려고 하면 항상 망치는 법이다.

"미안해. 몰랐어." 나는 심장이 꺼지는 느낌이 들었다. 너무 민망했다. 하지만 내가 분위기를 조금 불편하게 만들었더라도, 엄마 얘기가 나온 김에 러브의 감정이 조금이라도 드러나는 모습을 보고 싶었다. 그러나 그녀는 움찔하지도 않았다.

"괜찮아." 그녀는 닭고기의 껍질을 벗기며 말했다. "다 지난 일이야."

"그래도 상처는 아물지 않지." 내가 선을 넘었다는 것을 알았지만 멈출 수 없었다. 엄마의 표현을 빌리자면 입에서 설사가 나오는 것 같았다.

러브—아, 달콤한 그 이름!—는 닭고기를 씹으며 내가 방금 한 말을 되새기듯이 눈을 가늘게 뜨더니, 입을 떼기 전에 음식을 삼켰다. 그런 다음 포크로 나를 가리켰다.

"상처가 아물기를 바라지 않는 사람들에겐 그렇지. 하지만 나는," 그러더니 그녀는 완두콩 몇 개를 집어 입가로 가져갔다. "완전히 다 나았어."

# 완전 한가해

"잠깐, 클럭 버킷의 그 알바생이 네 여자 친구라고?"

크리스가 재킷을 벗어 소파 위로 던졌다.

"아니, 여자 친구가 아니라 그냥 우연히 봤다고. 진짜로."

나는 실실 웃지 않으려고 애썼지만 소용없었다. 졸업사진을 찍을 때 러브를 알았더라면 더 자연스럽게 웃을 수 있었을 텐데.

"그래?" 크리스가 나를 보며 물었다. "너, 너." 잠깐 말을 멈추더니, "둘이 뭔가 있구나?" 그가 웃음을 터뜨리더니 어린애에게 하듯이 나를 손가락질했다. 나는 철 좀 들라고 말하고 싶었지만 크리스의 말이 사실이기 때문에 뭐라고 할 수 없었다. 그애에게 뭔가 느끼고 있었다. 그것도 푹 빠져서.

나와 러브가 나눈 대화는 단순하지 않았다. 뭔가 달랐다. 우리는 학교에 대해서 얘기했고, 그 애가 학교에서 어떤 특별한 사진 프로그램에 참가하고 있고 무척 즐기고 있다는 것, 대학에서 사진을 전공하고 싶어 한다는 것, 대학을 졸업하면 사진작가가 되려고 한다는 것을 알게 되었다. 물론 파파라치 같은 직업이 아니라 사진 기자가 되어서 사진과 함께 이야기를 나누고 싶다고 했다. 내가 봐도 아주 멋진 꿈이었다.

나는 나도 올해 졸업하지만, 대학에 가서 뭘 할지 아직 잘 모른다고 말했다. 어떨 땐 뉴욕을 벗어나 다른 곳으로 가고 싶었다. 날씨가 따뜻한 조지아 주 같은 곳. 그러나 어떨 땐 아버지를 혼자 내버려 두고 먼 데 가고 싶지 않았다. 나는 그녀에게 이 모든 것을 다 말하고 싶었지만, 우리 식구에 대해 러브가 질문하지 않길 바랐기 때문에 입을 다물었다. 난 준비가 되어 있지 않았다. 대화는 그럭저럭 흘러가는데 무거운 얘기를 하고 싶지 않았다.

다행스럽게도 그녀는 내가 솔직하게 어머니가 돌아가셨다고 말해야 하거나, 아니면 거짓말을 하게 만드는 질문은 하지 않았다. 그 애의 어머니도 돌아가셨지만, 러브가 그것까지 얘기해 줄 것 같지 않아서 나 역시 아무것도 묻지 않았다. 난 이해할 수 있다. 우리 둘은 같은 마음이었다. 어머니가 돌아가신 걸 굳이 캘 필요는 없다. 대신 러브는 할머니인 브라운 여사가 자신을 어떻게 키워 주셨는지 이야기했다.

"공휴일마다 노숙자들을 찾아가 음식을 나누어 줬어." 그녀가 말했다.

나는 누군가가 노숙자들을 도와준다는 생각은 아예 해보지 않았다. 지하철에서 사람들이 노숙자에게 잔돈을 주는 건 본 적이 있지만, 나는 대체로 그들을 무시했고, 다른 아이들이 놀리는 광경에 익숙했다. 노숙자를 도와주는 사람이 있다고는 생각조차 하지 못했기 때문에 러브가 그런 일을 한다는 게 더더욱 존경스러웠다.

만찬이 끝나고 조문객이 대부분 떠났을 때, 나는 러브가 남은 음식을 싸고 밖에서 택시를 잡을 때까지 기다려 주었다. 택시가 오자 우리 둘 다 남은 음식을 가지고 차에 올랐다. 러브가 나에게 음식을 약간 나눠 주었다.

"넌 어디에 사니?" 내가 물었다.

"난 혼자 살아. 이런 얘길 해도 되려나? 넌 착해 보이긴 하지만 킬러일 수도 있는데." 그녀가 장난스레 말했지만, 절반은 진지했다. "네가 먼저 내릴래?"

"나도 혼자 살아. 네가 킬러일 수도 있잖아?" 내가 말했다.

"아마도." 내가 그 미소를 보기도 전에 러브는 창 쪽으로 고개를 돌리며 대답했다.

택시가 우리 집 앞에 멈춰서 나는 택시 기사에게 러브의 차비와 팁까지 지불했다. 다행히도 레이 아저씨가 일당을 주었기 때문에 별로 고민하지 않고도 차비를 낼 수 있었고 그러는 내 자신이 멋져 보이기도 했다. 그런데 러브는 그 상황이 혼란스러웠던 모양이다. 내가 차에서 내리기도 전에 얼굴이 완전 굳은 걸 보면. 내가 수작을 부릴 줄 알았는데 그냥 내려 버리니 놀란 건가. 그러나 너무 일렀다. 우리는 이제 막 만났을 뿐이니 말이다. 그녀는 자신의 휴대전화에 내 번호를 찍어 달라고 했다. 난 번호를 알려 주고 "만나서 반가웠어"라고 말했다. 굉장히 어색한 순간이었다.

택시에서 내렸더니 크리스가 가게에서 나와 걸어오고 있었다. 크리스가 택시까지 더 와서 내가 여자와 함께 있는 것을 봤으면 했지만, 크리스는 폼을 잡으면서 느릿느릿 걸었다. 타이밍은 완벽했다. 나는 구름 위를 걷는 듯한 기분이었고, 크리스만이 내 마음을 털어놓을 수 있는 유일한 상대였다.

"그 애는 정말로 뭔가 특별해."

나는 우리 집 진홍색 우주선 소파에 풀썩 주저앉은 크리스에게 말했다. 넥타이는 풀고 정장 재킷은 식탁 의자에 둘렀다. 책가방, 열쇠, 돈, 휴대전화는 전부 식탁 위에 놓았다. 그런 다음, 장례식에서 가져온 음식을 크리스에게 주려고 전자레인지에 데웠다. 늘 그렇듯이 크리스는 뭔가 주워 먹으려고 우리 집까지 온 것이기 때문이다.

"무슨 소리야, 특별하다니? 병에라도 걸렸대?"

"아니야, 바보야!" 내가 쏘아붙였다. 나는 벌써부터 그 여자애에게 어떤 감정을 느끼고 있었다. "병든 게 아니라 그냥 특별한 뭔가가 있다고. 설명하긴 어려워. 그러니까, 그 애는 정말로 괜찮아. 뭔가 매력이 있다고."

크리스가 진지해 보이려고 고개를 끄덕였다.

"이름이 뭐라고?"

"러브."

진지한 척은 끝났다. 크리스가 웃음을 터뜨렸다. 그것도 박장대소를.

"장난하지 말고. 진짜 이름이 뭐야?"

"그게 이름이야. 러브. 애칭은 러비."

"네가 처음 그 애가 마음에 든다고 말했을 때는 그렇게 부르지 않았던 것 같은데."

"그랬지. 르네인 줄 알았는데 아니었어. 진짜 이름은 러브야."

"와. 난 네가 뜬금없이 비유를 한 줄 알았어." 크리스가 얼굴을 찌푸렸다. 내가 러브의 이름을 처음으로 들었을 때와 똑같은 생각을 하고 있는 것이 분명했다. 대체 누가 딸 이름을 러브라고 지을까?

"비유가 아니야." 내가 소파 가장자리에 앉으며 말했다. "아직은 그 애를 그렇게까지 생각하지도 않고." 나는 러브에게 관심 없는 척하려고 애를 쓰고 있었다. 물론 진심은 아니었다.

전자레인지가 멈추는 소리가 났다. 크리스는 말 그대로 벌떡 일어나서는 자신을 미친 사람 보듯이 하고 있는 나를 보더니, 아무렇지 않은 척하면서 음식을 꺼내러 부엌으로 사뿐사뿐 걸어갔다. 전자레인지 문을 열자 데운 프라이드치킨 냄새가 쏟아져 나왔다.

크리스는 숨을 크게 쉬었다. "냄새는 좋지만 만신창이네. 맛이나 봐야겠다." 크리스가 치킨을 집어 들었다,

"만찬에서 남은 거라서 그래."

"뭐라고?"

"만찬에서 가져온 거라고."

내가 크리스에게 포크를 주면서 말했다. 포크 없이도 잘만 먹을 녀석이지만 말이다.

크리스는 치킨 한 덩이를 집더니, 가운데 살을 한 입 크게 삼켰다. 음식이 뜨거워서 입을 다물지 못하고 헐떡거리며 식혔다. 그러고는 포크를

집어 접시 한가운데를 갈라, 완두콩과 으깬 감자 사이에 골짜기를 만들어서 한 입에 꿀꺽했다.

"그래. 만찬, 만신창이, 만다린, 뭐라고 부르든 상관없어. 맛있기만 하면 돼." 크리스가 음식이 가득 든 입을 오물거렸다. "네 여자 친구가 만든 거냐? 그랬다면 네가 왜 반했는지 알겠군." 크리스가 웃으며 말했다. 다행히 입안에 가득 든 음식은 튀어나오지 않았다. "너보다 요리를 더 잘하는데?"

"아니, 걔가 만든 게 아니고, 내 여자 친구도 아니야. 그리고……." 나는 조리대에서 마늘 가루를 한 움큼 쥐어서 크리스의 감자 위에 뿌렸다. "내가 만든 음식이 더 맛있어."

크리스는 감자 한 숟갈을 입에 넣었다. 감자 맛이 더 좋아졌다는 것이 얼굴에 드러났다.

"그래. 네가 음식은 더 잘할지 모르겠지만, 그 애가 네 여자 친구가 아니라는 건 인정하기 힘드네."

"아냐, 정말 아니야."

"아직은 아니겠지."

나는 크리스의 말을 못 들은 척하고 아무 말도 하지 않은 채, 크리스가 인간 청소기처럼 음식을 흡입하도록 내버려 두었다. 그러나 한편으로는 크리스의 말이 맞을지도 모른다는 생각을 했다. 크리스는 나보다 여자를 사귀어 본 경험이 많다. 퀸카인 샤논 리브스하고 사귀기도 했다. 샤논은 패션 감각이 아주 좋아서 남자 어른이 추근대다가 열여섯 살이라는 것을 알고 놀라기도 했다. 그래도 몇몇 남자들은 작업을 그만두지 않았다. 크리스는 로렌 모리스와 대니 스티븐스 하고 양다리를 걸친 적도 있다. 대니는 우등생인 데다가 꽤 귀여운 애였다. 로렌은 우리 학교 치어 리더였는데, 외모로는 거의 최고였다. 긴 머리, 예쁜 미소와 몸매, 발랄한 성격, 모든 것이 완벽했다. 두 여자애는 서로 알고 있었다. 크리스가 사실대로 다 말했기 때문이었다. 이상하게도 둘은 별로 신경 쓰지 않았다.

남자애들은 크리스가 어떻게 그러고 다니는지 궁금해했다. 어떻게 원하는 여자애들을 저렇게 다 사귈 수 있을까. 하지만 나는 정확히 알고 있다. 크리스는 착하고 솔직하다. 항상 최신 유행으로 차려 입고 다니는 것도 엄청난 플러스 요인이었다. 유머 감각도 있다. 그러나 크리스가 마마보이라는 건 아무도 모른다. 나도 마마보이이긴 했지만 크리스와는 달랐다. 우리 엄마에게는 가슴을 설레게 하는 남편이 있었다. 그러나 크리스네 엄마에게는 아들뿐이었다. 남편도 없고 남자 친구도 사귀지 않았다(크리스가 대학에 갈 때까지 연애를 하지 않겠다고 하셨다). 그래서 크리스는 엄마를 기쁘게 해드릴 궁리를 하느라 많은 시간을 보내곤 했다. 무엇이 엄마를 행복하게 할까. 크리스는 이런 과정을 거쳐 내가 아는 가장 멋진 사나이가 되었다. 그런 이유로 난 여자에 관해서라면 크리스의 의견에 귀를 기울였다.

"그냥 사실대로 말해 봐." 크리스가 주스를 한 모금 들이켜면서 말했다. "그 애가 좋냐?"

"그래."

"그 애도 널 좋아하고?"

"몰라."

"그 애가 널 꼬시기도 해? 추파를 던져?"

"그런 것도 같지만 잘 모르겠어."

"장난 칠 때 너를 쳐다보니?"

나는 택시 안에서 러브가 눈길을 돌리던 모습을 떠올렸다.

"아니. 그런 것 같지 않아. 계속 창밖을 보더라."

크리스는 마치 구구단을 외우는 자녀를 자랑스럽게 바라보는 아버지라도 된 것처럼 몸을 의자에 기댔다. 그러나 나는 구구단이 아닌 여자를 알기 위해 노력하고 있었고, 크리스는 이 순간을 즐기고 있었다.

"왜 그렇게 봐?"

"정신 차려, 맷. 이거 완전 헛똑똑이구먼." 크리스가 웃었다.

"왜? 여자애가 딴 데를 쳐다보면 자동적으로 날 좋아한다는 의미냐?"

크리스가 말만 번지르르한 대답을 하기도 전에, 내 휴대전화가 진동하면서 식탁을 흔드는 소리를 내서 깜짝 놀랐다. 나는 손을 뻗어 휴대전화를 확인했다.

새로운 문자 1개

"그 애야." 나는 심하게 흥분했다. 마음을 가다듬으려 했지만 너무 늦었다.

문자 내용은 이랬다.

— 안녕. 나 러브야. 바쁘니?

나는 휴대전화를 식탁 위에 올려놓고 크리스에게 보여 주었다. 문자를 읽고 난 크리스의 얼굴에는 거만한 미소가 번졌다.

"내 말이 맞지?"

# 그리운 추억

뭐 하나 물어봐도 돼?

문자를 받고 나는 크리스를 현관 밖으로 내쫓았다. 크리스는 일부러 음식을 천천히 먹으려고 했다. 그 애에겐 엄청난 의지가 필요한 일이었다. 나는 일부러 몸을 숙여 크리스의 접시에 기침을 했다. 뉴욕 시 공립학교에서 12년 동안 배운 유치하고 바보 같은 장난이었다.

"나쁜 녀석." 크리스가 현관으로 향하며 말했다. "내가 절친인 게 다행인 줄 알아. 지금 여자한테 빠져 있는 건 이해하지만 아무리 그래도 제정신은 아닌 것 같은데."

"그래, 그래. 알았어." 내가 현관문을 열며 말했다. "내일 보자고."

나는 소파 위에 누워 러브에게 말을 걸기 위해—정확히 말하면 문자를 보내기 위해—진정하려고 애썼다. 우리는 정확히 13분 동안 문자를 주고받으며, 서로에게 아무 질문이나 하면서 같이 알고 있는 사람들은 누구인지, 어떤 음악을 좋아하는지 알아냈다. 남자 친구라는 직업을 얻기 위해 흔히 거치는 면접과도 같았다. 당연히 식구들이 어디 출신인지도 얘기했다. 뉴욕에서는 출신이 무척 중요했다. 대개 미국 출신이 아니라 자메이카, 아이티, 트리니다드 같은 곳이기 때문이다. 러브의 할머니는 트리니다드 출신이었다. 흑인이라면 보통 그런 데서 왔지만 나는 아니다. 우리 부모님은 볼티모어와 사우스 캐롤라이나 출신이다. 우리는 식사 때마다 카레를 먹지는 않았지만, 크랩 케이크나 바비큐*가 무슨 맛인지는 알고 있었다.

— **뭐 하나 물어봐도 돼?**

나는 러브가 방금 보낸 문자를 다시 한 번 읽었다.

누군가가 이렇게 물어본다는 건 대개 뒤통수를 후려치겠다는 뜻이라서 약간 긴장하면서 답문을 보냈다.

— 응……?

— **저번에 같이 택시 탔을 때, 혼자 산다고 했잖아. 진짜야?**

— 응. ㅋㅋ

— **아…… 참견하려는 건 아닌데, 내 또래 중에서 혼자 사는 애는 본 적이 없어서.**

*각각 볼티모어와 사우스 캐롤라이나를 대표하는 음식이다.

— 쿵. 참견이 심하군. ㅋㅋ

— **뭐라고 하든 상관없어. 말하고 싶지 않으면 말하지 않아도 돼 :-/**

당연히 난 러브에게 말해야 했다. 아니, 꼭 그럴 필요는 없었지만 무슨 이유에선지 말해 주고 싶었다. 공통점이 하나 더 생기는 거니까.

— **괜찮아 말해 줄게. 우리 엄마가 몇 달 전에 돌아가셨어. 유방암으로. 그리고 아빠는…… 교통사고가 났는데 목숨은 건져서 회복 중이셔.**

— :( 미안해.

— **괜찮아. 난 아무렇지 않으니까. ;)**

나는 편한 자세로 소파 팔걸이에 머리를 기댔다. 러브와의 대화는 잘 되어 가는 기분이었다. 보통 여자애들에게라면 어색했을 텐데, 지금은 그런 것 없이 나답게, 솔직하다는 걸 나도 느낄 수 있었다. 아마도 문자로 이야기하기 때문인지도 모른다. 문자를 주고받는 것은 직접 마주보며 대화하는 것과 다르다. 문자로 엄마가 돌아가셨다고 말하는 것은 누군가에게 직접 그 말을 하는 것과는 전혀 다르다. 눈물 없이 말할 수는 있어도, 마음이 더 아파 오면서 로봇 얼굴이 될 것이다. 그러나 문자로는 아무 느낌도 들지 않았고, 마음이 편했다. 내가 나 자신도 죽어 가는 듯한 절망을 느끼지 않으면서 엄마의 죽음을 얘기할 수 있었던 것은 이번이 처음이었다.

나는 답문이 오길 기다리면서 러브가 지금 뭘 하고 있을지 상상해 보았다. 아무것도 안 한다고 하긴 했지만 그건 아마도 텔레비전을 보고 있다는 뜻일 거다. 정말로 아무것도 안 하는 사람은 없다. 나처럼 소파 위에 누워 휴대전화를 들지 않고도 문자를 읽을 수 있도록 휴대전화를 머리맡에 두었겠지. 엄마가 잠자리에 들 때마다 그랬듯이. 그 애도 트레이닝 셔츠에 실크 손수건으로 머리를 싸매고 있는 모습을 상상했다. 야한 상상은 아니었다. 다만 그녀가 헐렁한 바지를 입고, 낡은 가족 모임 티셔츠를 입고 머리는 핀으로 고정해서 싸매고 있는 모습이 왠지 모르게 자연스럽게 느껴졌다. 그 정도로 러브는 옷발이 잘 받았다.

다시 휴대전화가 진동했다.

새로운 문자 1개

— 다음 문제야. 준비됐니?

— ㅋㅋ 응.

— 추수감사절에 뭐 할 거니?

— 아마도 네가 준 남은 음식을 처리할걸. 너는?

— 마찬가지야. ㅋㅋ

나는 아무 말도 하지 않았다. 그저 대화가 여기서 끝나지 않길 바라며 대답을 기다렸다. 휴대전화가 한 번 더 울렸다. 제발. 한 번만 더.

지잉.

새로운 문자 1개

— 그럼 우리 남은 치킨 같이 먹을래?

— 치킨이 칠면조라고 상상한다면 가능하지.

문자를 보내는 나는 너무나 자연스러웠다.

— ㅋㅋ 좋아. 우리 집에서 보자.

— 우리 집은 어때?

— 너도 알다시피…… 안전 문제가 있어서. :)

— 말도 안 돼.

다음 날 아침, 거실을 환히 비춘 햇살에 눈이 저절로 떠졌다. 눈을 감고 있어도 방 안을 채운 빛을 느낄 수 있다는 것은 참 놀라웠다. 빛은 언제나 승리한다. 나는 소파 쿠션에 깊이 몸을 묻고, 잠에서 깰 때까지 편안한 자세로 누워 있었다.

첫 번째로 해야 할 일이 생각났다. 휴대전화로 손을 뻗었다. 몸의 모든 근육이 뻐근했다. 목, 등, 다리, 손가락이 툭툭 끊어졌다. 하룻밤에 서른 살은 더 먹은 기분이었다. 나는 바닥을 더듬거려 휴대전화를 집었다.

새로운 문자 3개

첫 번째 문자.

— 이거 데이트네. :)

10분 후.

— 야, 자니?

다시 10분 후.

— 잘 자. 흑흑. ㅋㅋ

나는 문자를 읽고 다시 어려진 기분이 들었다. 휴대전화를 가슴에 얹고는 잠시 그대로 누워 있었다. 데이트. 검은 정장을 입은 맷 밀러에게…… 데이트 약속이 생겼다. 엄마, 보고 계시죠?

엄마가 돌아가신 이후 처음으로 학교에서 보내는 시간이 즐거워졌다.

그렇다고 달라진 건 없었다. 남자애들은 여전히 유치하게 애들 책을 뺏고, 소리 지르는 선생님들을 피해 복도를 뛰어다니고, 여자애들은 휴대전화 액정 화면에 얼굴을 비춰 보면서 뺨에 파우더를 바르고 입술에 칠을 했다. 쓸데없는 소문을 퍼뜨릴 때는 외모가 중요한가? 수업은 여전히 지루하지만, 내 마음은 구름 위를 떠다니고 있었기 때문에 신경 쓰이지 않았다. 마치 나에게 방어막이 쳐져 있는 것 같았다. 그 누구도 나를 침범할 수 없었다. 내 검은 정장은 더 이상 작업복이 아니라 잘빠진 옷처럼 느껴졌다. 상복이 아니라, 나를 멋져 보이게 하는 옷 말이다. 데이트가 있었으므로 그 누구도 나를 건드릴 수 없었다. 나의 이런 기분을 누구보다도 더 잘 이해해 줄 사람은 이미 내 라커에서 나를 기다리고 있었다.

"안녕." 크리스가 내 라커 옆에 몸을 기대며 말했다.

"안녕." 나는 자물쇠를 왼쪽에서 오른쪽으로 돌리며 쿨하게 말했다.

나는 크리스가 뭘 궁금해하는지 알고 있었고, 다 말해 주고 싶었지만 털어놓고 싶어서 안달하는 티를 내고 싶지는 않았다. 그래서 아무 일도 없었던 것처럼 책을 넣기 시작했다. 이러는 내내 내 가슴과 머리는 죽이 잘 맞았다. 몇 초 지나지 않아 말 그대로 날개가 돋아나는 느낌이었다.

"이봐, 맷." 크리스가 낮은 목소리로 말했다.

"왜?"

"맷."

"뭐야?" 나는 라커 안을 보면서 말했다. 더는 참을 수 없어서 입꼬리가 올라갔다.

"어떻게 됐어?"

나는 라커에서 『캔터베리 이야기』를 꺼내서 책가방에 넣었다. 지루한 교과서도 내 기분을 망치지 못했다. 나는 라커 문을 쾅 닫았다. 크리스는 그대로 서서 나를 내려 보고 있었다.

"크리스, 너도 알겠지만 진짜 사나이는 입을 함부로 놀리지 않아. 나는 그렇게 입을 털지 않는다고." 사실 엄청나게 입을 털고 싶었지만, 친구에게는 최소한 20초 정도 뜸을 들이고 싶었다.

"오, 알았어." 크리스가 팔짱을 끼며 말했다. "너 아직 키스는 안 했구나. 바보!" 그가 웃음을 터뜨렸다. "나한테 털어놓고 싶은 거 다 알아, 맷. 연기 그만해."

정확하군.

"분명히 말하지만 별일 없었어." 나는 대단한 비밀이라도 털어놓는 것처럼 어깨 너머를 살피며 말했다. "그냥 추수감사절에 같이 있으려고. 단 둘이서만."

크리스에게는 "단 둘이서"라는 말을 꼭 하고 싶었다. 사실이 그렇기도 하거니와 크리스와 내가 둘 다 원하는 방향으로 이야기를 부풀릴 수 있기 때문이다. 내 얘기는 별로 가십거리도 아니지만 크리스의 눈썹이 위로 올라가더니 나에게 손을 내밀었다. 나는 그 손을 잡고 어른들처럼 악수를 하고 교실로 돌아갔다. 그런 존경을 받을 자격이 충분히 있다는 생각에, 무도회의 왕자가 된 기분으로 그로브너 선생님의 교실로 입장했다.

러브에 대해서 말해 주고 싶은 또 한 사람이 있었다. 레이 아저씨였다. 나는 입을 함부로 놀리는 편은 아니지만 크리스에겐 말해야 했다. 크리스는 나의 절친이니까. 레이 아저씨는 나의…… 나이 든 절친이다. 그러니 말씀드려야 한다. 아저씨는 소문을 퍼뜨리기에는 나이가 너무 많다. 소문을 퍼뜨릴 사람이나 있긴 할까? 한때 수다쟁이였던 관 속의 시체들?

학교가 끝난 후, 나는 버스를 타고 장례식장으로 갔다. 그날은 장례식이 없지만 언제 무슨 일이 일어날지 모르기 때문에 나는 항상 출근해 준비를 했다. 게다가 장례식이 없을 때에도 레이 아저씨는 나에게 일당을 주려고 항상 일감을 찾아 주셨다.

장례식장 가까이 다가가자, 로비가 구부정한 자세로 담배에 불을 붙이며 앉아 있는 것이 보였다. 라이터를 켤 때마다 로비의 금반지가 햇빛에 번쩍거렸다.

"이럴 수가, 신입사원. 시간이 정확하네." 그가 불이 붙지 않은 담배를 물고 중얼거렸다. "윌리가 너는 12시 30분에 온다고 했고."—그는 손목시계를 확인했다—"지금은 12시 29분이군." 로비는 담배 주위로 손을 모아 바람이 불기 전에 다시 불을 붙이려고 했다.

"안녕하세요, 로비 아저씨." 내가 말했다. 로비는 무슨 말을 하고 싶은 걸까.

로비는 라이터를 몇 번 더 켜더니, 담배 끝에 빨갛게 불이 붙을 때까지 바람을 등지느라 몸을 돌렸다. 그는 천천히 숨을 내쉬고, 남들보다 쿨한 동작으로 공기 중에 불을 껐다. 그러고는 코트 주머니에 손을 넣어 접힌 종이 한 장을 꺼내 나에게 건넸다.

"윌리는 없어." 그는 간단하게 말하고 담배 끝에서 재를 떨었다.

내가 일한 첫 번째 장례식 이후 로비는 행동이 이상해졌다. 로비는 내가 항상 시간을 지키고 레이 아저씨가 시키는 일을 잘 하는 아첨꾼이라고 생각하는지도 모른다. 레이 아저씨가 나를 보살펴 주니 약간 질투를 하는 것 같았다. 레이 아저씨는 그의 친형이니까. 그러나 나는 로비에게 별 신경을 쓰지 않았다.

나는 로비가 건넨 종이를 폈다. 레이 아저씨가 쓴 메모였다. 그는 암 환자 지원 모임에 나가기로 한 것을 나에게 깜빡 하고 말하지 않았는데, 나 같은 어린애들이 문자에 답장하듯이 전화를 재깍재깍 받았다면 전화로 알려 줬을 거라고 했다. 그러니 문자를 어떻게 보내는지 알려 달라고, 내일 아침 일찍 해가 뜨면 아빠를 보러 가는 길에 나를 데리러 오겠다고도 했다.

나는 종이를 작은 삼각형으로 접어 주머니에 넣었다.

"알았어요." 나는 로비에게 말했다. 로비가 어떻게 행동하든 내 기분을 망칠 수 없었다. "추수감사절 잘 보내세요."

일이 없으니 한가해졌지만 따로 할 일이 없었다. 크리스는 아직까지 학교에 있었다. 나는 풀톤 가까지 가서 러브가 일하는 클럭 버켓에 갈까 생각했다. 그러다가 러브가 돌아가신 할머니의 서류를 정리하기 위해 누구를 만나기로 했다는 걸 떠올렸다. 보험이나 뭐 그런, 내가 모르는 문제였다. 십대들이 걱정하지 않아도 되는 것들 말이다. 그런데 러브와 나눈 문자를 보면 그 애는 보통 십대가 아니다. 엄마가 돌아가신 후 처음 학교에 갔던 날 느낀 훌쩍 자란 느낌. 러브에겐 그런 성숙함이 있었다. 어른스러움 말이다. 러브는 나보다 두 배는 더 성숙하다. 아니, 열 배.

그래서 3개월 만에 처음으로 나는 대낮에 혼자가 되었다. 밤에 혼자 있는 것과는 너무 달랐다. 밤에는 모든 불행이 서서히 스며들었다. 다시는 엄마를 볼 수 없다는 현실, 아빠가 더 이상 술을 못 마시게 병원에 계속 입원해 있었으면 하는 바람이 살금살금 다가왔다. 밤이 오기 전에 뭘 할지 생각해야 한다. 아니면 지금까지 회피한 일을 마주 보아야 한다.

누구나 어떤 이유든 간에 항상 피하는 것이 있다. 나도 그렇다. 해야 할 일이 있지만 계속해서 장례식과 일, 그리고 크리스와 논다는 핑계로 미루고 있었다. 그러나 오늘 나는 내 자신이 그 어떤 것에도 방해받거나 상처 입지 않는 어른처럼 느껴졌다. 그래서 피하기만 하던 그 일을 하기로 했다. 엄마를 만나는 것 말이다.

A 노선. 엄마는 이 지하철 노선을 세계에서 가장 훌륭한 유랑 곡예단이라고 부르곤 하셨다. 언제나 어린애들 몇 명이 최근에 배운 댄스 실력을 뽐내며, 차가 양 옆으로 움직일 때마다 텀블링을 하거나 통로에서 위아래로 팝핀 동작을 하곤 했다. 지하철 탑승을 위한 테마 곡을 연주한다고 항상 봉고 드럼을 가지고 타는 형제는 어떤가. 당연히 잡상인도 있었다. 사탕을 파는 어린아이, 다섯 개에 1달러, 열 개에 10달러 하는 DVD를 끌고 다니는 아저씨들. A 노선에서는 누구나 쇼를 펼친다. 승객들도 광대와 다를 바 없었다. 휴대전화를 휴대용 음악 플레이어 용도로 쓰는 여자아이부터, 최대한 많은 아이들을 웃기겠다고 농담을 늘어놓는 중학생까지. A 노선을 탄다면 무슨 광경을 보게 될지 알 수 없었다. 그게 우리 동네의 유일한 지하철이라서 달리 선택권이 없었다.

다행히 대낮이라 지하철 안은 한산했다. 나, 책을 읽고 있는 운동복 차림의 여성, 그리고 종점부터 반대쪽 종점까지 타는 노숙자 한 명이 전부였다. 노숙자는 살아 있는 게 분명한데도 피부가 바싹 마른 것이 시체처럼 보였다. 마치 좀비 같았다.

10분 동안 지하철은 지하 터널을 지났는데 지하철과 선로가 마치 로켓이 발사하는 소리처럼 끽끽거리며 부딪쳤다. 운전사는 역에 멈출 때마다 브레이크를 세게 밟았다. 문이 열리고, 아무도 타지 않았다. 문은 다시 닫혔다.

호이트 가에 도착하자 책을 읽고 있던 여성이 내리고 나와 노숙자만 남았다. 다른 날이었다면 나도 그 노숙자와 다를 바 없다고 여겼을 것이다. 살아 있지만 죽어 있는 상태. 그러나 오늘은 좋은 날이라서 그런 생각이 들지 않았다.

나는 지하철에서 내리면서 그가 들고 있던 컵에 1달러를 넣었다. 보통은 노숙자에게 돈을 주지 않지만, 오늘만큼은 그에게도 좋은 날이 되기를 바랐다. 여자들은 남자들의 나날을 행복하게 해주는 법이다.

R 노선으로 갈아타고 25번 가에 도착할 때까지 역을 네다섯 개 지나쳤다. 25번 가는 완전히 다른 주州 같은 느낌이었다. 나무가 많은 조용한 곳이었다. 실제로는 그렇지 않겠지만, 거리 폭도 훨씬 넓은 듯한 느낌이었다. 엄마가 돌아가시기 전에는 이 근처에 자주 왔다. 엄마는 매해 여름마다 묘지에서 멀리 떨어지지 않은 프로스펙트 공원에 나를 데리고 왔다. 우리는 걸으면서 얘기를 나누었다. 정확히 말하면, 엄마가 쓸데없는 농담을 하면서 수다를 떨었다. 예를 들면 흑인들이 어떻게 나비를 버터플라이Butterfly라고 부르게 됐을까? 엄마 말에 의하면 그 전에는 나비를 '플러터-바이Flutter bys'라고 불렀다. 무척 걸맞은 이름 같은데 흑인들이 이리저리 비틀고 꼬아서 버터플라이라는 이름을 만들었다는 것이다.

나중에 엄마는 그 농담을 아빠가 다른 사람한테 듣고 말해 준 거라고 했다. 좌우지간 재밌는 이야기라서, 나도 친구들에게 들려줄 계획이다. 바로 이 공원에서.

몇 번 와보긴 했지만 여기가 이렇게 평화로운 곳이었지는 미처 몰랐다. 그때는 내가 너무 어렸나 보다. 아마도 나는 깔깔거리느라 정신이 없었을지도 모르겠다. 그러나 지금은 혼자, 대낮에 묘지를 향해 걷고 있다. (밤이라면 너무나 조용해서 이러지 못했을 것이다. 평화롭기는커녕 무서웠을 테니까.) 이곳이 죽어서 묻히기에 얼마나 완벽한 곳인지 알게 되었다. 이상하게 들리겠지만 사실이다. 소음도, 다른 아무 소리도 들리지 않았다. 평화롭고 널찍한 공간뿐이었다.

장례식 후 발인을 하느라 여기 왔을 때 묘지 직원 한 분이 나와 아빠에게 엄마의 묘로 가는 길을 표시한 지도 한 장을 주었다. 지도가 필요할 정도로 묘지는 굉장히 넓었다. 나는 뉴욕 시에서 평생 살았지만 이 도시에 사는 사람들에 대해 생각해 본 적이 없었다. 뉴욕에서 임종하는 사람들은 다 여기에 묻힐까? 궁금하다.

입구에 서서 비석들을 바라보았다. 흰색, 회색 비석들이 잘못 난 이처럼 땅에서 돋아 있었다. 비석들은 대개 비슷하게 생겼기 때문에 기억력이 꽤 좋은 나마저도 코니 아일랜드에 있는 거울 미로를 뛰어다니듯이 방향 감각을 잃고 엄마의 무덤을 찾아 헤맸다.

지도에는 길을 쭉 따라가서 좌측으로 돌아 언덕 위로 올라가라고 표시되어 있었다. 걷는 동안 바람이 세게 불기 시작하더니 내 정장 재킷 단추가 풀리고 눈에는 눈물이 고였다. 지금이 밤이었다면 굉장히 무서운 순간이었을 것이다. 나는 걸으면서 지나치는 비석을 눈여겨보았다. 브라운, 포사이드, 브리스코, 윌슨, 웨이몬, 플러싱, 카슨, 모리스……. 속으로 비석에 쓰여 있는 이름을 읽으니 점호처럼 느껴졌다. 그들의 가족들과 장례식을 생각하면서, 모두에게 인사를 건네는 듯한 기분이었다. 드와이어, 피드몽, 리, 밀러(우리 가족은 아니다), 래디슨, 포머……. 나를 언덕 위로 밀어붙이는 바람을 뚫고 지나가면서 이름 쓰인 비석들을 계속 지나쳤다. 정장 재킷은 검은색 망토처럼 등 뒤에서 펄럭였다.

지도에 나와 있는 것처럼 언덕을 넘자 엄마의 비석이 나타났다. 슬프게 보이는 화환이 놓여 있었다. "사랑하는 데이지 밀러를 기억하며"라는 문구가 커다란, 아니 정확히 말하면 중간 정도 크기의 회색 석조에 새겨 있었다.

"기억하며?" 내가 큰 소리로 말했다. "이런 걸 누가 새기고 싶을까? 기억하며라니?"

나는 혼잣말을 했다는 게 어색해서 피식 웃었다. 실은 혼잣말이 아니라 엄마에게 말을 건 것이다. 그것도 어색하긴 마찬가지다. 아빠와 내가 엄마가 죽는다는 사실에 정신을 차리지 못하고 비석 문구는 어떤 걸로 할지 묻지 않았다는 것도 우스웠다. 엄마라면 "재미있었던 데이지를 기억하며"라든가, 엄마가 문자를 보내는 방법을 배우면서 무지하게 집착했던 "ㅋㅋㅋ"를 새기라고 했을 것이다.

나는 선 채로 비석을 멍하니 바라보며 "ㅋㅋㅋ"라는 문구가 있다면 어땠을지 상상해 보았다. 하루 종일 어른이 된 것 같았던 내 기분은 조금씩 흐려지기 시작했다. 지금 생각해 보니 이렇게 된 게 당연했다.

"여기 왜 왔는지 모르겠네." 나는 비석에 대고 말했다. 아무도 듣는 사람은 없다. 나는 엄마에게 말했다.

"내가 여기서 뭐 하는지 모르겠어." 나는 긴장되고 불안했다. 바보같이 눈물이 목구멍까지 차올랐다. 몇 마디 더 하면 눈에 고일 것 같았다. "엄마도 여기에서 뭐 하고 있는지 모르겠어." 나는 겨우 입을 뗐지만 더 이상 아무 말 안 하기로 했다. 어차피 더 할 수도 없었다. 입을 조금이라도 열면 내 속에 있는 것들이 뭐든지 간에 쏟아져 나올 것 같았다.

나는 아랫입술을 깨물고 다른 비석들에 눈을 돌렸다. 몇 초 만에 모든 것들이 회색 언덕으로 흐려졌다. 이렇게나 많은 무덤들 사이에 나도 내 안에 있는 몇 가지를 묻어 버리고 싶었다. 엄마가 나를 세상에 버리고 떠난 이후 내가 엄마의 무덤 앞에 서 있다는 것. 아빠가 주정뱅이가 되어 지금은 걷지도 못하고 나를 도와주지도 못한다는 것. 우리 학교 애들 대부분이 나를 빌어먹을 괴짜라고 생각한다는 것. 내 안이 텅 비어 있다는 것. 비어 있다. 비어 있다고! 그냥 몽땅 다 묻어 버리고 싶어!

나는 고개를 떨어뜨렸다. 화가 나서 머리가 어지러웠다. 바닥에 놓인 화환에 고정한 내 두 눈은 초점이 나갔다가 들어왔다 했다. 화환은 대개 장례식에서 본 것들이다.

나는 쭈그리고 앉아 화환을 멍하니 바라보았다.

"이것 좀 봐." 나는 숨소리로 말을 쥐어짜 냈다. "이렇게 쓰레기처럼 말라비틀어지고 쭈글쭈글한 꽃들을 보라고. 정말 지저분해." 꽃잎 하나를 떼자 부스러졌다. "다 바싹 마르고, 색이 바랜 게 징그러워. 별것도 아닌 게 비싸기만 하고. 대체 뭘 위해서? 다 죽었잖아. 죽었다고. 왜 엄마가 이

딴 것들에 정신이 팔렸는지 모르겠어. 사람들은 다 왜 그래? 이걸 봐. 다 시들었어. 진짜 바보 같아." 나는 5초 정도 멍하니 앞만 바라보았다. 분노가 파도처럼 나를 덮쳤다. 나도 모르게 꽃의 연약한 줄기를 한 움큼 쥐어 땅에 대고 두드려 치기 시작했다. 드럼을 치는 것처럼 마른 잔디 위에 계속 내리쳤다. 잎들이 작은 조각과 부스러기로 으스러지고 터졌다. "바보 같아, 바보 같아, 바보 같아!"

나는 꽃들이 완전히 부서질 때까지 그 짓을 계속했다. 어느새 꽃들은 내 손에서 먼지가 되었고, 나는 맨 주먹으로 땅을 내려치고 있었다. "바보 같아." 나는 숨을 가다듬으면서 마지막으로 중얼거렸다.

그대로 말없이 잠시 동안 서서 진정하려고 애썼다. 엄마와 함께 있고 싶었다. 이때만큼은 정말로 엄마가 함께 있는 것처럼 느껴졌다. 나는 엄마의 목소리를 들을 수 없지만, 엄마는 내 말을 듣고 있는 것 같았다. 그렇게 생각하자 마음이 편해졌다. 엄마가 좋아했던 꽃을 부숴서 미안하다고 말하고 싶었다. 그러나 그 대신 오늘 여기 온 이유를 말하기로 했다.

"엄마." 내가 말을 꺼냈다. 나는 엄마 앞에 서서 엄청난 소식을 전하려고 크게 숨을 들이마셨다. 나는 말을 이었다. "나 여자애를 한 명 만났어요." 그렇게나 울고 나서 한 말 치고는 참 별것 아닌 것처럼 들렸다. 그러나 말을 이었다.

"이름은 러브예요. 본명이에요. 아직은 아무 사이 아니지만, 난 그 애가 정말 좋아요."

그런 다음 그대로 서서 엄마의 이름을 바라보았다. 데이지 밀러. 나는 엄마에게 러브와 잘되게 해달라고 부탁하고 싶었다. 마치 엄마가 마법이라도 부린다거나, 하나님이나 천사들에게 부탁해서 러브의 마음에 불을 지펴 모든 것이 잘되게 할 수 있는 것처럼. 그러고는 곧 엄마의 비석에 'ㅋㅋㅋ'라고 써 있는 걸 상상했더니, 다른 말을 더 꺼내기가 왠지 부끄러워졌다.

## 수제 쿠키와 집 없는 아이들

“병원 식당에서 칠면조를 준대요?”

“그러면 좋겠는데.” 아빠가 저녁 메뉴 안내지를 집으면서 말했다. “여기 있네. 속을 채운 칠면조, 으깬 감자, 크랜베리 소스, 롤빵, 디저트로 고구마 파이와 호박 파이 중 택일.”

“괜찮네요.”

“그러게. 하지만 맛있을지는 먹어 봐야 알지. 이제까지 나온 것처럼 맛이 형편없으면, 피셔 선생님한테 졸라서 윈스턴 선생더러 내 목구멍에 다시 튜브를 넣어 달라고 해야겠어.” 아빠는 웃으며 리모컨을 향해 손을 뻗었다.

안타깝지만 재활 센터에서 맞는 추수감사절 아침은 다른 날과 다를 게 없었다. 대기실 벽에 붙어 있는 판지로 만든 칠면조만 빼면 말이다.

아빠는 붕대로 감은 다리를 높이 올린 채 침대에 누워 있었다.

"맛있을 거예요." 내가 웃으면서 말했다.

아빠는 잠시 침묵했다가 말했다. "엄마가 해준 것보다는 별로겠지."

나는 동의한다는 표시로 고개를 끄덕이고 시선을 돌렸다.

아빠 말이 맞다. 우리에게는 엄마가 해준 추수감사절 저녁보다는 결코 더 좋을 수 없다. 엄마는 마법처럼 그 많은 음식을 혼자서 만들었다. 여기서는 껍질 콩을 썰거나 옥수수 알을 떼고 있다가, 또 저기서는 칠면조 목뼈가 둥둥 떠 있는 갈색 액체가 담긴 냄비를 젓고 있었고, 또 어느 순간에는 칠면조를 해부하고 있었는데, 이 세상에서 가장 징그러운 장면이었다. 일단 칠면조의 항문에 손을 넣어 창자를 다 뺐다. 그다음 달걀이 깨지고 믹서기 돌아가는 소리가 났다. 그러다가 갑자기, 어느 순간, 저녁이 완성되었다. 속을 채운 칠면조 구이, 으깬 감자, 완두콩, 크랜베리 소스, 옥수수, 비스킷, 파이와 케이크, 이 모든 음식에 어울리는 특별한 음료까지. 계량컵도, 냉동식품도, 캔 음식도 없었다. 엄마가 추수감사절 만찬을 차리면, 브루클린의 데이지는 휴식을 취하고 캐롤라이나의 데이지가 무대를 차지했다. 이때는 엄마가 나의 도움을 받지 않는 유일한 때였다. 그 만찬은 엄마의, 엄마만의 것이었다.

"아빠 말이 맞아요." 내가 말했다. 슬프게 만들고 싶지 않았지만, 방 안의 분위기가 바뀌었다. 그래서 나는 그냥 자연스럽게 털어놓기로 했다. "어제 엄마를 보러 묘에 갔어요."

아빠는 베개를 등 뒤에 댔다.

"엄만 어떠니?" 아빠는 정신을 차리고 입술을 굳게 다물고는 고쳐 물었다. "내 말은, 묘는 어떠냐고."

"괜찮았어요." 내가 말했다. 그러고 나서 생각했다. "엄마는 괜찮았어요." 나는 추수감사절에 울지 않기로 다짐했고, 그 다짐을 지킬 것이다. 그러나 마음이 요동치는 것은 어쩔 수 없었다.

아빠는 창밖을 바라보았다. 눈물을 참을 때마다 항상 하던 대로였다. 그리고 보이지 않는 담배 연기를 내뿜듯이 한숨을 크게 들이마셨다가 내쉬었다.

"잘 했다." 아빠가 말했다. 나를 보는 아빠의 두 눈이 유리처럼 빛났다. "내가 퇴원하고 다시 걸을 수 있으면 한번 같이 가자." 아빠 목소리는 어딘가 눌린 것같이 들렸다.

나는 어깨를 으쓱했다. 이 재활 센터에 갇혀서 마음대로 움직이지도 못하고 하루 종일 혼자 누워 있어야 하는 생활이 어떤지 물어보고 싶었다. 아빠도 혼자 있을 때 눈물이 나는지, 엄마를 부른 적이 있는지, 나처럼 매일 밤 엄마가 나오는 꿈을 꾸는지 궁금했다. 나는 아빠가 어떻게 견디는지 알고 싶었다. 나에게는 장례식이 있었고, 지금은 러브가 있다. 같이 이야기 나눌 수 있는 사람, 만나기만을 기다리게 되는 사람이. 그런데 아빠에게는 다리에 삽입한 금속 뼈 말고 뭐가 있을까?

우리는 말없이 앉아 있었다. 평화롭지만 무겁고, 어색하고, 슬픈 정적이었다. 행복한 분위기는 아닌 게 분명했다. 그래서 나는 대화 주제를 바꾸었다.

"나 추수감사절 저녁엔 어떤 여자애와 보내기로 했어요." 나는 머릿속에 떠오르는 대로 말했다.

아빠는 내 말이 믿기지 않는 듯 두 눈을 가늘게 떴다. "누구? 나는 네가 윌리 레이네 집에서 저녁을 먹을 줄 알았는데."

"아녜요. 러브라고 제가 만난 여자애랑 먹을 거예요."

아빠는 내가 제정신이 아니라는 듯이 눈을 가늘게 뜨고 바라보았다.

"러브라고?" 병실 안의 분위기가 갑자기 다시 밝아졌다.

"네. 본명이에요, 아빠. 러브."

아빠가 피식 웃었다. "그래, 그래. 그럼 그 제정신 아닌 부모는, 하긴 딸 이름을 러브라고 지을 정도면 제정신이 아니겠지. 좌우간 그 부모는 네가 저녁 먹으러 오는지 알고 있는 거냐?"

"그 애는 부모님이 안 계셔요. 혼자 살거든요. 가족은 모두 돌아가셨어요."

"아. 그렇군. 안됐구나, 아들아." 아빠는 방금 한 농담을 후회하면서 말했다. "어디서 그 애를 만났니?"

나는 아빠에게 말하기가 조금 부끄러웠다.

"걔네 할머니 장례식에서요."

"장례식에서도 여잘 만난단 말이냐? 그래서 그 일을 그렇게 좋아했구나!" 아빠의 농담에도 나는 웃음이 나지 않았다. 내가 장례식을 좋아하는 이유는 그런 게 아니었고, 진짜 이유를 알면 아빠도 그렇게 재미있어하지 않을 것이기 때문이다. 내가 웃지 않자 아빠는 다시 표정을 고쳤다.

"그래서 아들, 한번 물어나 보자. 그 애는 똑똑하니?"

"네."

"학교는 다니고?"

"네."

"일도 하니?"

"네."

"착하고?"

"그럼요."

"예뻐?"

나는 얼굴을 찌푸렸다. 그 애가 얼마나 예쁜지 상상하는 것만으로도 마음이 저렸다. 아빠는 웃음을 터뜨렸다.

"그래. 좋은 시간 보내라. 그리고 디저트를 먹고 싶으면, 먹기 전에 한 번 더 생각해 보렴. 그 애랑 먹는 파이 한 조각이 평생 먹을 케이크에 맞먹을 테니까. 무슨 말인지 알겠지?"

"그게 무슨 소리예요?"

레이 아저씨와 나는 정오쯤 병원에서 나왔다. 검고 커다란 차에 올라타자 레이 아저씨는 몇 시간 전 병원으로 오면서 나누었던 화제를 다시 꺼냈다.

"뭘 가져갈지 생각해 봤니?" 아저씨가 물었다.

아저씨는 나에게 다른 사람 집에 갈 땐 절대로 빈손으로 가면 안 된다는 설명을—정확히 말하면 설교를—했다. 특히 저녁을 먹으러 갈 때는 말이다.

"아뇨. 모르겠어요. 그런데 솔직히 제가 아무것도 가져가지 않아도 러브가 당황하지는 않을 거 같아요. 저번에 남은 음식을 먹기로 했거든요."

레이 아저씨는 내가 한 말을 믿을 수 없다는 듯 나를 쳐다보았다.

"너 정말 초보구나? 그렇지?" 아저씨가 눈을 다시 길 위로 돌리며 말했다. 아저씨는 흰 셔츠 소매를 팔 위로 올렸다. 레이 아저씨는 쉬는 날에도 정장을 입었다. 그러나 넥타이는 매지 않아서 내 눈에는 평상복처럼 보였다.

"맷." 아저씨가 깜빡이를 켜면서 날 불렀다. "날 믿어. 그 애가 널 좋아했으면 좋겠지?"

"그럼요."

레이 아저씨는 차를 옆으로 돌려 식료품점 앞에 세웠다.

"그럼 빈손으로 가지 마라."

가게에서 러브가 좋아할 만한 것을 찾아 서성였다. 레이 아저씨는 우리가 어른이라면 선택이 더 쉬웠을 거라고 하셨다. 와인 한 병이면 끝나니 말이다. 그러나 나는 와인을 살 수 없었기 때문에 탄산음료, 주스, 쿠키 아니면 칩 중에서 뭘 사갈지 고민했다.

"칩은 가져가지 마." 레이 아저씨가 명령조로 말했다.

"왜요?"

"입 냄새. 너무 위험해. 운이 좋으면 키스를 할 수도 있잖아."

거기까지는 생각을 못 했다. 칩은 탈락.

"탄산음료도 별로야. 네 또래 여자애들은 얼굴에 트러블이 생기는 걸 싫어하거든."

"뾰루지요?"

"그래."

우리가 복잡한 매장을 여기저기 걷는 동안 레이 아저씨는 내가 고르는 것마다 지적했다. "주스? 음, 주스도 나쁘지는 않아. 그런데 러브가 무슨 주스를 좋아하는지 모르잖아. 포도 주스를 들고 갔는데 그 애는 사과 주스를 좋아하면 어떡하니. 어쩌면 키위나 패션프루트 아니면 이것저것 섞인 주스를 좋아하는 특이한 취향일지도 몰라. 쿠키가 제일 낫겠다."

정말 잘도 아시네.

"그 애가 무슨 쿠키를 좋아하는지도 모르는데요." 내가 말했다.

"초코칩." 레이 아저씨가 망설임 없이 말했다. "초코칩을 싫어하는 사람은 한 명도 못 봤어."

생각해 보니 맞는 말이다. 나는 초코칩 쿠키를 찾아 식료품점을 헤맸다. 오레오, 더러운 공기 맛이 나는 역겨운 웨하스, 싸구려 딸기 쿠키……. 그런데 초코칩이 없다? 찾고 또 찾아도 초코칩은 없었다! 그래서 나는 본능적으로 달걀, 밀가루와 설탕을 찾았다. 집에는 나와 엄마가 아빠 생일에 쿠키를 굽고 남은 초코칩이 있다.

"그 애가 안 좋아하면 어쩌죠?" 내가 재료들을 계산대 위에 무심하게 놓으며 물었다.

"이건 다 뭐야?" 레이 아저씨가 혼란스러운 듯 물었다.

"초코칩 쿠키가 없어서 제가 직접 만들려고요." 내가 진지하게 말했다.

레이 아저씨가 나를 빤히 보았다. "정말이야?" 그가 물었다. "저 밑에 다른 가게에 가볼래?"

"아네요. 제가 그냥 만드는 게 낫겠어요." 내가 약간 부끄러워하며 대답했다.

"제가 더 잘 만들 수 있어요. 쉬우니까요. 별거 아니에요." 별거 아니라고? 지금 장난해? 이건 엄청난 일이라고!

레이 아저씨는 나를 이상한 눈으로 쳐다보았다. 무슨 생각을 하는지 모르겠다. 아마도 내 생각보다 나를 더 이상하다고 느끼는지도 몰랐다.

"대답해 주세요." 나는 계산대에 10달러를 놓았다. "만약 그 애가 초코칩 쿠키를 안 좋아하면요?"

레이 아저씨는 계산대 위의 돈을 낚아채 나에게 돌려주고 자신의 돈으로 지불하고는, 잔돈을 챙긴 뒤 쿠키 재료들을 담은 봉투를 들고 나를 향해 말했다.

"그냥 도망쳐."

러브가 약속 하루 전날 나에게 주소와 시간을 문자로 남겨 주었다.

— 그린 애비뉴 815번지.

— 2시 30분 정도에 와. :)

이렇게 가까이 살고 있었다니 좀 놀랐다. 그린 애비뉴는 우리 집에서 열 블록 정도 떨어져 있다. 걸어갈 만한 거리였다.

쿠키를 만들 시간이 두 시간 정도 남았다. 나는 작은 체, 믹싱 볼, 믹서기, 계량 컵 몇 개와 엄마가 자주 쓰던 오래된 나무 스푼을 꺼냈다. 마지막으로 노트를 펴고 '맷이 여자들을 사로잡는 비법' 레시피가 있는 페이지로 넘겼다.

### (맷을 위한) 데이지의 엄청나게 맛있는 초코칩 쿠키

**재료**

백설탕 한 컵
흑설탕 한 컵
식용유 한 컵
계란 한 개(껍질은 필요 없어, 아들)
우유 한 스푼
밀가루 네 컵
소금 한 줌
베이킹 소다 한 줌
바닐라 에센스 몇 방울
초코칩 두 컵(무설탕)

**만들기**

초코칩 빼고 전부 섞기. 반죽 맨 마지막에 초코칩을 넣기. 한 번에 반죽 두 줌을 퍼서(그러지 않으면 쿠키 팬케이크가 되어 버림) 베이킹 틀에 넣기. 이걸 350도에 맞춘 오븐에 넣고 10분 동안 굽기.

짠. 엄청나게 맛있는 초코칩 쿠키 완성.
아들, 엄마는 널 사랑하지만 다 태워 버리면 놀릴 거다.

엄마가

조리법을 읽고 있자니 엄마의 목소리가 들리는 것 같았다. 나는 집에 재료가 다 있는지 확인했다. 식용유, 흑설탕. 확인하고 또 확인했다. 바닐라 에센스까지 전부 있었다. 나는 1분 동안 이 모든 것이 운명이 아닐까 생각하다가 그렇게 깊게 들어갈 필요는 없다는 것을 깨달았다. 나는 그저 쿠키를 굽고 있을 뿐이고, 엄마가 요리를 많이 하셨기 때문에 재료가

다 있는 것은 당연했다. 여기서 놀라는 건 장례식장에 들어가 관을 보고 놀라는 것이나 마찬가지다.

나는 계량하고, 붓고, 한 줌씩 쥐고(엄마는 맨손 계량의 달인이었다. 그 어떤 도구로도 재료의 무게를 재는 것을 보지 못했다!) 반죽이 될 때까지 섞었다. 그리고 초코칩을 붓고, 꿀이 궁합이 잘 맞을 것 같아서 약간 넣었다. 반죽에 손가락을 넣었다. 엄마가 보면 화를 내시겠지만, 어쩔 수 없었다. 엄마는 숟가락으로 맛보는 건 허락하셨지만, 손가락은 절대로 허락하지 않았다. 맛을 보았다. 이럴…… 수가. 대성공이었다. 나는 작은 너겟 크기로 반죽을 펴서 팬에 여덟 개씩 네 줄로 세운 다음, 오븐에 넣었다.

휴대전화로 시계를 확인했다. 한 시다. 위층으로 뛰어올라가 씻고 옷을 갈아입을까 하다가 오븐 앞을 절대 떠나지 말라던 엄마 말이 생각났다. 나는 타이머를 10분에 맞춰 놓고 기다리기로 했다. 엄마는 내가 쿠키를 태워 버리면 놀리겠다고 하지 않았나. 나는 왠지 엄마가 웃고 있다는 느낌이 들었다. 꿈을 꿀 때도 그렇게 느꼈다. 나는 식탁에 앉아서 조리법이 적힌 노트를 뒤적이면서 기다렸다.

맷을 위한 데이지의 바로 그 프라이드치킨

야채를 먹어야 하는 맷을 위한 데이지의 엄청 단 시금치 볶음

맷을 위한 데이지의 새우 볶음과 옥수수 죽

맷을 위한 데이지의 캐롤라이나 스타일 바비큐

맷을 위한 데이지의 파인애플 업사이드 다운 케이크를 다시 뒤집은 케이크

(놀라지 마. 그냥 파운드 케이크란다, 아들.)

조리법은 계속 이어졌다. 나는 페이지를 넘기며, 엄마가 남긴 짧은 메모를 읽으면서 혼자 웃었다. 엄마가 쓴 글씨를 보고도 마음이 아프지 않은 건 이번이 처음이었다. 뭔가 요리하고 싶어진 것도 처음이다. 슬프지 않았냐고? 약간은. 그러나 뭔지 모르지만 느낌이 달랐다. 뭔가 진정되는 기분이었다.

10분이 지나자 오븐에서 새어 나온 쿠키 냄새가 주방을 떠다녔다. 백만 번 맡아도 질리지 않는 냄새였다. 오븐에서 조리가 끝났다는 알림 소리가 났다. 뚜껑을 열어 보니 서른 두 개의 완벽한 초콜릿 천국이 완성되었다. 그 순간, 직접 쿠키를 만들기로 한 것이 가게에서 쿠키 한 봉지를 사는 것보다 더 좋은 생각이었다는 것을 확신했다. 엄마가 말했듯이 사랑으로 요리한 음식이 더 좋은 법이다. 이 쿠키는 러브를 위해서 만든 것이니…… 거의 그런 셈이다. 나는 틀을 꺼내 쿠키를 한 입 맛보았다. 으아! 혀를 데고 말았다. 그러나 태운 건 아니다. 나는 엄마와 함께 이 쿠키를 만든 것 같은 기분이 들었다.

엄마가 하신 말씀이 사실이길 바랐다. 요리는 여자를 사로잡는 방법이라는 말 말이다.

시계를 보았다. 이런! 옷을 갈아입어야 했다. 뭘 입어야 좋을까. 정장을 입을 순 없다. 까만 정장 차림은 우스울 것이다. 이 옷은 그 애의 할머니 장례식에서 입었던 것이기도 하다. 그러니 좋은 선택이 아니다. 그러나 거의 매일 정장을 입다 보니 다른 옷을 입는 것이 참 힘들었다. 휴일에도 정장을 갖추어 입는 레이 아저씨를 문득 이해하게 됐다. 입고 싶어서가 아니라 다른 옷을 입을 줄 모르게 된 것이다. 난 아저씨가 청바지 입은 모습을 단 한 번도 보지 못했다. 아마 한 벌도 없을 것이다.

나는 욕실로 뛰어 들어갔다. 쿠키 굽는 냄새를 좋아하긴 하지만, 러브에게 그런 냄새를 풍기고 싶지는 않았다. 설탕 냄새가 나면 분위기를 깰 것 같았다. 몸을 씻고 나서 세 달 동안 신경도 쓰지 않던 옷장 안을 살펴보았다. 몇 벌을 꺼냈다. 오색찬란한 폴로 셔츠, 청바지, 카키색 바지, 스웨터. 그러나 단 한 벌도 편하게 느껴지지 않았다. 그래서 검은색 청바지와, 검은색 티셔츠, 그리고 검은색 재킷, 검은색 운동화를 신고 거울을 보았다. 심플하고 편안한 것이 나의 작업복과 비슷했다.

그런데 셔츠에 날카롭게 주름이 져서 면이 아니라 종잇장처럼 보였다. 청바지도 빳빳했고 이상한 데 주름이 져 있었다. 그날 두 번째로 엄마 목소리가 크고 명확하게 들려왔다. "네 외모에 자신을 가지렴." 이어서 "그런 거지꼴은 좀 부끄러운걸. 가서 다림질 좀 하고 주름을 펴라. 사람들이 내가 너를 잘못 가르쳤다고 하기 전에."

그래요. 엄마 말이 맞아요. 내 모습은 엉망이었다. 그래서 새로 시작했다. 옷이 매끈해지게 다림질을 해서 입고 다시 거울 앞에 섰다. 빳빳했다. 열 배는 더 나아 보였다. 이 정도면 엄마도 남들 앞에서 나를 부끄러워하지 않을 것이다.

나는 쿠키를 챙기고 코트를 집어 밖으로 나갔다.

2시 5분이다. 러브에게 문자를 날렸다

— 가는 중이야.

그리고 크리스에게도 문자를 보냈다.

— 가는 중이야.

대문을 잠그자마자 휴대전화가 진동했다.

**새로운 문자 1개**

크리스의 문자였다.

**— 잘 해봐라, 애송이.** ㅋㅋ

다른 문자도 도착했다.

**새로운 문자 1개**

이번에는 러브에게서 온 문자였다

**— 좋아. ;) 우리 집은 1층이야.**

러브의 집으로 향하는 열 블록은 결코 끝나지 않는 먼 길처럼 느껴졌다. 늦지 않으려고 빠르게 걸으면서도 땀이 나지 않게 속도를 조절했다. 다림질까지 했으니 산뜻한 모습으로 도착하고 싶었다. 플라스틱 봉투가 옷과 어울리지 않아서 봉투를 버리고 그냥 그릇째 쿠키를 들고 갔다.

그린 애비뉴 815번지. 3층짜리 사암으로 지은 집. 동네에서 흔히 볼 수 있는 집이었다. 현관 앞 계단 일곱 개, 오래된 초인종, 일 년 내내 켜져 있을 것 같은 이웃집 창문의 크리스마스 전등.

러브는 1층에 산다고 했으니 초인종 번호는 2번일 것이다. 1번은 언제나 지하니까. 나는 초인종을 눌렀다. 사람이 감전되는 듯한 이상한 소리가 났다.

"누구세요?" 러브의 목소리가 스피커를 통해서 타닥거리며 흘러나왔다. 기운차고 달콤한 목소리였다.

"안녕, 맷이야."

"알았어. 내려갈게."

갑자기 긴장됐다. 그때까진 모든 것이 순조로웠지만, 데이트 상대가 진짜로 나온다는 것을 알게 되자 로봇 표정이 다시 나오기 시작했다. 속은 꼬여만 갔고 케이크를 내밀듯이 쿠키를 들고 있는 두 손바닥에는 땀이 차기 시작했다.

러브가 계단을 내려와 문고리를 누르는 소리가 나더니 현관문이 열렸다.

"안녕." 러브가 환하게 웃으며 문을 열었다. 청바지에 스웨터, 밝은색 재킷을 입고 머리는 포니테일로 묶었다. 민낯이었는데도 무척 예뻤다. 그 애는 몸을 기울여 나에게 팔 하나를 가볍게 둘렀다. 나도 그 애에게 포옹을 돌려주었다. 그러자 들고 있던 쿠키가 그 애의 몸에 눌렸다.

"이게 뭐니?"

"음." 나는 긴장해서 입을 열었다. "빈손으로 올 수 없어서."

그 애의 눈이 반짝였다. "고마워."

그 순간 레이 아저씨에게 감사한 마음이 들었다. 내가 직접 만들었다는 말을 하기도 전에 러브가 말을 이었다.

"애들이 좋아하겠다."

나는 차례로 로봇, 괴물, 아기, 짐승 같은 표정이 되었다.

"애들? 너…… 애가 있어?" 내 목소리가 높아졌다.

"하! 설마. 말도 안 돼. 쉼터에 있는 아이들 말이야. 우리가 갈 곳."

나는 머릿속이 복잡해졌다. "어, 난 또……." 너무 부끄러워서 말을 끝낼 수 없었다.

"또 뭐?" 그 애가 물었다. 그러더니 내가 무슨 말을 하려고 했는지 눈치챘다. "오, 여기에서 식사할 줄 알았구나?" 그 애가 웃었지만 놀리는 분위기는 아니었다. "내가 말했지. 너는 위험할지도 모른다고. 집까지 왔어도 들여보내지는 않을 거야!" 그 애가 장난으로 말했다. "농담이야, 농담. 우리 할머니께서 쉼터에 있는 사람들, 특히 아이들을 돌봐 주셨거든. 나도 그래야 할 것 같아서. 할머니의 유지를 받드는 거지. 게다가 뉴스 취재팀도 온다고 했고."

"뉴스 취재팀?"

"그래. 매년 취재팀이 여기로 와서 추수감사절 특집을 찍어. 촬영도 조금 하고 인터뷰도 해서 오늘 밤 늦게 방영해. 대단한 건 아니지만 멋진 일이지."

"그렇겠네." 나는 영혼 없이 말했다. 쉼터? 뉴스 취재팀?

"할머니께서 항상 취재팀을 상대해 주셨는데, 이제 돌아가셨으니 내가 맡아서 해야 돼." 그 애가 설명했다. 실망한 표정이 얼굴에 드러났는지 러브가 재빨리 말했다. "가기 싫으면 안 가도 돼."

러브네 집에서 단둘이 저녁을 먹지 못해서 화가 난 게 아니다. 이 순간을 위해 애쓴 게 허사가 되어 실망스러웠을 뿐이다. 하지만 어쩌면 이렇게 된 게 다행일지도 모른다. 아무리 노숙자라도 다른 사람들과 있으면 데이트 기분은 덜 나겠지만, 그래도 마음은 편할 테니까. 우리 둘만 있으면 직접 만든 초코칩 쿠키를 건네고 맘에 든다는 대답을 기대하는 것 외에는 뭘 할지, 무슨 말을 할지 생각해 보지도 않았다.

"아니, 좋아."

그 애는 쿠키를 받아서 복도 바닥에 있는 비닐 봉투에 넣었다. 바닥에는 비닐 봉투가 여기저기 놓여 있었다. “좀 도와줄래?”

그 애는 커다란 은빛 바위처럼 알루미늄 호일로 싼 음식이 가득 담긴 봉투 몇 개를 나에게 건넸다. 휴! 1톤은 되는 듯한 무게였다. 우리는 버스 정류장으로 뒤뚱거리며 걸어갔다. 나는 짐이 무겁지 않은 척했지만 실은 엄청나게 무거웠다. 어깨가 관절에서 빠져 버리는 것 같았다.

러브는 가는 길에 할머니가 어떻게 쉼터를 바꾸었는지 이야기했다.

“너도 알다시피 사람들은 서로를 판단하잖아. 우리도 마찬가지고. 그런데 특히 노숙자들은 차별을 많이 당해. 어떤 사람은 냄새도 심하고 몇몇은 심각한 문제도 있지만, 할머니는 다 똑같이 대하셨어.” 그 애가 설명했다. “우리 쉼터는 그런 점이 달라. 다른 쉼터에 가면 그냥 음식만 나눠주고 거기 사는 사람들에게 말을 걸지는 않지. 하룻밤 재워 주긴 하지만 안 좋게 말하는 사람들도 있고.” 그 애는 잠시 서서 쉬었다가 봉지 든 손을 바꾸었다. 나도 마침 말 그대로 팔이 빠질 것 같아서 한숨 돌렸다. 그 애는 손가락을 펴고 피가 통하게 했다. 나도 마찬가지였다.

“할머니는 노숙자들 한 사람 한 사람을 다 알고 지내셨어. 그분들은 나에겐 가족 같은 사람들이야. 평생 그들과 함께 지냈지. 솔직히 내가 쉼터에서 급여를 받았다면, 오래전에 ‘그런 일’은 그만뒀을 거야.” 클럭 버켓을 두고 하는 소리다.

“뭐라고? 이 동네 최고의 직장을 그만둔다고?” 나는 그 애가 이 농담을 알아듣길 바라며 장난스레 말했다. 지금 실수를 한다면, 다 망쳐 버릴 것이다. 다행히도 그 애가 웃었다.

“그래. 요란하게 빛나는 치킨 기름에서 해방되고 싶어. 그럼 더 많은 사람들을 도울 수 있을 테니까." 그 애가 드라마 주인공처럼 말했다. 대단하네.

마침내 쉼터에 도착했다. '도움의 손길 쉼터'라고 쓴 목재 간판이 문에 걸려 있었다. 낡은 간판 위의 페인트 글씨는 대부분 깨지고 금이 갔다. 밖에 나와 있는 남자들 몇몇이 좁은 공간에 몰려 있었다. 그중 한 명은 손에 담배꽁초를 가득 들고 있었고, 또 한 명은 그때까지도 피울 만한 꽁초를 찾아 이리저리 두리번거리고 있었다.

"다들 안녕하셨어요?" 러브가 말했다.

그들은 러브를 봐서 매우 반가운 눈치였다.

"우리 아가씨." 한 사람이 모자에 손을 올리며 정중히 인사했다.

"러브, 잘 있었니, 우리 이쁜이?" 어떤 이는 고개를 끄덕거렸다.

다들 이런 식으로 인사를 건넸다. 나는 문을 열고 러브가 들어갈 때까지 기다렸다. 엄마는 여자에게 신사답게 굴어서 손해 볼 일은 없다고 하셨다.

"담배 피우면 입맛이 없을 거예요. 추수감사절이잖아요!" 러브가 엄마라도 되는 양 충고했다. 그들은 러브의 할아버지뻘이었지만, 러브에게 예의를 갖추었다. 그 애는 나에게 문을 잡아 줘서 고맙다고 하고 건물 안으로 들어갔다.

나는 노숙자들의 쉼터에 한 번도 들어가 본 적이 없지만, 감옥과 비슷할 거라 생각하고 있었다. 텔레비전에서는 금속과 회색 공간에 가득 들어찬 화난 사람들이 오물 같은 음식을 먹으며 콘크리트 바닥에서 자는 모습만 비추었으니 말이다. 부끄럽지만 사실이다. 나는 죽음의 대기실에 걸어 들어가는 것 같은 기분이었다. 하지만 실제는 그렇지 않았다. 회색이 아닌 밝은 보라색 벽에 웃는 사람들이 그려져 있었다. 줄넘기를 하는 여자아이 두 명, 물구나무 서는 남자아이, 팔다리가 긴 남자가 손가락으로 농구공을 돌리는 모습과 냄비 속을 젓고 있는 어린 여자아이 옆에 서 있는 여자 그림이었다.

"나와 할머니야." 러브가 벽을 보고 있는 나에게 말했다. "아이들에게 존경하는 사람을 그리라고 했는데 이걸 그렸어. 잘 그렸지?"

"그렇네." 내가 말했다. 러브는 마치 처음 보듯이 벽화를 바라보았다.

"구경시켜 줄게."

우리는 연한 핑크로 도배한 복도를 걸어 색색깔로 칠한 방으로 들어갔다. 방에는 별로 볼 것이 없었다. 책상이 하나, 파일 캐비닛뿐이었다. 그 다음 우리는 가장 밝은 아이들 방으로 들어갔다.

"내 아이들이야." 러브가 장난으로 말했다.

나는 아까 러브가 아이 얘기를 했을 때 얼마나 놀랐는지 떠올리며 웃었다.

"너한테 애들이……" 나는 재빠르게 머릿수를 셌다. "열한 명이나 있는 줄 몰랐어."

이번에는 러브가 웃음을 터뜨리면서 내 옆구리를 찔렀다. 우리는 아이들이 애들답게 행동하면서 뛰어다니며 별것도 아닌 일에 웃고 소리 지르는 모습을 구경했다. 애들의 모습에 나는 마음을 빼앗기고 말았다. 쉼터에 있는 아이들이라는 것이 믿기지 않을 정도였다.

"러브 언니!" 갈색 피부에 수백만 가닥으로 머리를 땋은 작은 여자아이가 오더니 러브의 다리에 두 팔을 감았다.

"안녕, 대니얼." 러브가 아이의 등을 쓰다듬었다. "잘 지냈니?"

아이가 러브와 인사하다가 문득 나를 보고 이렇게 물었다. "언니 남자 친구예요?"

러브는 눈을 크게 뜨더니 대니얼와 눈을 맞추기 위해 쭈그려 앉았다. "남자 친구가 뭔지는 아니?" 러브는 대니얼의 팔을 간질이며 놀렸다. 아이는 러브의 무릎에 쓰러져 깔깔 웃었다. 나는 그 모습을 바라보며 미소를 지었다. 웃음소리가 듣기 좋았고, 무엇보다 러브가 아이의 질문에 부정하지 않아서 기뻤다.

우리는 마지막 종착지이자 쉼터에서 가장 큰 공간인 식당에 도착했다. 학교 카페테리아와 매우 비슷했다. 체스판 무늬 바닥과 흔들거리는 갈색 테이블. 남녀 봉사자들이 바닥을 닦고 의자를 놓고 있었다.

"여기서 저녁을 먹을 거야." 러브가 두 팔을 활짝 벌리고 식탁 사이를 걸으며 말했다. "저기는 주방이야."

주방에서 봉사자들이 냄비와 프라이팬을 닦고 접시를 준비하고 있었다. 음식이 담긴 봉지를 내려놓고 러브가 나를 사람들에게 소개해 주었다. 키가 크고 팔 다리가 긴 백인 남자의 이름은 칼이었다. 키가 작고 정말 부드러운 손을 가진 스페인계 여성의 이름은 리타였다. 매기라고 자신을 소개한 할머니는 6학년 담임이었던 클레이턴 선생님을 떠올리게 했다.

"오늘 새로 온 봉사자예요." 러브가 나를 가리키며 말했다.

우리는 러브가 집에서 가져온 음식을 풀었다. 대부분 할머니의 장례식

때 남은 프라이드치킨과 으깬 감자였다. 식당엔 이미 수많은 음식들이 줄을 지어 있었다. 요리를 마친 칠면조 두 마리, 햄 몇 덩이, 엄청 많은 파이와 케이크까지. 러브는 내가 가져온 쿠키를 그 옆에 올렸다.

"이건 애들한테 줘야지." 러브가 말했다.

곧이어 어느 여자분이 장례식에서 음식을 데울 때 쓰는 캔 양초를 한 바구니 들고 들어왔다.

"여러분," 그분이 말했다. "여기 히터를 가져왔어요. 그런데 어떻게 쓰는지 모르겠네요."

내가 나설 차례였다. 지금까지는 뭘 해야 할지 몰랐지만 캔 양초로 음식을 데우는 건 자신 있었다.

"제가 알아요." 내가 큰 목소리로 말했다.

러브는 놀란 눈으로 나를 보았다. 내가 나서니 의외였던 모양이다. 나는 좋은 인상을 남기고 싶었다. 러브는 나이프를 들고 칠면조를 해체하기 시작했다. 내가 캔 양초를 받아 들고 아빠가 맥주병을 딸 때 하듯이 열쇠로 뚜껑을 여는 동안 러브는 나에게서 눈을 떼지 않았다. 나는 최대한 멋지게 보이려고 노력하면서 성냥에 불을 붙였다.

# 캔디 맨

“저녁 준비되었습니다. 모두들 식당으로 오세요.”

러브의 목소리가 스피커를 통해 건물 전체에 울렸다.

“다시 한 번 말씀드립니다. 저녁이 준비됐으니 모두 식당으로 와주세요. 안 오시면 제가 다 먹어 버릴 거예요!”

한곳에 모여 있지 않으니 사람이 얼마나 있는지 알 수 없었다. 공짜 음식이 준비되기 전까지는 몇 사람이나 굶주리고 고생하는지도 몰랐다. 노숙자는 각양각색이었다. 남자, 노인들, 청년들……. 지팡이와 보행보조기를 든 이들은 하나같이 닳은 신을 신고 있었다. 어떤 사람은 셔츠에 넥타이를 맸고, 칠십 대 노인들은 헌 옷 가게에서 파는 재킷을 입고 있었다. 사이즈가 큰 남자 옷을 입고 있는 이 없는 여자, 겉으로는 완전히 평범한 복장을 한 여자도 있었다. 십대 청소년들은 노숙자 무리에 끼지 않으려고 하면서 늘 그렇듯이 쿨해 보이려고 애쓰고 있었다. 자기 역시 노숙자인데도 말이다. 당연하지만 어린이들도 있었다. 몇몇은 귀여운 아이였고, 몇몇은 공격적이었다.

사람들이 배식대 앞에 줄을 서고 나와 러브, 칼, 리타, 매기, 다른 봉사자 몇몇이 배식할 음식 뒤에 섰다. 러브는 칠면조를 맡았고, 나는 닭고기를 맡았다.

"배식은 간단해." 러브가 나에게 말했다. "닭고기를 먹고 싶은 사람에게 한 조각씩 주면 돼. 닭다리는 아이들 주게 남기고."

"알았어."

하지만 러브가 말한 것처럼 간단하지만은 않았다. 다들 배식을 조금씩 받아 갔는데도 음식이 접시 위에 산처럼 쌓였다. 그래도 식탐을 부리는 사람은 아무도 없었다. 유일하게 당황스러웠던, 모든 것을 망쳐 버릴 뻔한 문제는 한 명도 빠짐없이 가슴살을 달라고 했다는 것뿐이다.

"다리, 날개, 가슴살이 있는데 어떤 것을 드릴까요?" 내가 지금까지 본 사람 중에서 가장 흉미롭게 생긴 남자에게 물었다. 피부는 검고 빛났지만 눈은 차가운 푸른색이었고, 콘로 스타일의 긴 머리를 전부 뒤로 넘겼다.

"음, 나는 가슴을 좋아하니까 가슴살로." 그가 악마처럼 씩 웃으며 말했다. 그의 뒤에 있던 키가 작고 나이가 있어 보이며, 작은 몸집에 주름이 많고 안경을 쓴 여자가 그의 등을 때렸다.

"왜?" 그가 뒤로 몸을 돌리며 비명을 질렀다. 그는 팔을 벌려 여자를 안으며 말했다. "치킨 말이야, 치킨." 그가 나를 보고 다시 물었다. "그렇지, 청년?" 그러면서 다시 한 번 악마 같은 미소를 지었다.

"그럼요, 그럼요." 내가 맞장구를 치자, 그는 여자 친구인 듯한 그 여자의 어깨를 쓰다듬었다. 내가 이제까지 본 중에 가장 활발한 노숙자 노인 커플이었다.

"그런데 죄송하지만 가슴살은 다 떨어졌어요."

내가 말했다.

"다 떨어졌다고?" 그가 소리쳤다.

"다 떨어졌다고!" 그의 여자 친구가 반복했다.

어떻게 하지?

닭 가슴살이 떨어졌다는 말은 그 노인 커플이 칠면조를 배식하고 있는 쪽으로 움직이기도 전에 모든 사람들에게 퍼졌다.

러브는 "이크" 하는 표정으로 나를 보았다. 그러더니 그 커플에게 말했다. "와츠 씨, 빙엄 여사님, 그런 표정 짓지 마세요. 칠면조는 아직 많이 남았으니까요." 러브가 칠면조 가슴살을 더 놓아 주며 말했다.

"칠면조는 많이 받았네!" 와츠 씨가 소리쳤고, 빙엄 씨의 목소리가 짧게 뒤따랐다. 배식은 계속 이어졌고, 닭 가슴살이 다 떨어졌다는 소식으로 잠시 어지러웠던 줄은 다시 조용해졌다.

"거의 폭동이 될 뻔했어." 러브가 냅킨을 집어 나에게 던지며 말했다.

"그러게."

그 외에 다른 일은 순조로웠다. 마카로니 한 숟갈과 칠면조 한 조각에 눈을 빛내고 미소를 띠는 얼굴을 보니 기분이 좋아졌다.

배식이 끝나고 러브와 나도 어린이들 옆에 자리를 잡고 먹기 시작했다.

5분 동안 백여 명이 음식물을 씹는 소리 외에는 아무 소리도 들리지 않았다. "칠면조 맛있지 않니?" 러브가 칠면조 고기를 입에 넣으면서 말했다. "넌 어때?" 내가 칼자국 말고는 아무것도 남지 않은 접시를 보여 주면서 장난스레 대꾸했다. 크리스에게 자랑할 만했다. 엄마라면 칭찬 대신에 아마 "우리 집에 걸신 들린 사람은 없다"라며 잔소리를 했을 것이다. 러브가 내 접시를 보고 눈을 커다랗게 떴다. 그러고는 과일 주스가 담긴 컵을 들어 한 모금 마시고 말했다.

"이렇게 많은 음식을 쉼터에서 다 만들었다는 게 믿기지 않아."

"맞아. 정말 대단해." 내가 말했다. "초대해 줘서 고마워."

"초대했다고? 억지로 끌려온 게 아니고?" 러브가 마치 동화 속에 나오는 마녀처럼 주문을 걸듯이 두 손을 모았다.

"맞다. 나 끌려왔지."

모두들 배부르게 먹고 난 뒤 나와 다른 봉사자들은 쓰레기 봉지를 들고 빈 접시와 컵을 모으러 돌아다녔다. 러브도 나와 함께 걸으며 검은 봉지에 음식물 쓰레기와 뼈를 넣는 사람들에게 말을 걸었다. 어린이를 만나면 러브는 "덩크슛 해봐!"라며 소리쳤다. 어린 남자아이 한 명은 접시를 반으로 접어서 있는 힘껏 쓰레기 봉지에 던져 넣었다.

"2점짜리 슛이야!" 러브가 외쳤다. "캔디 맨, 봤어요?" 러브는 앉아서 아이들에게 미소를 보내고 있는 늙고 키가 크고 마른 남자를 돌아보았다. "이 어린애가 아저씨보다 낫겠어요. 긴장해야겠는데요."

나는 캔디 맨이라고 불리는 남자를 한눈에 알아보았다. 어제 엄마의 묘지로 가는 지하철을 같이 탄 노숙자였다. 그는 어제보다 훨씬 말끔해 보였고 바지 허리춤 안에 흰색 브이넥 티셔츠가 잘 들어가 있었다. 전형적인 노인 스타일이었다. 면도를 하고 피부가 좀 메말라 보이긴 했지만, 지하철 안에서보다는 더 활기차 보였다.

"나보다 잘하면 좋은 거지." 캔디 맨이 말했다. "너희들 전부 나보다 나을 거야. 그래야지?" 그가 접시를 쓰레기 봉지에 넣으며 말했다.

"난 유명해질 거예요. 보세요." 쓰레기 봉지로 덩크슛을 날렸던 아이가 말했다. 그는 캔디 맨에게로 달려가 몸을 던지며 두 팔로 그의 다리를 감쌌다.

"그래?" 캔디 맨이 아이의 머리를 쓰다듬었다. "그럼 네 사인을 받아 둬야겠네!"

다른 어린 여자아이가 다가오더니 캔디 맨을 껴안았다. "나도요!" 아이가 소리쳤다. "나도 유명해질 거예요!"

또 한 아이, 또 한 아이. 러브에게 나를 가리켜 남자 친구냐고 물었던 대니얼까지 달려와 합세했다. 캔디 맨이 마치 쉼터의 왕이라도 된 것 같았다.

쓰레기 정리를 마치고, 휴식 시간이 되어 다들 각자 하고 싶은 일을 했다. 흡연자들은 밖으로 나가 담배를 태우고, 다른 어른들은 카드 게임이나 보드 게임을 하면서 카드를 탁자 위에 세게 내려치며 고함을 지르기도 했다. 당연히 체스를 두는 사람들도 있었다. 십대들은 대개 쉼터를 떠났고, 러브는 어린아이들을 줄 세워 사진을 찍었다. 명절마다 쉼터에서 하는 일이었다.

"캔디 맨은 어떤 사람이야?" 나는 커다란 카메라를 꺼내 본체에 렌즈를 끼우는 러브에게 물었다.

"캔디 맨은 마약 중독자인데, 왕년의 스타라서 아이들이 좋아해." 러브는 딸깍 하는 소리가 날 때까지 렌즈를 돌리며 말했다. "본명은 마틴이야. 닉스에서 농구 선수였어."

닉스? 설마! 놀랍긴 하네. 지금은 노숙자라니 안타깝지만 그래도.

"그런데 어쩌다 저렇게 됐지?" 내가 러브에게 물었다.

러브는 대답 대신 내가 하지 말라고 할 새도 없이 내 얼굴에 카메라를 들이댔다. 찰칵! 플래시 덕분에 잠깐 앞이 보이지 않았다. 러브는 카메라에 찍힌 내 로봇 얼굴을 보더니 웃음을 터뜨렸다.

"마약 때문이지." 러브는 태연하게 말했다. 러브가 아이들을 찍는 동안에도 나는 정신이 멍했다. "취재팀이 오기 전까지 최대한 많이 찍어야겠어." 러브가 이렇게 말하고는 갑자기 엄마, 보육사, 선생님 같은 말투로 바꾸었다.

"다들 치—즈!" 어린이들은 모두 디즈니월드에 간다는 말을 들은 것처럼 소리를 질렀다. 아이들은 줄을 서서 뻐드렁니와 덧니를 드러내거나 입을 다물고 미소를 연습했다.

"밀러 씨, 어떻게 할 거예요?" 러브는 장난기 가득한 미소를 지으며 내 몸을 돌렸다. "사진 찍을 준비 됐나요?"

나는 손을 올렸다. "내 사진 방금 찍었잖아."

"아, 그건 그냥 테스트 샷이었어. 이제 진짜로 찍어야지."

나는 손을 흔들었다. "아냐, 아냐. 그만해. 난 사진 찍히는 거 싫어해."

"뭘 싫어한다고?" 러브의 목소리가 싸늘해졌다.

"나는 잘 못 웃어서." 내가 고쳐 말했다.

"그럼 노력하면 되겠네." 그 애가 손을 뻗어 내가 저기 서 있는 어린애라도 된다는 듯이 양 볼을 꼬집었다.

바로 그 순간, 웃음이 나왔다.

캔디 맨이 혼자 체스 판을 가지고 사람들에게 한 판 두자고 매달리는 모습이 눈에 들어왔다.

"왜 사람들이 캔디 맨과 체스를 두지 않지요?" 나는 입에 이쑤시개를 물고 있는 한 남자에게 물었다. 그는 욕설을 하며 체스를 두고 있는 다섯 명 중 한 명이었다. 그들과 안면이 없었기 때문에 내가 끼어들어 한마디 할 자리는 아니었다. 하지만 러브와 함께 저녁을 배식했던 사람으로서 그 정도는 자격이 있다고 생각했다. 바보 같지만.

갑자기 모든 시선이 나에게로 향했다. 내가 마치 누구 부모님을 욕하기라도 한 것 같은 분위기였다.

"방금 뭐라고 했어?"

누군가 쏘아붙이자 이쑤시개를 물고 있던 남자가 다른 사람들에게 조용히 하라는 손짓을 했다.

"캔디 맨이랑 하면 재미가 없어서 그래." 그가 나를 아래위로 훑어보며 말했다. 그리고 입에서 이쑤시개를 뺐다. "너무 잘하거든. 계속 지기만 하면 재미없지."

"세드릭, 설명해 줄 필요 없어." 붉은 머리에 주근깨가 난 노숙자 한 명이 말했다. 그러더니 나를 쳐다보면서 이렇게 말했다. "네가 직접 한 판 해보지 그래."

"저도 그렇게 잘하지는 못해요."

"무섭냐?"

이건 마치 중2병 환자들의 대화 같았다. 적어도 내 생각은 그랬다. 나는 이렇게 말했다.

"무섭냐고요? 그냥 체스잖아요. 한번 해보지요, 뭐."

나는 캔디 맨에게 다가갔다. 처음에는 학원 드라마에서 싸움이 났을 때 흔히 그러는 것처럼 다들 날 따라올 줄 알았다. 그러나 예상 밖으로 아무도 신경 쓰지 않았다. 내가 눈 깜짝할 사이에 질 거라고 생각하는 것이 뻔했다. 그렇지만 뭐 어때? 나는 의자를 끌어 캔디 맨 앞에 앉고는, 아무 말 없이 폰*을 움직였다.

캔디 맨은 추위에 떨듯이 두 손을 비볐다. "좋아, 한 판 해보자."

"그렇게 오래 걸리지는 않을 거예요, 아저씨. 전 잘 못하거든요."

"말 안 해도 알아." 그가 거만하게 말했다. "네 첫 수로 다 보이는걸."

체스 게임은 다음과 같이 진행됐다. 내가 움직이고, 캔디 맨이 움직였다. 내가 다시 한 번 움직였고, 그는 고개를 젓더니 말을 움직였다. 나도 움직였고, 그는 정신 나간 녀석이라는 듯이 나를 한 번 쳐다보더니 말을 움직였다. 그리고 나도 움직였고, 다음에 그는 내 킹을 쓰러뜨렸다. 여덟 번 이동에 체크 메이트. 역사상 가장 빨리 끝난 대결이었다.

"좋은 게임이었어." 그가 나에게 미안해하며 말했다.

*장기의 졸에 해당하는 체스의 말.

'이쑤시개'와 '주근깨'가 맞았다. 캔디 맨은 체스의 천재였다. 나는 악수를 하고 의자를 다시 식탁에 돌려놓았다.

"벌써 집에 가려고? 한 판만 더 두자." 그가 체스 말을 다시 세팅하며 매달렸다.

"오늘 너무 힘들었어요." 나는 그가 왜 나랑 더 두고 싶어 하는지 알 수 없었다. 이 형편없는 게임을 3분 더 하겠다고? 도대체 왜?

"한 판 하자. 어서 앉아." 그가 말했다. "하기 싫으면 안 해도 되지만." 캔디 맨이 갑자기 챔피언에서 아이처럼 변했다. 그런데 왠지 그 마음을 이해할 수 있었다. 그는 그저 누군가와 함께하고 싶은 것이다.

나는 몸을 돌려 러브는 뭘 하고 있는지 보았다. 지금 막 도착한 뉴스 취재팀이 러브가 아이들에게 쿠키를 나누어 주는 모습을 촬영하고 있었다. 촬영이 끝날 때까지 시간을 때워야 한다.

나는 의자를 엉덩이에 붙여 들고 탁자로 갔다.

"여긴 무슨 일로 왔어?" 캔디 맨이 말했다.

이것 참 어색하군 그래.

"그건 또 무슨 말씀이세요?" 내가 대답했다.

"여기에 처음 온 거잖아. 최소한 난 널 본 적이 없거든. 그런데 하필 오늘 여기 온 이유가 뭐냐고, 자선가님?"

나는 고개를 돌려, 러브가 뭘 하고 있는지 봤다. 나를 구해 주길 바라면서 말이다.

"러브랑 같이 왔어요. 러브 아시죠?" 내가 러브를 가리키며 물었다.

캔디 맨은 앞으로 몸을 숙였다. "그럼, 알지. 알고말고. 저 애가 태어날 때부터 알았어." 그가 퉁명스럽게 말했다. "너는 러브를 어떻게 알지? 남자 친구인가?"

그래요, 남자 친구라면 어쩔 건데요?

"아녜요. 그냥 친구예요." 나는 그가 나를 진짜로 체크 메이트해 버리면 어쩌나 긴장이 되었다.

캔디 맨이 약간 표정을 풀었다. "그럼 됐어." 그가 완벽히 줄을 맞춘 체스 말들을 보며 말했다. "러브는 흔치 않은 아이야. 할머니도 그랬고 엄마도 그랬으니, 러브도 마찬가지지."

"그렇겠죠." 내가 긴장해서 말했다. 왜 이런 대화를 나누고 있는지 혼란스러워졌다. 단지 러브랑 어울린다며 닦달하려고 일어나려는 나를 붙잡은 걸까? 퍽 재미있네.

"어디에서 왔니?" 그가 곧바로 물었다.

"여기 출신이에요. 브루클린요. 베드-스터이*. 아저씨는요?"

"할렘. 지금은 아니지만 아주 오래전에는 할렘 사람이었어. 그땐 참 살 만한 곳이었지. 너는 가본 적이 없겠지?"

"우리 부모님이 거기서 사신 적이 있어요." 마침내 대화가 자연스럽게 흘러가기 시작했다. "거기 있는 소울 푸드 식당에서 일하셨거든요. 그래서 어떤 곳인지는 알아요."

"그래?" 그의 눈이 빛났다. "어느 식당?"

"간판 이름은 기억이 안 나지만, 1350번지와 암스테르담 가 근처였어요."

*뉴욕 시 브루클린 가운데에 위치한 동네를 일컫는 말.

캔디 맨은 잠시 생각에 잠겼다. "어딘지 잘 모르겠지만, 나도 거기서 멀지 않은 곳에 살았어." 그가 어느 식당인지 기억해 내려고 애쓰며 말했다. "네 부모님 성함이 뭐니? 업타운에 있었다면 내가 알지도 모르겠어. 만약 다른 곳에 살았다면 그들이 나를 알지도 모르지." 그가 잇몸이 드러나게 웃었다.

"아버지 성함은 잭슨이에요." 내가 말했다. "잭슨 밀러. 어머니 성함은 데이지였습니다."

"데이지였다고? 그럼 지금은?"

"돌아가셨어요." 내가 재빨리 말했다. 이 말을 하고 나자 쉼터에 들어오고 나서 엄마를 떠올린 게 처음이라는 것을 깨달았다. 나는 체스 판을 내려다보면서 캔디 맨의 시선을 피했다. 불쌍하다는 얼굴이라면 보고 싶지 않았다. 전혀 감정이 없는 얼빠진 얼굴이라도 마찬가지고.

"오." 그는 말문이 막힌 듯했다. "미안하다."

"괜찮아요. 아저씨는 어떠세요?" 나는 화제를 재빨리 그에게로 돌렸다. 감정을 삭이느라 버벅대느니 그냥 대화를 이끌어 나가는 편이 낫다.

"내가 뭐?"

"아저씨의 사정은 뭐죠? 러브가 그러는데, 예전에 농구 선수였다면서요?"

"그래, 그랬었지. 닉스에서 몇 년 뛰었어."

"들었어요!" 나는 흥분을 감추려고 애썼다. 나는 스포츠를 좋아하는 편은 아니지만 프로 팀에서 뛰었던 사람을 진짜로 만난다는 건 엄청난 일 아닌가. 어떻게 침착할 수 있을까.

“어땠어요?”

캔디 맨은 뒷머리를 쓰다듬었다. “글쎄. 내 인생 최고이자 최악의 순간이었지.”

“그래요?” 나는 짐짓 놀란 척했다. “왜요?”

이제 캔디 맨이 체스 판을 내려다볼 차례였다. 그를 곤란하게 하려던 게 아닌데 그렇게 되고 말았다. 그는 폰을 옆으로 쓰러뜨리고는 동전을 만지작거리듯이 손으로 한 바퀴 돌렸다.

“너무 심하게 놀았어.” 그는 체스의 폰을 한 바퀴 더 돌렸다. “혈관에 마약을 찔러 넣기 시작했지.” 그가 폰을 가볍게 치자 내 말이 거기에 부딪혀 쓰러졌다. “어느 날 파울 라인에 서서 자유투를 던졌는데 바로 그다음 날 나이 오십이 되어서 매일 길에서 자는 신세가 되었지. 웃기는 건 그사이에 무슨 일이 있었는지 전혀 기억이 안 난다는 거야.”

“결혼은 하셨어요?” 내가 물었다.

캔디 맨은 뒷목을 가볍게 치더니 웃기 시작했다. “아니, 꼬마야. 내가 그동안 충실했던 건 재활원밖에 없다. 그것도 잘 안됐지만.”

“아이도 없으시고요?”

“여기 뛰어다니는 꼬마애들이 내 아이들이지.” 그는 내 눈을 똑바로 쳐다보았다. “그리고 러브도.”

캔디 맨은 체스를 더 두지 않아도 된다고 했지만 나는 폰을 두 개 집어서 다시 세팅한 다음 한 수 움직였다. 어차피 그렇게 할 참이었다. 그도 나를 따라 말을 움직였다.

“우리의 새로운 봉사자예요.” 러브가 갑자기 나타나더니, 과일 향기와 음식 냄새를 풍기며 내가 있는 탁자에 앉았다. 그녀는 나의 다음 수를 방해하면서(어차피 좋은 수도 아니었지만) 뉴스 취재팀 전체를 데리고 왔다. 커다란 카메라를 들고 있는 남자, 조명을 들고 있는 남자, 빳빳한 정장을 입고 있는 여자까지 전부.

"안녕하세요. 저는 〈뉴욕 원〉의 코니 휘틀록입니다. 도움의 손길 쉼터의 초보 봉사자로서 경험하신 일에 대해 몇 가지 질문을 드려도 될까요?"

나는 러브를 쳐다보았다. 이런 일에 익숙하지는 않았지만, 러브의 얼굴을 보자 인터뷰를 승낙할 수밖에 없었다.

여자란.

"칠면조의 날을 이곳 쉼터에서 보내는 게 어땠나요?" 우리 엄마가 늘 텔레비전에서 보던 휘틀록 여사는 뉴스 기자들이 늘 그렇듯 이상한 가성으로 질문을 던졌다.

"아." 나는 일어나면서 생각을 정리해 대답하기 시작했다. 휘틀록 여사는 마치 엄마가 아이에게 아이스크림을 내밀듯이 내 턱 아래에 마이크를 댔다.

"좋아요. 이런 일은 제 평생 처음인데, 여기 있는 러브가 저를 초대했을 때는 이곳 사람들이 그냥 축 절어 있을 줄 알았거든요." 으악! 절어 있다니? 바보, 바보, 바보 같아. "그러니까 제 말은, 추수감사절에 이렇게 어려운 상황에 처해 있는 사람들을 보면 마음이 아프다고요." 나는 어떻게든 만회해 보려고 빠르게 말했다. "여기 와서 봉사를 해보니 사람들은 대부분 친절하고, 따뜻한 식사와 말을 걸어 주는 사람에게 감사한 마음을 가지고 있다는 것을 알았어요. 보통 사람들이 그러는 것처럼요."

"멋져요!" 휘틀록 여사가 큐 카드를 읽듯이 환호성을 질렀다.

"시청자 여러분, 바로 여기 모셨습니다. 그웬돌린 브라운의 손녀인 러브 브라운. 바통을 이어받아 도움의 손길 쉼터의 전통을 계승해 나가는 분이죠. 저는 코니 휘틀록입니다. 여러분은 〈뉴욕 원〉을 시청하고 계십니다. 추수 감사절 행복하게 보내세요."

커다란 카메라를 들고 있던 남자가 "컷!"이라고 외치자, 휘틀록 여사와 러브는 악수를 하고 잠깐 이야기를 나누었다. 그동안 나는 캔디 맨이 기다리는 자리에 도로 앉아 체스를 계속했다.

나는 나이트를 움직였다. 캔디 맨은 내 말을 뒤로 물린 다음, 내 폰 하나를 움직였다. 그러더니 나를 보며 말했다. "그냥 더 오래 끌고 싶어서 그래."

이런.

그다음에는 자신의 나이트를 움직였다.

"캔디 맨, 좀 살살 해요. 너무 어이없게 이기면 매슈가 상처받아 다시는 안 올지도 몰라요."

뉴스 취재팀이 다들 돌아가고 난 후 혼자 남은 러브가 끼어들었다. 그녀는 카메라를 얼굴로 들어 체스 판을 비추었다. "난 이 애가 좋으니까 겁주지 마세요." 그녀는 렌즈를 돌리면서 미소를 지었다.

캔디 맨은 그때까지 본 중에 가장 환한 미소를 돌려주었다. "살살 하고 있어." 그는 윙크로 러브를 안심시켰다.

"좋아요. 내가 이 테이블에 앉길 바라진 않으실 테죠."

그 말에 캔디 맨이 내 쪽으로 몸을 기울이고 이렇게 말했다. "러브는 날 이긴 유일한 상대야." 그러더니 이번에는 러브가 나에게 몸을 기댔다. "캔디 맨이 유일하게 나한테만 져주거든."

그 후로 한 시간 동안 캔디 맨은 러브와의 사연을 이야기했다. 어떻게 맨 처음 할머니와 함께 여기 오게 됐는지도 말해 주었다. 그는 러브의 커다란 갈색 눈을 "1센트만 한" 눈이라고 했고 겉으로는 그녀가 귀여워 보일지 몰라도 보통 남자애들보다 훨씬 더 강하다고 말했다.

"그 애는 밖에서 남자애들과 싸우느라 작은 청바지에 늘 구멍이 뚫려 있었고, 무릎에는 피가 났어." 캔디 맨이 회상했다. "그렇지만 러브는 어린애가 아니었지. 워낙 터프해서 절대로 울지 않았어. 절대로. 그런데 남자애들은…… 말해 뭐해. 그웬이 와서 안아 줄 때까지 망할 쉼터를 온통 휘저으며 징징댔지."

아마도 이것이 세 번째 사연이었을 것이다. 첫 번째 사연은 러브가 남자애들에게 늑대처럼 짖은 이야기였다. 굉장히 웃긴 에피소드였다. 두 번째 얘기는 캔디 맨이 너무 크게 웃으며 말해서 뭐라고 하는지 하나도 알아듣지 못했다. 코딱지에 얽힌 얘기라는 것만 대충 알아들었을 뿐이다. 러브는 캔디 맨에게 무서운 눈빛을 던졌다.

"왜 자꾸 그런 얘기를 하고 그러세요?"

"이래서 나는 러브에게 져주지." 캔디 맨은 러브를 완전히 무시했다. "왜냐하면 사실 내가 얘를 무서워하거든."

"캔디 맨!" 러브가 꽥 소리를 지르며 팔을 가볍게 주먹으로 쳤다. 그는 폭소를 터뜨리며 팔을 잡고는, NBA에 다시 복귀하려고 했는데 러브가 팔에 영구적인 부상을 입혔기 때문에 다 틀렸다며 소리를 질렀다.

그러더니 러브를 향해 손을 뻗어 마치 아빠가 딸에게, 엄마가 아들에게 그러듯 세게 끌어안았다. 그리고 나와 악수를 하고는 만나서 반가웠다고 말했다.

"반가웠다, 얘야."

"매슈예요." 러브가 그에게 내 이름을 상기시켰다.

"그래, 매슈." 캔디 맨이 나를 손가락으로 가리키며 말했다.

산책하기에 완벽한 밤이었다. 갈색 사암으로 지은 주택가 뒤로 해가 지면서, 베드-스터이 전체가 빛나는 것 같았다. 11월 말치고는 어처구니없이 따뜻한 날씨였다. 산들바람이 불어오면서 집으로 돌아가는 나와 러브를 감쌌다. 둘 다 택시를 타거나, 버스를 타거나, 지하철을 타자고 할 생각이 없었다. 걷는 것이 당연하고도 유일한 선택이었다.

"축 절어 있을 줄 알았다고?" 러브가 놀리기 시작했다. 그런 실수를 놓치기엔 러브는 눈치가 너무 빨랐기 때문에 놀림받을 줄 알았다. "축 처져 있다고, 맷?" 그 애는 웃음이 터졌다. "네가 그런 말을 하다니 믿을 수가 없는걸!"

"네가 나를 막무가내로 떠밀었잖아. 인터뷰를 하게 될 줄 몰랐다고. 다 네 탓이야!" 나는 장난으로 러브를 노려봤고 그 애는 더 크게 웃을 뿐이었다. 그러다 내가 러브에게 어렸을 때 어떻게 늑대 울음소리를 냈는지 묻자, 곧 잠잠해졌다.

"그 얘기 또 하기만 해봐." 그 애가 눈가에서 눈물을 닦으며 말했다.

"흐흐. 알았어. 그런데 캔디 맨은 항상 그렇게 웃기니?"

"마틴 '캔디 맨' 간드리는 별난 사람이야." 러브가 말했다. 그 애는 캔디 맨이라고 말하면서 손가락으로 따옴표를 그렸다. "오늘은 기분이 좋은 날이었어. 정신이 멀쩡하더라. 어떤 때는 본모습이고, 어떤 때는……" 그녀가 약간 어깨를 으쓱했다. "그렇지 않아."

"마틴 간드리?" 어디서 많이 들어 본 이름 같은데?

"왜?" 러브가 물었다.

"아니야. 내가 아는 사람 같아서." 내가 말했다.

"설마. 다들 그분을 안다고 생각하지만 아닐걸." 러브가 약간 비웃으며 대답했다.

"그래, 그렇겠지." 내가 말했다. 캔디 맨은 유명한 스타였다. 그러니 어디서 들어 본 이름 같은 것일 테다. 내가 말을 이었다,

"어쨌든 오늘은 마약을 하지 않았다는 거지? 그럼 캔디 맨이 너에 대해서 말한 게 다 사실이야? 너 정말 그렇게 씩씩하니?"

그녀가 한숨을 쉬며 미소를 던졌다.

"그래야 할 때는 그렇지. 왜? 내가 무섭니?"

그 애의 얼굴엔 다시 미소가 번졌고 심각한 분위기는 완전히 무너졌다. 러브는 다시 마음을 가다듬더니 이렇게 말했다.

"나는 일곱 살 때 어머니를 잃었어. 아빠는 한 번도 본 적이 없고. 씩씩해질 수밖에 없었지. 모든 것을 견딜 수 있는 유일한 방법이거든."

"그렇구나." 나는 이어져 있는 집들의 창문으로 눈을 돌렸다. 식탁에서 의자 등에 기대어 웃고 있는 가족들, 뛰어 다니는 아이들, 커다란 스크린

에 비치는 미식축구 경기.

"무슨 말인지 알겠어."

"하지만 지금은 훨씬 나아졌어. 훨씬 친절해졌지."

그 애는 나를 향해 눈을 빠르게 깜빡였다.

"오, 그래?"

"그래. 보여 줄까?"

캔디 맨 말처럼 동전만 한 러브의 눈이 여자들이 흔히 눈웃음치듯이 반짝거리며 깜빡였다. 나는 제정신이 아니었다. 러브가 뭘 보여 줄지는 몰라도 내가 좋아할 거라는 건 확실했다. "좋아, 보여 줘." 내가 길 한 가운데에 멈춰 서서 말했다. 왜 걸음을 멈췄는지는 모르겠다. 아마도 그다음 일어날 일에 준비가 됐다는 것을 알려 주고 싶었는지도 모른다. 그것이 키스이길 바랐다.

러브는 나를 돌아보았다. 그런 다음 재킷 주머니에 손을 넣어 휴지 뭉치를 꺼냈다. 100장쯤 되는 휴지 뭉치를 펼치자 쿠키 하나가 모습을 드러냈다.

"내가 왜 이걸 따로 챙겼는지 알아? 애들은 초콜릿 칩이라면 사족을 못 쓰거든. 네가 가져온 게 이거 하나 남았는데 챙겨 놓지 않으면 예의가 아닌 것 같아서. 직접 만든 거잖아."

믿을 수 없었다. 나를 위해 쿠키를 챙기다니. 그 애가 쿠키를 가져왔다는 건, 그 말은, 그래, 나를 생각하고 있다는 뜻이다. 얼마나 멋진가.

"내가 만들었다는 건 어떻게 알았니?" 내가 물었다. 그 애에게 말할 짬이 없었는데.

"그냥 애들이 먹는 것만 봐도 알 수 있어. 쿠키 몇 개는 모양이 좀 이상하기도 했고." 러브가 놀렸다.

"그래. 그렇지만 맛까지 이상하지는 않았겠지." 내가 쿠키를 반으로 가르며 뽐냈다. "반 먹을래?" 나는 러브가 초코칩 쿠키를 좋아하지 않으면 도망치라는 레이 아저씨의 조언을 떠올리면서 물었다.

"장난해? 네가 혼자 다 먹으면 화내려고 했어!" 러브는 쿠키를 집으며 미소 지었다. "초코칩 쿠키가 제일 좋아."

다행이다.

같이 몇 블록이나 걸었는지 모르겠다. 러브의 집에 도착할 때까지 20, 아니 30블록은 지나친 것 같았다. 러브는 집 앞 계단에서 나를 집 안으로 들이지 않을 거라는 걸 분명히 했다. 말은 안 했지만 문을 열지 않았기 때문에 알 수 있었다. 러브는 그냥 거기에 서 있었고, 우리는 영화에서처럼 둘 다 무슨 말을 할지, 뭘 해야 할지 몰라 어색해했다. 그래, 정말 그랬다. 다시 한 번. 러브의 할머니 장례식에서처럼.

"그럼 이제……." 내가 말했다.

"그럼 이제……." 러브가 반복했다.

"저녁 초대해 줘서 정말 고마워." 나는 쿨하게 말하려고 애썼다. "그런 자리는 처음이었어. 색다른 추수감사절이긴 했지만, 정말 좋았어."

"나도 기뻐." 그녀가 손을 등 뒤에 대며 대답했다. "언제나 환영이야."

"얼마나 자주 이런 행사를 하니? 명절 때마다?"

"응. 명절마다 거하게 저녁을 차리거든. 오늘도 대단하다 생각했겠지만, 크리스마스에 한번 와봐." 그러고는 금방 덧붙였다. "시간이 되면."

"시간 있어." 내가 재빨리 말했다. "크리스마스에도 이럴 거라고?"

"그래."

"연말에도?"

"그럼. 노숙자들이 여기저기에서 춤을 춘다고." 러브가 장난스레 말했다.

"멋진걸. 그럼 밸런타인데이는 어때?"

러브의 얼굴이 굳어졌다. 마치 얼굴의 모든 피가 다 빠져나가고 두 눈이 돌처럼 굳어지는 것 같았다.

"왜?" 젠장. 내가 뭐라고 말한 거지?

"밸런타인데이엔 아무것도 안 해." 러브가 차분히 말했다.

"쉼터에서는 안 하는구나?"

"아니. 내가 아예 하지 않는다고." 그 애가 쏘아붙였다. 그리고 러브는 갑자기 등을 돌리더니 열쇠로 문을 열려고 더듬거렸다.

"잠깐, 내가 말실수한 거야? 나는 같이 밸런타인데이를 보내자고 한 게 아니고, 그냥……."

"아냐, 괜찮아." 러브는 마침내 문을 열더니 말했다. "난 그냥 그런 걸 안 한다고. 이제 너도 가봐."

러브는 나를 등진 채로 커다란 나무문을 열었다. 내가 그대로 서 있으면 몸을 돌려 내 얼굴을 볼 줄 알았다. 그러나 그 애는 그러지 않았다. 그냥 문을 닫았다. 나는 불과 30초 전에는 산 정상에 있다가 깜짝 놀라 산 아래에 떨어진 기분으로 계단 맨 위에 서 있었다. 낮의 빛은 점점 희미해지더니 꺼져 버렸다.

괜찮아, 괜찮아. 나는 내 자신에게 말했다. 이렇게 되는 거로군. 레이 아저씨가 말했듯이 어떨 때는 내가 이겼다가 다음 카드 한 장을 뒤집고는 지는 것이다. 그런데 예상치 못하게 2나 3 카드를 뒤집었다. 그날은 분명 멋진 날이었고, 내 인생의 그 어떤 날보다 색다른 날이었을 뿐 아니라, 엄마가 돌아가시고 아빠가 다친 후 처음 내 자신으로 돌아가 살아 있다는 것을 느낀 날이었다. 그런데 갑자기 이전의 날들과 똑같은 하루가 되어 버린 듯했다. 엉망이었다. 마치 이전처럼. 나에게 왜 이런 일이 생기는 걸까.

나는 집에 돌아와 식탁 위에 놓인 요리 노트를 소리 내 닫아 버리고 쿵쾅거리며 계단을 올라 방으로 들어왔다. 그러고는 옷도 갈아입지 않은 채로 침대 위에 몸을 던졌다. 그렇게 늦은 시각은 아니었지만, 그저 잠들려고 애쓰는 것밖에 할 일이 없었다. 오늘 하루가 얼른 끝나서 내일 눈을 뜨면 언제나처럼 검은 정장을 입고, 아빠를 보러 가고, 장례식에 참석해 사람들이 슬퍼하는 것을 보는 보통 날이 시작되길 바랐다. 행복과 살아 있다는 감정은 다 잊어버린 채로. 가장 중요한 것은 러브를 잊는 것이다.

# 마치 유령을 본 것처럼

현관문 벨 소리가 울렸다. 이렇게 늦은 시각에 누굴까? 나는 휴대전화를 확인해 보았다. 밤 10시 40분. 잠은 오지 않았다. 자세한 내막을 묻는 크리스의 문자를 무시했고, 러브에게 문자를 보내 내가 도대체 뭘 잘못해서 그날 밤을 망친 건지 묻고 싶은 충동을 간신히 억눌렀다.

다시 현관문 벨 소리가 들렸다.

마지막으로 밤늦게 벨 소리를 들었을 때는 안 좋은 소식이 날 기다리고 있었다. 그래, 이번에는 더 나쁜 소식이겠지. 나는 아래층으로 내려가면서 생각했다. 이번에는 옷을 차려입고 있었다.

"누구세요?" 나는 현관 앞에서 물었다.

"레이 아저씨다."

마치 데자부 현상을 겪는 것 같았다. 문을 열었더니 두 개의 금속 원반처럼 보이는 것을 들고 있는 레이 아저씨가 서 있었다.

“네가 굶었을까 봐 먹을 걸 조금 가져왔다.” 아저씨가 안으로 들어오면서 말했다.

“감사하지만 저녁 먹었어요.” 하지만 아저씨는 내 말을 듣지 않은 것 같았다. 아저씨가 이렇게 늦게 집으로 온 것이 조금 이상했지만, 코르크와 관련된 사고가 난 이후 나를 늘 돌봐 주셨기 때문에 이번에도 내가 잘 있나 보러 오신 줄 알았다. 아저씨는 식탁에 음식을 내려놓고 접시의 덮개를 벗겼다. 여러 색깔의 소스가 마구 섞여 있었다. 맛있어 보였지만 배가 고프지 않았다. 종일 굶었어도 배가 고플 것 같지 않았다. 레이 아저씨는 거실로 자리를 옮겼고, 나는 아저씨가 음식을 들고 절뚝거리는 모습을 뒤에서 바라보았다. 이때 뭔가가 내 머릿속을 때렸다. 레이 아저씨네 지하실에서 본 신문 기사. 혼자 따로 떨어져 있던 그것. 부서진 무릎. 부서진 꿈. 마틴 간드리. 레이 아저씨의 특이한 걸음걸이가 내 머릿속에 불을 켠 것 같았고, 나는 느닷없이 캔디 맨이 정확히 누구였는지, 그의 이름을 어디에서 들어 봤는지 기억해 냈다. 캔디 맨은 수십 년 전 레이 아저씨를 넘어뜨리고 아저씨 농구 인생을 끝장내 버린 그 사람이었다. 젠장, 젠장, 젠장!

우리는 ‘우주선’ 소파에 앉았다.

“데이트는 어땠니?” 아저씨가 물었다.

“거의 마지막까지는 괜찮았어요.” 나는 긴장하면서 텔레비전을 켰다. 레이 아저씨에게 캔디 맨 얘기를 할지 말지 고민했다. 말이야 할 수는 있겠지만, 도대체 왜? 뭐 좋을 게 있다고?

레이 아저씨는 눈썹을 거의 머리까지 추켜올렸다.

"그래?"

"네. 다 좋았고, 쿠키도 좋았는데……."

"내가 뭐랬니? 초코칩 쿠키는 실패할 리 없다고." 아저씨가 내 말을 가로챘다.

"맞아요. 제가 잘 구워서 그런 것 같아요." 내가 으스댔다. "다른 애들이 쿠키를 거의 다 먹었지만요."

내가 아이들이라고 하니 레이 아저씨는 내가 그랬던 것처럼 어리둥절해했다.

"같이 쉼터에 갔었어요." 나는 레이 아저씨를 진정시켰다. "오늘 하루를 거기서 보냈거든요. 꽤 멋진 곳이었어요."

"오, 그래. 나도 봉사를 하려고 몇 년을 별렀는데 시간이 안 나서."

레이 아저씨가 맥도널드 햄버거와 치즈버거를 잘랐다. 나는 침을 꿀꺽 삼켰다. 만약 아저씨가 거기서 봉사를 했다면 캔디 맨에게 달려들었을 것이다. 그러면 무슨 일이 일어났을까.

레이 아저씨가 말을 이었다. "그래서 그 데이트인가 뭔가는 어떻게 끝났지? 쉼터는 데이트 장소로 인기 있는 데는 아닌 것 같은데."

"데이트 맞아요." 내가 짧게 대답했다.

"알았어. 그럼 마지막에 뭐가 잘못된 건데?"

"그냥 그 애에게 밸런타인데이에 뭘 할 건지 물어봤거든요." 내가 리모컨 버튼을 눌렀다. "그랬더니 발끈 화를 내더라고요!"

"오오오오." 레이 아저씨가 신음했다.

"뭐죠? 대체 왜 그랬을까요? 밸런타인데이가 왜 그 애를 화나게 한 거죠?"

레이 아저씨가 포크로 음식을 한가득 퍼서 입안으로 넣었다.

"아저씬 아시죠?" 내가 간절히 물었다. 레이 아저씨는 그저 음식을 씹을 뿐이었다. "레이 아저씨? 말씀해 주세요."

아저씨는 음식을 삼키고 차분하게 말했다.

"매슈, 난 몰라. 내가 끼어들 일이 아니기도 하고. 이해해라."

그러고는 리모컨을 잡고 미식축구 경기를 틀었다. 나는 상심해서 소파에 등을 기댔다. 그래, 나는 레이 아저씨가 왜 말해 주지 않는지 이해한다. 입으로 배를 저으면 가라앉아 버린다. 엄마가 늘 하던 말씀이다. 나는 매일 학교에 가면서 타이타닉에 승선하는 기분이었기 때문에 그게 무슨 뜻인지 안다. 그래도 나는 알고 싶었다. 아, 정신을 차리자.

"아저씨는 어떠셨어요? 추수감사절 잘 보내셨나요?"

경기 4회전 점수는 0대 0이었고, 지금까지 본 중에 제일 지루한 경기였다. 레이 아저씨도 나와 똑같은 생각이었는지 뉴스로 채널을 돌려서 아나운서가 자기에게 말이라도 건다는 듯 텔레비전 스크린을 바라보았다. 그리고 나를 쳐다보지도 않은 채 "지하실에서 저녁 먹었어"라고 텅 빈 목소리로 말했다. 그때 문득 왜 아저씨가 여기로 건너왔는지 알게 되었다. 내가 잘 있나 보러 온 것이 아니다. 최소한 그거 하나 때문은 아니다. 아저씨는 누군가와 함께 있고 싶었던 것이다. 캔디 맨이 체스 한 판 더 둘 상대를 찾는 것과 비슷했다. 난 아저씨를 이해했고, 아무런 대꾸도 할 필요 없이, 커다란 진홍색 소파가 날 잡아먹듯이 그냥 앉아 있었다. 그런데 뉴스 화면에 눈을 돌리자마자 내 몸이 느닷없이 앞으로 튕겨 나왔다. 화면에는 코니 휘틀록이 나오고 있었다. 실물보다 머리가 더 커 보였다.

"여러분 안녕하세요. 코니 휘틀록입니다. 오늘은 매우 특별한 날입니다. 가족들과 빵을 나누는 분들뿐만 아니라, 그런 행운이 없는 분들께도 말입니다. 오늘 그분들도 도움의 손길 쉼터에서 마음씨 착한 사람들과 식사를 할 수 있었기 때문입니다."

나는 레이 아저씨의 팔을 쳤다.

"아저씨, 저기가 그 쉼터예요. 저도 오늘 저분이랑 인터뷰했어요. 저도 곧 나와요!"

내가 인터뷰를 잘한 건 아니지만, 텔레비전에서 내 모습을 보게 되자 엄청 설레었다. 누군들 안 그럴까?

처음에는 화면발이 무척 잘 받는 러브가 도움의 손길 쉼터의 연혁과, 할머니 그웬돌린 브라운에 대해 이야기했다. 화면 속에서 러브와 코니는 쉼터 주변을 걷고 있었다. 아이들이 전부 줄을 서서 사진 찍히길 기다리는 모습, 커다란 냄비와 프라이팬과 쟁반, 다른 봉사자들이 담긴 아주 멋진 장면이 지나간 후, 내가 화면에 나왔다.

"여기 있는 사람들이 그냥 축 절어 있을 줄 알았거든요."

제작진들이 저 장면을 편집해 주길 바랐는데…….

"절어 있다고!"

레이 아저씨가 숨을 들이마시면서 소리쳤다. 아저씨는 노인처럼 다리를 쿵쿵 찧으며 머리를 뒤로 젖히고 웃음을 참더니, "이럴 수가!"라며 숨을 헐떡거렸다. "내가 네 옆에 있던 저 사람이라면 정말 화났겠다!"

"누구요? 저 사람요?" 내가 화면을 가리키며 말했다. "저 사람은 무슨 뜻인지 알아듣지도 못했다고요." 나는 이렇게 말하고 깊은 숨을 들이쉬고는 텔레비전과 레이 아저씨에게서 시선을 돌렸다. "저 사람 이름은 캔디 맨이에요." 나는 웃어넘기면서 분위기가 나빠지지 않기만을 빌었다. 왠지 모르지만 무슨 말이든 해야 할 것 같았다. 레이 아저씨가 캔디 맨을 가리키지만 않았다면 나도 그냥 지나쳤겠지만, 이건 아저씨가 뭔가 알아차렸다는 신호처럼 느껴졌다. 레이 아저씨는 감정을 매듭짓고 싶을지도 모른다.

레이 아저씨의 웃음소리가 잦아들었다.

"잠깐, 뭐라고?" 그는 숨을 멈추었다. "저자 이름이 뭐라고?"

"저 사람요?" 나는 화면에서 내 뒤에 앉아 있는 사람을 가리켰다. "캔디 맨이라고 하던데요."

레이 아저씨는 텔레비전 앞으로 몸을 굽혔다. 엉덩이가 소파에서 떨어질 만큼 몸을 당겨 낮게 굽히고는, 코니 휘틀록이 보도를 마무리하는 동안 화면 속 그 남자를 10초 정도 유심히 바라보았다.

"행복한 추수감사절 보내시길 바랍니다. 코니 휘틀록이었습니다."

레이 아저씨는 다시 소파에 털썩 주저앉았다. 마치 귀신을 본 것처럼 놀란 얼굴이었다.

"이럴 수가." 그가 중얼거리다가 이렇게 내뱉었다. "망할 자식."

레이 아저씨의 얼굴에 병색이 올랐다. 방금 먹은 맥도널드 치즈버거가 상해서 배탈이 난 것처럼 말이다. 아저씨는 이마, 눈, 입을 한 손으로 닦더니, 마침내 입을 열었다.

"마틴 간드리."

나는 아랫입술을 꽉 깨물었다. "아저씨에게 말씀 안 드리려고 했어요."

"마틴 '캔디 맨' 간드리."

아저씨는 내 말을 무시하고, 그의 이름을 반복해 부르더니 텔레비전을 뚫어지게 쳐다보았다. 뉴스는 이미 다음 보도로 넘어간 후였다. 부시윅에서 화재가 났다는 소식이었다.

레이 아저씨의 가슴에 불이 났겠지.

내 마음속에 불이 난 것처럼.

"바로 그 사람이에요, 레이 아저씨."

레이 아저씨는 나에게로 고개를 돌렸다. 눈에는 초점이 없었고, 입술은 일그러져 있었다. "그자로군."

# 516

"여보세요?" 수화기 너머 아빠가 쉰 목소리로 말했다.

나는 얼굴에서 잠을 거두고, 입을 떼기 전에 어젯밤 일은 깨끗이 잊기로 했다. 레이 아저씨가 몇 시에 떠났는지는 모르겠지만, 자정이 넘도록 우리 집에 머물면서 마틴 간드리에 대해서 계속 뭐라고 중얼거린 건 기억났다.

"아빠, 죄송하지만 오늘은 못 갈 것 같아요. 늦잠 잤어요. 어젯밤에 일이 많았거든요." 나는 거울을 쳐다보았다. 뺨에 소파 쿠션 자국이 나 있었다.

"그래? 이제 어리광 부릴 나이도 아닌데 늦잠이라니?"

"어리광 아네요." 나는 눈을 비볐다. "그냥 늦잠 잔 게 아니고요, 어젯밤 레이 아저씨가 오셔서 얘기를 나누다 갔어요. 좀 안 좋은 일이 있어서요."

"아, 대충 짐작이 간다." 아빠가 대화를 원점으로 돌려놓았다. "추수감사절은 잘 보냈니?"

"네. 평소 같진 않았지만 재미있었어요. 아빠는요?"

"끔찍했어. 병원 음식이 그냥 다 올라오더라고. 나도 밤을 꼬박 샜다. 하나님을 부르면서 악마를 분출하느라고!" 아빠가 으르렁대자 잡음 섞인 목소리가 내 귀를 찔렀다. "오늘 네가 안 와서 다행이다. 망할 병실에서 전쟁통 같은 냄새가 나거든."

아빠랑 얘기를 나누면서 나는 양복을 몸에 걸쳤다. 그런 다음 아빠에게 월요일에 보러 가겠다고 하고, 레이 아저씨가 기다리고 있는 계단을 향해 현관문으로 달려 나갔다.

"정말 죄송해요, 레이 아저씨." 나는 운동화 끈도 묶지 않고 셔츠도 정리하지 않은 채 길 건너로 뛰어가며 말했다. "늦잠 잤어요."

레이 아저씨는 계단에 앉아 담배를 피우며 신문의 마지막 몇 장을 넘기고 있었다. 나는 아저씨가 넥타이를 매지 않은 것을 눈치챘다.

"괜찮아." 아저씨가 신문을 내려놓으며 말했다. 두 눈은 피곤해 보였다. "오늘 어차피 일도 없어. 명절 다음 날에 장례 치르는 가족은 별로 없거든." 그는 담배를 한 모금 빨더니, 허공으로 담뱃재를 날려 보냈다. "어쩔 수 없지."

"아, 그렇군요." 나는 반은 실망하고 반은 안심해서 말했다. "어젯밤에 몇 시에 가셨어요?"

레이 아저씨는 계단 위에 떨어진 담뱃재를 발로 밟았다. "두 시쯤인가.

나도 잘 모르겠다. 넌 신나게 코 골면서 곯아떨어지더라. 나도 집으로 돌아와 앉아서 잠깐 생각을 했어. 캔디 맨 말이야." 아저씨가 담뱃재를 또 떨었다. "네가 텔레비전에 그자의 상판대기가 떴다고 말한 것 때문에 화가 난 건 아니야."

"정말요?" 안심이다.

"그래. 실은…… 안타까웠어. 그자가 그렇게 되다니 좀 슬프더라고."

레이 아저씨는 담배 꼬리를 길가에다가 튕겼다. 나는 담뱃재가 바닥에 떨어져 아직 불이 꺼지지 않은 채 땅바닥에 뒹구는 것을 지켜보았다. "저번에도 말했지만 인생은 체스랑은 다르거든."

레이 아저씨는 신문을 넘기다가 얼굴을 들어올렸다. 아저씨가 어떤 기분인지 좀처럼 읽을 수 없었다. 좋은지, 나쁜지 전혀 알 수 없었다. 둘 다 아닐 수도, 둘 다 맞을 수도 있겠지.

"그럼 이틀 동안 쉬는 건가요?" 나는 화제를 바꾸었다. 난 이런 걸 참 잘하는 것 같다. "아저씨는 뭐 하실 거에요?"

레이 아저씨는 신문을 접어 무릎에 쳤다. "글쎄. 어제 그런 일을 겪고 나니 여기 그냥 앉아서 햇볕 좀 쬐고 싶다."

나는 아저씨 옆에 앉아 길 건너 우리 집을 바라보았다. 겉만 봐도 뭔가 바뀐 것을 눈치챌 수 있다는 것이 이상하게 느껴졌다. 집조차도 살아 있는 것 같지 않았다. 그 안의 뭔가가 죽은 것 같았다. 지난 몇 달 동안 몇 사람이 줄어서 그런지, 아니면 다른 이유에선지, 뭔가 달라 보였다. 더 어두운 분위기였다.

그때 휴대전화가 진동했다.

새로운 문자 1개

— 자니?

러브의 문자였다. 가슴이 철렁했다. 웃고 싶은 마음 반, 화나는 마음 반이었다. 나는 레이 아저씨가 보면 놀릴까 봐 휴대전화를 가렸다.

— 아니. 왜?

나는 절실해 보이지 않으려고 노력하면서 답장을 보냈다. 지잉.

— 그냥 집에 있다가 생각나서. 너 오늘 일하니?

그 애는 우리 사이에 아무 일도 없었다는 듯 물었다. 나는 러브가 어떤 애인지 잘 몰랐지만, 데이트 상대에게 화를 낸 다음 날 아무렇지도 않은 듯 행동해서 사람을 헷갈리게 하는 여자애는 아니길 바랐다. 별로 매너 있는 행동은 아니니까.

— 아니. 왜?

나는 똑같은 말을 반복했다. 최대한 자연스럽게 문자를 보내려고 했다. 그러면서도 신문 마지막 장을 읽고 있는 레이 아저씨를 보거나, 계속 울리는 진동 소리에 신경을 쓰지 않으려고 했다. 지잉.

— 나도 오늘 쉬어.

그 애의 답장이 왔다.

뭐라고 답장해야 할지 알 수 없었다. 어제는 그렇게 화를 내더니 지금은 또 문자를 보내네. 대체 그건 뭐였지? 나는 여전히 그 애가 보고 싶었다. 그러나 밸런타인데이 악몽 이후로, 어떻게 물어봐야 할지 알 수가 없었다.

"러브에게 안부 전해 줘." 레이 아저씨가 신문 너머로 말했다.

"무슨 말씀이세요?" 나는 언제나 그랬듯이 어색하게 웃는 척했다.

레이 아저씨는 신문을 내려놓고 나를 진지하게 바라보았다.

"맷, 난 어른이란다. 너도 어른이 되면 그냥 알게 되는 게 있을 거야. 이것도 그런 것 중의 하나지." 아저씨는 다시 신문을 올렸다. "어떻게 되어 가니?" 아저씨는 나와 눈을 맞추기 위해 또 신문을 내렸다. 나는 고개를 돌렸다.

"어떻게 되어 가는지 아시잖아요, 아저씨. 어제 러브가 왜 저한테 그렇게 화를 냈을까요?"

레이 아저씨가 한숨을 쉬었다.

"난 말할 수 없어, 맷. 그런 데까지 끼어들면 내가 뭐가 되겠니?"

"그렇긴 하지만……. 그럼 전 어떡하죠?"

레이 아저씨가 환하게 웃었다.

"너는 네 휴대전화나 만지작거리면서 만나서 얘기할 시간이나 정하렴. 진지한 얘기 말이야. 너희들이 지금 하고 있는 그런 찌질한 짓 말고."

"문자 말이세요?"

"그거든 뭐든."

딩동댕. 레이 아저씨 말씀이 맞았다. 우리는 허심탄회하게 대화를 나누어야 한다. 그 애가 나에게 먼저 문자를 보낸 걸 보니, 대화의 여지는 열려 있는 게 확실했다. 나는 남자답게 그 문으로 걸어 들어가야 한다.

지잉.

— 올래?

그 애의 문자였다.

올래,라니?

긴장과 흥분, 두려움과 낯섦으로 내 속은 또다시 뒤집혔다. 그러나 지금까지 그랬듯이 침착하게 답문을 보냈다. 레이 아저씨가 문자에 안 좋은 인식을 가지고 있다는 건 이해하지만, 나는 문자가 있어서 다행이라는 생각도 들었다.

— 20분 안에 갈게.

나는 웃음을 띠며 나를 쳐다보고 있는 레이 아저씨를 올려보았다. 내가 가봐야겠다고 하기도 전에 아저씨는 괴짜처럼 눈썹을 치켜세웠다. 내가 계단을 뛰어 내려가자 아저씨는 노래하듯이 나에게 인사를 건넸다.

"이따 보자, 맷."

러브의 집으로 가는 동안 긴장을 풀고 마음을 다잡을 시간이 있길 바랐다. 도착했을 때 내 얼굴이 로봇이나 외계인처럼 변할까 봐 무서웠기 때문이다. 그러나 여기가 브루클린이고 내가 맷 밀러인 까닭에, 당연하게도 나의 조용한 걸음걸이는 블록 끝에 다다르기도 전에 멈췄다.

"맷!" 누가 뒤에서 나를 불렀다.

돌아보니 크리스가 신발을 반만 걸쳐 신고 펄럭거리며 나를 향해 뛰어오고 있었다.

"야, 왜 답장 안 했냐?" 크리스는 어젯밤 레이 아저씨가 오기 전 나에게 보낸 문자 얘기를 하는 것이다. 어떻게 된 건지 나도 몰라서 크리스에게 답장을 보내지 않았다.

"미안. 기분이 별로 안 좋아서 일찍 잤거든. 긴 하루였어." 내가 뒤로 걸으며 말했다.

“데이트는 어땠어?” 크리스가 나에게 바짝 붙으며 말했다. “지금 어디 가는 거냐?”

“러브 집으로 놀러 가.” 나는 미소를 지었다. “그린 가 근처.”

크리스가 눈을 크게 떴다. “뭐?” 내가 자기를 웃기기라도 한 듯한 표정이었다. “음, 나하고 같은 방향이네. 난 이발소에 가.”

할 말이 없었다. 혼자 걷고 싶었는데……. 하지만 절친이니 어쩔 수 없었다.

“그래서, 어제 어떻게 됐어?” 크리스는 잠시 서서 신발 끈을 매며 따지듯이 물었다. 내가 건물을 지나치는 것을 보고 날 잡으러 뛰어왔다고 했다. 그래서 그렇게 숨을 헐떡였던 것이다.

“말할 게 별로 없어.”

“뭐? 없을 리가 있냐?”

크리스가 이번에는 내가 정말로 러브와 멋진 시간을 보냈다고 생각한 모양이다.

“네가 생각하는 그런 일은 없었어. 날 노숙자 쉼터로 데려가더라고. 거기서 하루를 보냈어.”

“오.” 그가 어색하게 말했다. “그건 참…… 색다르네.” 그러더니 엄지손가락으로 왼쪽 신발을 만지작거렸다.

“정말 웃기네.”

“뭐가?” 크리스가 일어서서 기지개를 켰다. “그런 데이트 얘긴 처음 들어 봐서 그래. 쉼터에서 데이트라니.”

“이건 웃긴 얘기가 아냐.”

"나도 웃기려고 한 말이 아냐, 맷." 거짓말이다. 웃기고 싶어 환장했으면서. "그냥 생각한 것뿐이라고."

뒤에서 유모차를 밀며 어떤 여자가 걸어오고 있었다. 나와 크리스는 그녀가 지나가도록 길을 비켜 주었다.

"그러니까," 다시 같이 빠르게 걸으며 크리스가 말했다. "마약쟁이들이랑 칠면조를 먹은 거야?"

"마약쟁이가 아니야! 마약을 하긴 했지만……. 그래도 나름 괜찮았어." 내가 진지하게 말했다.

"아…… 아아아아알았어. 그래서 그다음에는 선물로 첫키스라도 받았겠군." 크리스가 결론을 내렸다.

"안 했어."

크리스가 멈춰 섰다. "뭐라고?"

나는 그대로 걷던 길을 걸으며 말했다. "그런 일은 없었다고."

"그게 무슨 소리야. 그런 일이 없었다니?" 크리스가 내 걸음 속도에 맞추려고 빠르게 걸음을 재촉했다. "도대체 왜?"

나는 바람에 나뭇잎처럼 날려 온 텅 빈 감자칩 봉지를 찼다. 소금과 식초가 범벅된 나뭇잎. "사실 모든 게 완벽했거든. 쉼터에서 멋진 시간을 보냈고 같이 걸어서 집으로 왔는데, 내가 밸런타인데이에 뭐 할 거냐고 물으니까 화를 내더라고. 그냥 뒤도 돌아보지도 않고 들어가 버리던데."

"잠깐. 네가 밸런타인데이 얘기를 하니까 욱했다고? 무슨 여자애가 그래?" 크리스가 으르렁댔다.

"내 말이! 그러니까 지금 그 애한테 가서 무슨 일인지 얘기해 보려고."

이제 내가 멈춰 설 차례였다. "아, 다 왔다."

크리스는 러브의 집을 올려다보더니, 머리에 뭘 얻어맞은 듯이 나를 쳐다보았다.

"잠깐 기다려. 러브 보고 가."

나는 현관 계단을 두 칸씩 뛰어올라가 초인종을 눌렀다.

"누구세요?" 러브의 목소리가 들렸다.

나는 목을 가다듬었다. "맷이야."

몇 분 후 러브가 청바지와 후드티를 입고, 머리는 길게 늘어뜨려 귀 뒤로 넘긴 채 현관 앞에 모습을 드러냈다. 엄마의 이름을 새긴 금색 목걸이가 목에 걸려 있었다.

"안녕." 내 심장이 미친 듯이 뛰었다. "얘는 내 친구 크리스야." 나는 러브가 크리스의 얼굴을 볼 수 있도록 옆으로 한 발자국 비켜섰다. "이쪽은 러브야. 얘는 크리스고."

"안녕, 크리스." 그녀는 문가에 서서 손을 흔들었다.

"안녕." 크리스는 계단을 뛰어올라와 러브와 악수를 나누었다. 바보처럼 웃는 걸 보니 겨우 악수만 한 러브에 대해 무슨 소문을 낼까 흠집을 찾는 게 분명했다.

"맷, 그럼 이따 봐." 크리스가 말했다. "만나서 반가웠어, 러브."

크리스는 계단을 걸어 내려가면서 여전히 바보같이 웃으며 뒤를 힐끔 돌아보았다. 나는 문을 닫았다.

러브의 아파트는 할머니 분위기가 물씬 풍겼다. 오래되고, 편안하고, 따뜻한 분위기. 갈색과 초록색과 주황색. 커다란 소파, 작은 텔레비전.

구식이었다.

“신발 벗어.” 거실 입구에서 러브가 명령하듯이 말했다.

나는 딱딱한 검정 구두를 벗었다. 양말에 구멍이 없어서 다행이다. 집 안 곳곳에 사진이 걸려 있었다. 몇 개는 식탁에 놓여 있었고, 어떤 사진은 벽에 걸려 있었다. 대부분 러브와 장례식에서 본 할머니가 찍힌 사진이었고 꽃 사진도 많았다. 그러고 보니 여기 있는 사진들은 전부 장례식 안내지에 실려 있었다.

“뭐 마실래?” 내가 거실의 갈색 소파에 앉자 러브가 물었다. 소파는 부드러웠고 많은 사람들이 앉아 머물다 갔다는 걸 느낄 수 있었다. 내가 집에서 커다란 진홍색 우주선 소파에 앉듯이 말이다.

“아무거나 괜찮아.”

러브가 부엌으로 달려가고 나서 나는 오래된 기념품과 사진들을 둘러보았다. 액자 안에 담긴 십자수에는 “이 집에 축복을”이라는 문구가 새겨져 있었고, 그 옆에는 예수님 그림이, 또 그 옆에는 마틴 루터 킹 목사의 사진이 있었다. 이상한 표정을 짓고 있는 어린 러브의 사진도 있었다. 책장을 배경으로 찍은 졸업사진이었다. 사진 속의 러브는 머리를 땋았고, 지금 건 것과 똑같은 목걸이가 목에 걸려 있었다. 다만 사진 속에서는 목걸이 체인이 훨씬 길어 보였다.

“오늘 휴일이라서 좋겠네.” 러브가 부엌에서 말을 걸었다. “나도 그렇거든.”

“글쎄. 난 실망이야. 난 내 일이 좋거든. 꽤 재밌어.” 내가 대답했다. 러브는 오렌지 주스 두 잔을 들고 거실로 와서 나에게 한 잔 주고 놀란 표정으로 내 옆에 앉았다.

"진짜? 넌 죽은 사람들과 일하는 게 좋아? 장례식에서? 슬픈 가족들하고 일하는 게 좋다고?"

나는 주스를 한 모금 마셨다.

"이상하게 들리겠지만, 이런 일이 나에게 어떤 영향을 끼쳤어. 레이 아저씨와 일하는 것도 좋고. 정말 좋은 분이시거든."

여기까지만 얘기하고 화제를 바꿀 수도 있었다. 그러는 편이 더 정상처럼 보일 것이다. 그러나 난 그 애에게 말해야 했다. 말해 주고 싶었다.

"난 장례식에 참석하기도 해. 그냥 뭐랄까, 같이하는 거지."

"뭐? 모르는 사람 장례식에 참석하는 걸 좋아한다고?"

나는 또 한 모금 마셨다. 아까보다 더 크게 꿀꺽. 솔직해져야 하는 순간이다.

"그래. 그런가 봐."

"좀 이상하다." 러브가 등을 뒤로 기대며 말했다. "왜 항상 슬픔에 잠겨 있으려고 해?" 그 애가 물었다.

이런, 내가 러브를 놀라게 했나 보다. 하지만 이미 늦었다. 갑자기 부담스러워졌다.

"엄마가 돌아가신 이후로 다른 사람들이 나와 같은 슬픔을 겪고 있는 걸 보면, 나는…… 덜 외로워져. 나만 이렇게 어려운 시기를 겪는 게 아닌 거 같아서."

나는 오른손에 든 유리잔을 왼손으로 옮겨 들고 청바지에 오른손을 문지른 다음 다시 잔을 들었다.

"무슨 말인지 알 것 같아." 나는 러브의 얼굴이 갑자기 편안해진 것을 보고 적잖이 놀랐다. 소파 가장자리에 기대면서 그 애는 나에게 물었다.

"그럼 우리 할머니 장례식은 어땠어? 일하러 온 거였는데도 진짜로 그렇게 느꼈니?"

"그래." 나는 유리잔에 시선을 떨어뜨렸다. 갑자기 부끄러워져서 그 애를 똑바로 볼 수 없었다.

"나는…… 맨 뒤에 앉아 있었어. 설명하기는 어려워. 그러니까……." 나는 이 얘기를 제일 자신 있게 말할 수 있는 방법을 생각했다. "나는 항상 돌아가신 분과 가장 가까웠던 유가족을 찾거든. 고인의 딸이나 아들이나, 아내나 남편에게 집중하지. 그리고 그때는……." 나는 러브를 1초 동안 쳐다본 뒤 다시 유리잔으로 시선을 고정했다. "그때는……."

"내가 가장 가까운 유족이었지."

러브의 말에 나는 고개를 끄덕였다. 왠지 부끄러웠다.

"그래, 네가 가장 가까운 사람이었어."

고개를 들어 보니 러브의 입가에는 미소와 찌푸린 표정이 왔다 갔다 하고 있었다.

"우아." 그녀는 믿지 못하겠다는 듯 입을 열었다. "나는 어때 보였니?"

나는 주스를 몇 모금 꿀꺽 삼키고 유리잔을 손가락으로 문질렀다.

"확실히 넌 나보다 씩씩했어. 물론 너도 슬퍼하긴 했지. 내가 그랬던 것처럼." 나는 급히 정정했다. "하지만 내가 지금까지 그러는 것처럼 무너지지는 않았어. 우리 엄마가 돌아가셨을 때 나는 마치 몸 전체가 뒤집어지는 것 같았어. 내 안에 있는 모든 것들이 무너졌고. 보통은 다른 사람도 똑같았어. 하지만 너는 달랐어. 너는 아주 평온했어. 죽음까지도 감싸 안은 것처럼 말이야."

러브는 아무 말 없이, 내가 알아들을 수 없는 무슨 말인가를 신음 소리처럼 입밖으로 냈다. 그게 좋은 뜻인지, 아니면 나를 집 밖으로 내쫓겠다는 건지 알 수 없었다.

"그래서 어제는 뭘 알게 됐어?" 그 애가 물었다.

"뭐라고?"

"어제 나에 대해서 알게 된 게 뭐냐고." 그 애는 목에 걸려 있는 목걸이를 만지작거리다가 제자리로 돌려놓았다. "밸런타인데이 얘길 꺼냈을 때 내 반응이 어때 보였니?" 러브는 움츠러든 듯 목소리가 훨씬 더 부드러워졌다.

"솔직히 말하면 뭐가 뭔지 잘 모르겠어. 화가 난 것 같았는데."

처음으로 나는 러브의 눈에서 상처 입은 마음을 보았다. 강철처럼 강한 그 애의 마음을 울리는 고통. 그 애는 다음 말을 꺼내기 전, 침을 꿀꺽 삼킨 뒤 몸을 숙여 텅 빈 유리잔을 들더니 부엌으로 사라졌다. 물소리가 들렸다. 컵이 서로 부딪치면서 종소리를 냈다. 물소리가 멈춘 이후 몇 분 뒤 러브는 거실을 가로질러 자기 방으로 들어가더니, 15초 뒤에 나왔다.

"보여 줄 게 있어." 그 애가 손에 쥔 뭔가를 보면서 말했다. "겨우 며칠 전에 만난 너에게 왜 이걸 보여 주는지 나도 모르겠지만……. 너에게 이걸 보여 주는 이유는," 러브는 고개를 들어 나를 똑바로 쳐다보았다. 러브의 눈을 보니 나는 먼지처럼 작아지는 느낌이었다. "그 이유는 나도 잘 모르겠어." 이상하지만 나는 러브가 뭘 말하려는지 이해했다. 나도 그녀와 같은 마음이었다.

러브의 손에는 사진 한 장이 들려 있었다. 색이 흐리고 바래기 시작한 걸로 보아, 나와 부모님의 사진처럼 찍은 지 무척 오래된 사진이 분명했다. 모서리도 접혀 있었다.

"이건……." 나는 어느 건물 앞에서 작은 여자아이를 팔로 감싸 안고 있는 사진 속 젊은 여자를 바라보았다.

"그래, 우리 엄마야." 러브는 어린 여자아이를 손으로 가리켰다. "이건 나고."

나는 러브를 보다가 사진을 보다가, 다시 러브에게로 시선을 돌렸다.

"정말 나라니까." 러브는 사진 속 자신과 똑같은 아이 같은 미소를 지었다. "봐."

나는 히죽거리며 웃었다.

"내가 가진 엄마 사진은 이거 하나야." 그 애가 말했다. "사진 찍는 걸 싫어하셨거든. 사진발이 잘 안 받는다면서."

그건 나도 마찬가지였다.

"이거라도 있으니 다행이다." 내가 말했다.

"그래, 맞아." 러브가 아무렇지 않다는 듯 대답했다. "뒤에 있는 이 건물 아니?"

나는 사진을 다시 한 번 유심히 들여다보았다. 사진이 너무 흐려서 두 사람 이외에는 잘 알아볼 수 없었다. 그런데 그때, 건물 번호가 눈에 들어왔다. 516.

"이 아파트 우리 동네에 있는 것 아니니? 내 절친이 여기에 살거든. 여기에서 자랐어! 너 여기서 엄마랑 뭐 하고 있었던 거니?"

"우리도 여기에 살았어. 바로 이 516번지에서. 하지만 별로 오래 살지는 않았어. 지금은 거기에 가고 싶지도 않아. 장례식 날 택시에서 네가 내렸을 때도 난 좀 긴장하고 있었어. 그 동네에 있는 것만으로도 긴장이 돼."

"좀 사나운 사람들이 많지." 내가 동의했다.

"그건 잘 몰라. 봐, 이 사진은 밸런타인데이 이틀 전에 찍은 거야." 러브가 이 말을 하다가 갑자기 울컥했다. 그 애는 사진을 들고 엄마의 얼굴을 손가락으로 문질렀다. 마치 엄마의 감촉을 다시 한 번 느끼려는 듯이 말이다. "이, 음." 러브가 더듬거렸다. "이…… 이 사진은 엄마를 죽인 사람이 찍은 거야."

난 뭐라고 말해야 할지 몰랐다. 내 몸 안에 있던 모든 산소가 갑자기 빠져나간 느낌이었다. "정말 유감이다, 러브. 정말로…… 끔찍했겠다."

"넌 그 심정 모를 거야." 러브가 코를 훌쩍거리며 대답했다. 그 애는 뺨을 타고 흐르는 눈물을 손등으로 닦은 후, 그날 일을 들려주었다.

"우리는 3층에 살았어. 10년 전, 밸런타인데이 때 엄마는 나랑 둘이 집에서 시간을 보내려고 하셨어. 엄마랑 나랑, 항상 그랬듯이 우리 둘만. 그때 엄마한테는 엮이고 싶지 않은 이상한 사람이 있었거든. 그 사람과 데이트를 거절할 좋은 핑계였지. 우리가 컵케이크에 설탕을 입히고 있는데, 그 사람이 현관문을 막 두드리더라고." 러브는 여기서 잠시 말을 멈추었다. 얼굴은 몇 년이 지났는데도 왜 그런 일이 일어났는지 이해하지 못하겠다는 표정이었다. "계속해서 두드렸어. 엄마가 안에 있다는 걸 다 안다고 큰 소리로 욕하기 시작했고……." 러브의 두 눈은 퉁퉁 부어서 실눈을 뜬 것처럼 보였다. "밸런타인데이인데도 안 만나는 이유가 다른 남자랑 같이 있기 때문이라는 둥……. 당연히 아니었지만……. 그래서 엄마는…… 음…… 나에게 금방 오겠다고 하고는 나가셨어." 러브는 고개를 흔들었다. "하지만 영영 돌아오지 못했지. 엄마가 문밖으로 나가서 이 아파트에서 나가라고 소리쳤어. 그러다 두 사람이 복도를 걸어오는 소리가 들리더니 이번에는 서로 소리를 질렀어. 그 남자는 엄마가 바람 피웠다고 온갖 욕을 했어." 러브는 숨을 크게 들이마셨다. "두 사람은 그 아파트 사람들이 싸우거나 소리를 크게 낼 때 흔히 그러듯이 계단 난간을 치기 시작했어. 한 5분 뒤," 러브가 윗입술을 깨물자 눈물이 흘러나왔다. "총소리가 났어." 그 애는 유령을 보듯 나를 보았다. "그게 끝이었지."

내가 매고 있는 넥타이 매듭이 살아서 내 목을 조이는 듯한 기분이었다. 한마디도 할 수 없었다. 아무 말도. 내가 할 수 있는 것은 가슴속의 뜨거운 감정과 머릿속을 꽉 채우는 생각들을 자제하는 것밖에 없었다. 엄마가 복도에 쓰러져 있는 모습을 지켜볼 수밖에 없었던 러브가 느낀 고통을 상상해 보려고 애썼다. 피. 밤마다 그 애의 머릿속에서 총소리가 얼마나 많이 반복해서 울려 퍼졌을까. 러브는 자기 자신을 원망했을까. 이렇게 러브의 고통에 다가가려고 하는데, 설마……. 나는 이상한 생각과 싸우고 있었다. 나와 러브는 그날 똑같은 기억을 다른 방식으로 공유하고 있는지도 모른다. 크리스가 생각났다. 크리스의 집에서 잔 날. 그 총소리. 크리스의 어머니가 우리보고 다시 침대로 돌아가라고 소리쳤던 그날 밤. 하지만…… 그럴 리 없을 거야. 설마?

"물 좀 마셔도 될까?" 나는 떨면서 러브에게 물어보았다.

러브는 한 손으로 입을 막고는 사진을 계속 들여다보고 있었다. 그 애는 사진을 내려놓고 고개를 끄덕이더니 말없이 부엌으로 향했다. 나는 술에 취한 것처럼 사진을 노려보았다. 사진은 나를 10년 전으로 끌어당기고 있었다. 516번지. 고개를 흔들었다. 그럴 리 없어. 그건 불가능해. 밸런타인데이. 크리스의 발 냄새가 내 코를 뒤덮는 기분이 들었다. 어둠 속을 까치발로 걸어갔던 그날. 그럴 리 없어. 밖에서 들린 싸우는 소리. 화난 목소리. 문을 따는 소리. 그럴 리 없어. 그 소리, 끔찍하고도 무서운 소리. 총소리. 비명소리. 개 짖는 소리. 비명소리. 어린아이의 울음소리. 러브? 아이가 울고 있었다면? 이럴 수가. 그럴 리 없어. 이건 불가능해.

"너…… 괜찮니?" 러브가 물 잔을 들고 돌아왔다. 나는 한 모금 마시려고 했지만 물이 너무 걸쭉하게 느껴져 삼킬 수가 없었다. 목구멍이 바짝 마르는데도 마실 수가 없었다. 진정할 수도 없었다. 손이 너무 심하게 떨려서 물 잔을 떨어뜨리기 전에 테이블 위에 놓아야 했다.

"괜찮아." 나는 두 손을 꼭 잡고 숨이 찬 듯 쌕쌕거리며 말했다. "나도 할 애기가 있어."

## 나의 이야기

러브에게 내 얘기를 털어놓기 전에 밖으로 나가 바람을 쐬었다. 그래도 마음이 진정되지 않아 나와 러브는 풀턴 공원으로 여섯 블록이나 같이 걸었다. 러브는 내가 무슨 이야기를 할지 긴장한 듯했지만, 나를 재촉하지 않으려고 최선을 다하는 것을 느낄 수 있었다.

우리는 격하게 애정 표현을 하는 연인 바로 맞은편 벤치에 앉았다. 여자가 남자의 무릎 위에 앉아서…… 으아. 여자는 남자의 얼굴을 먹어 버릴 기세였다. 다른 벤치는 강아지를 데리고 나온 남자, 장 본 것들을 잔뜩 올려놓고 누군가를 기다리는 여자, 그리고 전날 저녁에 남긴 음식을 비둘기에게 먹이로 주는 남자가 차지하고 있었다. 나는 비둘기들이 피자를 먹는 걸 처음 봤다.

자리에 앉자 러브가 더는 기다릴 수 없다는 듯이 말했다.

“맷, 그냥 말해 주면 안 돼?” 러브는 필사적이었다. “이젠 겁이 날 지경이라고.”

우리 맞은편에 앉아 있던 여자는 남자 친구의 목덜미에 입을 갖다 댔다. 윽.

“알았어, 알았어.” 나는 러브에게로 몸을 돌렸다. “미안해. 나도 내가 이럴 줄 몰랐거든. 네 얘기에 너무 놀라서 말이야.”

“아…… 그랬구나.” 러브는 불편한 기색이었다.

“아니, 그런 게 아니야! 나는…….” 말문이 막혀 버렸다. 나는 숨을 크게 내뱉었다. “러브, 너에게 그 일이 일어난 그날 밤, 네 엄마가 그 일을 당하셨던 그때, 나도 거기 있었어.”

러브는 전기충격을 받은 것처럼 허리를 곧게 폈다.

“그게 무슨 말이야?”

“그러니까,” 나는 숨을 크게 내쉬었다. “내가 거기 있었다고. 516번지에.”

러브의 이마에 주름이 졌다. “무슨…… 말인지…… 모르겠어.”

“그럴 만도 하지.”

자전거를 탄 한 남자가 비둘기 떼를 지나치자 새들이 페퍼로니 피자를 물고 파드득 날아갔다.

“나도 어떻게 그렇게 됐는지 모르겠어. 난 그 사람이 네 엄마인 줄 몰랐어.”

러브의 표정을 읽을 수가 없어서 그냥 할 말을 다 하기로 했다.

“그날 난 크리스네 집에서 자기로 했어. 저녁 먹은 다음에 크리스의 어머니가 우리를 재우셨는데, 갑자기 복도에서 시끄러운 소리가 들리는 거야." 나는 손을 뻗어 러브의 손을 잡고 싶은 충동을 느꼈다. 하지만 그렇게 하지 않았다. 나는 잠시 말을 멈추고 러브가 사건을 잘 잊고 있는지 눈치를 살폈다. 하지만 러브는 나를 그냥 빤히 보고 있었다.

"사람들이 소리를 지르고 있었어. 남자와 여자가."

러브의 눈이 다시 젖어 오르기 시작했다.

"그냥 여기까지……." 내가 말했다.

"아냐." 러브가 눈을 깜빡이면서 말했다. "아냐, 계속해."

현실을 직시할 수 있다는 점. 바로 그것이 러브가 그렇게나 강해진 이유 아닐까. 나였어도 계속해서 이런 얘기를 들을 수 있을까.

"괜찮겠어?" 내가 손을 뻗어 러브의 손 위에 얹었다. 자연스러운 일이었다. 몇 초 뒤, 나는 손을 다시 뺐다. 이것도 역시 자연스러웠다. 그 애가 고개를 끄덕였다.

"그래."

"알았어. 내가 크리스를 졸라서 복도에 무슨 일이 생겼는지 가서 보기로 했어. 현관까지 가서 문을 열었는데……." 내가 말을 멈추었다.

"그런데?" 그 애가 물었다. 내가 망설이자 러브가 명령조로 말했다. "말해." 러브는 내 팔을 세게 잡았다. "맷, 말해!"

나는 침을 꿀꺽 삼켰다. "총소리가 들렸어."

## 이름이 뭐라고?

이런 대화를 나눈 후 예상 가능한 결과는 두 가지다. 이런 운명과도 같은, 엄청난 우연의 일치에 충격을 받아서 앞으로 서로 말을 하지 않거나, 아니면 이를 계기로 더욱 진지한 관계로 발전하거나. 우리는 가장 최악의 순간을 나눈 것이다. 다행히 러브는 나와 똑같은 감정을 느끼고 진지한 관계로 나아가기로 했다. 우리 둘 다 아무렇지 않게 문자를 주고받기까지 며칠이 걸렸다. 레이 아저씨가 그렇게나 재촉했던 진짜 대화 이후에 말이다. 아저씨 말이 맞았다. 나는 아저씨를 만나 고맙다고 했다.

"이젠 알겠지? 내가 너에게 말해 주지 않은 이유를?" 다음 장례식으로 향하면서 레이 아저씨가 말했다. 일가족을 살리려다가 순직한 소방관 브렌던 윌슨의 장례식이 기다리고 있었다.

"네, 알겠어요."

"둘 사이는 이제 괜찮니?"

나는 휴대전화를 꺼내 화면을 스크롤해서 러브에게서 온 문자를 확인했다.

"네, 그런 것 같네요."

러브의 말에 의하면, 진지한 데이트를 하는 데 숨은 애로점은 러브가 데이트 장소를 직접 물색하는 것밖에 없었다. 나에게는 잘된 일이었다. 러브를 어디로 데려갈지 신경 쓰지 않아도 되기 때문이다. 내가 할 일은 가게를 쑤시고 다니며 주스나 쿠키 중에 뭘 사갈지 궁리하는 것밖에 없었다. 레이 아저씨는 당연히 러브와 외식을 하라고 할 게 분명하다. 크리스는 영화를 보러 가라고 할 것이다. 아빠라면 둘 다 하라고 하겠지. 너무 부담스러웠다. 그래서 러브가 직접 데이트 장소를 정하겠다고 나섰을 때, 나는 반색했다.

데이트 날에 정신을 차려 보니, 택시 뒷자리에 러브와 함께 앉아 있었다. 거울에 달린 국기를 보니 자메이카인으로 보이는 택시 기사는 몇 초마다 브레이크를 밟아 대서 우리가 도대체 어디로 가는지 알 수 없었다. 테이프 플레이어가 달려 있는 오래된 택시 안에서 기사는 처음 몇 분 동안 노래 한 곡을 듣기 위해서 테이프를 뒤로 감았다가 다시 앞으로 감기를 반복했다. 그는 백미러로 우리를 쳐다보다가 다시 플레이어로 시선을 돌리고, 잠깐 동안이지만 다행스럽게도 전방을 주시하기도 했다.

"우리 어디로 가는 거야?" 내가 물었다. 러브가 기사에게 워싱턴 가와 이스턴 파크웨이 모퉁이에 내려 달라고 했는데 그 외에 아는 것이 없었다. 러브는 창밖을 바라보며 내 말을 못 들은 척했다. 그런데 차창에 그 애의 웃는 얼굴이 비쳤다.

"너 웃고 있잖아!" 내가 말했다. "그냥 말해 주면 안 돼?"

러브는 몸을 돌려 웃음을 참아 보려다가, 결국 터져 버리고 말았다.

"그냥 기다렸다가 직접 보면 안 돼?"

나는 혀로 이를 핥았다.

"알았어."

나는 깜짝 파티에 익숙하지 않았다. 살면서 깜짝 놀랐던 일은 대부분 나쁜 일이었기 때문이다. 그냥 모든 것이 정상적이고 안정적인 것이 좋았다. 안전하니까. 하지만 앞뒤 차보다 음악에 더 신경을 쓰는 기사가 모는 택시 안에 있는 한, 나에겐 선택권이 없었다.

기사는 또 한 번 브레이크를 밟았다. 기분으로는 한 열 번째는 되는 것 같았다. 기사가 백미러로 내 얼굴을 보고는 불편한 기색을 눈치챈 것이 분명하다. 무섭다. 그가 오래되고 바보 같은 플레이어랑 씨름하는 동안 난 불안해 미칠 것 같았다.

"기사님, 괜찮으세요?" 이성을 잃은 사람이나 불량 청소년처럼 들리지 않게 목소리를 가다듬어 물었다. 처음으로 진짜 데이트를 하려는데 이러면 곤란하다.

"그럼요." 기사가 플레이어를 내려다보고는 나를 다시 보며 말했다. "왜? 겁나요?"

나는 창밖을 보고 있는 러브에게 고개를 돌렸다. 키득거리며 웃고 있는 게 분명했다.

"아니에요. 괜찮아요." 사실은 토할 지경이라고! 나는 택시 안의 운전

면허증 따위를 보며 a) 유사시 누구 이름을 댈지 b) 누구 택시를 절대 타지 말아야 하는지 등 정보를 수집했다. 운전석 뒤에 그의 정보가 적혀 있었다. 아이반 렌슨. 아일랜드 택시회사. 브루클린, 뉴욕.

아이반 렌슨은 핸들을 한 손으로 돌리고 다른 한 손으로는 라디오 채널을 돌리는 동시에 무거운 발로 액셀을 밟으며 말했다.

"그냥 맘 놓고 계셔, 친구들. 내가 다 알아서 하니까요." 그러더니 플레이어의 재생 버튼을 눌렀다. 밥 말리. 노래 제목은 모르겠지만, 누구나 들으면 아는 유명한 곡이었다.

오늘 아침 일어나 떠오르는 태양과 웃음 짓고
세 마리 작은 새들은 내 문가에서 목청 높여 달콤한 노래를 부르네
순수하고 진실한 멜로디, 너에게 보내는 나의 메시지—우—우
하나도 걱정하지 말라고
작은 일들은 모두 잘될 거야

택시 기사는 큰 소리로 노래를 부르며 손뼉을 치고 고개를 앞뒤로 흔들었다. 그는 백미러로 날 다시 한 번 보았다.

"리듬을 타봐요." 그가 볼륨을 높이며 말했다. "이제 워싱턴과 이스턴 파크웨이로 갑니다. 보이죠?"

기사가 가장 좋아하는 노래가 이 노래인가. 아니면 승객마다 다른 노래를 틀어 주려나. 노래를 찾는 동안에는 불안해 죽는 줄 알았지만, 밥 말리의 노래는 우리에게 아주 잘 어울렸다. 러브도 따라 부르기 시작했

고, 나도 어느새 흥얼거리고 있었다. 기사가 이스턴 파크웨이와 워싱턴 가 모퉁이에 차를 대자, 러브는 워싱턴 가로 조금만 더 가달라고 했다.

"블록 가운데까지 가주시겠어요?" 러브는 주머니에 손을 넣으며 말했다. 러브가 택시비를 내려고 주머니를 더듬길래 나도 돈을 꺼내려고 했다. 신사처럼 말이다. 그러나 러브가 손을 뻗어 주머니 위로 내 손을 잡았다.

"됐어." 러브가 눈을 빛내며 말했다. "내가 초대했으니까 내가 낼게. 넌 다음에 내."

다음에도 또 볼 수 있구나. 좋다.

엄마가 러브를 봤다면 얼마나 좋아하셨을까.

택시 기사 렌슨이 몸을 돌려 나를 가볍게 툭 치더니, 손을 펼쳐 러브와 정중한 악수를 나누고는 윙크를 했다. 그때 처음으로 그의 얼굴을 보았다. 말쑥했지만 야성적인 턱수염이 얼굴 대부분을 덮고 있어서, 두 눈과 아랫입술밖에 보이지 않았다. 만일 누구랑 시비가 붙었다가 도망칠 일이 생기면, 깔끔하게 면도해서 완전 다른 사람인 것처럼 위장해도 될 정도였다. 그러면 아무도 못 알아볼 것 같다.

우리가 차 문을 열자 다른 커플이 택시를 타려고 기다리고 있었다. 둘 사이 분위기가 싸한 걸 보니 다투고 있었던 것이 분명했다. 기사 렌슨은 테이프 플레이어의 정지 버튼을 눌렀다. 나와 러브가 택시에서 내리자 새 승객이 차에 타고, 다시 빨리 감기와 되감기가 반복되었다. 노래를 틀 시간이었다. 새로운 승객들을 위한 노래.

나는 코트 깃을 세우고 목덜미에 스며드는 한기를 쫓으려고 했다. 그리고 주위를 둘러보았다. 대체 여기가 어디지? 택시에서 내리면서 문득 떠오른 밥 말리의 노래 '나는 경관을 쏘았네I shot the Sheriff'에 나오는 것처럼 러브에게 여기가 어딘지 물어보았다.

러브는 목에 목도리를 두르더니, 웃으며 나에게 손을 내밀었다.

"오늘은 나한테 맡기는 거지?"

"그럼."

"여기에 너랑 오고 싶었어." 러브는 뒤로 돌면서 한 손을 뻗으며 말했다. "식물원이야."

식물원이라고? 나는 할 말을 잃었다. 꽃이라고? 꽃? 난 러브를 좋아하기 때문에 맞춰 줄 수밖에 없었다. 그 애도 내 기분을 아는지 애교 섞인 표정으로 내 손을 잡고 있었는데…… 손잡는 것 이상으로 느껴졌다.

뭐라 할 말이 없었다.

"그냥 따라와." 러브가 나를 정문으로 끌면서 단호하게 말했다.

안은 브루클린과 영 딴판이었지만 어떤 부분은 마음에 들었다. 차 소리도 들리지 않고, 입구에 가까이 가면서 어떤 새로운 차원으로 들어가는 기분이었다. 세상의 풍파가 존재하지 않는 비밀의 땅. 꽃들로만 가득 찬 곳.

"할머니가 여기에 종종 나를 데리고 오셨어." 꽃이 수없이 만발한 길을 걸으며 러브가 말했다. 클레마티스, 국화, 작살나무 같은 이상한 학명이 보였다. 하양, 노랑, 자줏빛 식물들.

"엄마가 돌아가시고 나서 할머니랑 여기에 매주 왔어." 러브가 말을 이었다.

"왜?"

러브는 꽃 한 송이에 손가락을 문질렀다. "할머니가 이 도시에서 쉼터 다음으로 가장 좋아하는 곳이었거든. 할머니는 언제나 살아 있는 것에 둘러싸이는 것이 좋다고 하셨어. 삶의 아름다움을 떠올릴 수 있으니까. 할머니의 인생 철학이었지. 삶의 아름다움." 기분 좋은 미소가 러브의 얼굴을 환히 밝혔다.

나는 식물의 이름을 속으로 발음해 보려다가 금세 포기했다.

"그렇겠지."

"그렇겠지?" 러브의 목소리에 날이 서 있었다. "시시하다 이거야?"

"아니, 그게 아니야. 그냥 내가 분위기를 잘 타지 못하는 거야. 예를 들어서 내가 너에게 내일 꽃을 몇 송이 사준다고 치자. 받을 때는 좋지만 이틀 후에는 버릴 거야. 사람들은 꽃이 아름답게 자란 모습을 기다리지만, 그렇게 되자마자 시들어 버리지. 네 할머니 말씀을 무시하는 게 아니라, 내 생각엔 꽃들이 그렇게 아름답지는 않아서 그래."

러브는 말없이 오래된 폴라로이드 카메라를 꺼냈다. 예상치 못한 물건이었다. 러브의 취향인가. 처음에는 대화를 이어 가기 위해 그런 골동품 카메라를 어디에서 구했느냐고 물어보려 했지만, 보나마나 할머니의 유품일 테니 바보 같은 질문일 뿐이다. 우리는 다른 식물들에 시선을 돌렸고 침묵이 감돌았다.

"저기……." 내가 말을 꺼냈다.

"으응." 러브가 대답했다.

"너는 어떻게 생각해?"

"네 말도 맞아." 러브는 카메라를 얼굴로 가져가더니 해바라기(내가 발음할 수 있는 유일한 식물 이름)에 대고 셔터를 눌렀다. 사진이 바로 튀어나왔다. 러브는 사진을 뽑아 이미지가 나타날 때까지 흔들었다.

"그런데 왜 여기에 오고 싶어 하는 거야?" 나는 러브가 내 얘기에 동의한다는 사실에 짐짓 놀라며 물었다. 러브는 몇 컷 더 찍고 사진들을 흔들었다. 난 궁금했다.

"이걸 봐." 그 애는 내가 서서히 선명해지는 이미지를 볼 수 있게 폴라로이드 사진을 들었다. 완벽하지는 않았지만, 실물을 보는 것과 다를 바 없었다. 도대체 이런 사진들의 의미가 뭔지 궁금했다.

"할머니가 이 카메라를 나에게 주시고는 여기로 데려와서 사진을 찍어 보라고 하셨어. 그냥 걸으면서 정말로 좋아하는 꽃을 보면 시들기 전에 사진을 찍어 두라고 하셨어. 항상 기억할 수 있도록 말이야. 좀 유치하게 들리겠지만, 할머니는 내가 사랑하는 것들을 그런 식으로 간직하라고 가르쳐 주셨어. 살아 있는 것 말이야. 엄마가 돌아가시고 나서 보니 엄마 사진은 단 한 장밖에 없었어. 성인이 되어 찍힌 사진 말이야. 엄마가 어렸을 때 사진은 많았지만, 나에게는 아무 감흥이 없었지."

우리는 계속 걸었고, 러브는 다른 식물들, 덩굴, 아네모네라고 불리는 꽃을 찍느라 여러 번 걸음을 멈췄다. 그 애는 꽃 바로 앞까지 다가가 셔터를 여러 번 누르고는, 입으로 사진을 카메라에서 꺼내 허공에 대고 흔들었다. 결과물이 마음에 들면 나에게 보여 주기도 했다.

"너도 한번 찍어 볼래?" 그 애가 물었다. 지금까지 러브는 열 개도 넘는 식물을 찍었을 것이다.

"싫다고 하면 안 찍어도 돼?"

"당연히 아니지." 그 애는 필름을 바꿔 갈며 말했다. "그냥 초점을 맞추고 옆에 셔터를 누르면 돼." 러브는 나에게 카메라를 건넸다. "네가 정말로, 정말로 좋아하는 걸 찍으면 돼."

"알았어." 나는 빈정거리듯이 대답하고 카메라를 옆으로 들었다. 사진은 찍지 않을 생각이었다. 하지만 러브의 장단에 맞춰 줘야 하기 때문에 나만의 '특별한' 꽃을 찾는 척했다. 막바지가 다 되어 데이트를 망치고 싶지 않았기 때문이다.

우리는 이상한 모양에 특이한 향기를 내는 꽃들 위로 스프링쿨러가 물을 뿌리는 녹색, 갈색, 주홍색 미로 속을 계속 걸었다. 녹색 작업복을 입은 직원들이 꽃에 물을 뿌리며 다듬고 있었다. 그들은 대개 노인들로 살을 에는 바람을 막느라 자꾸 팔짱을 꼈다. 아마도 그들에게는 100번도 넘게 본 데이트일 것이다. 여자들은 허리를 숙여 향기를 맡고, 남자들은 웃으며 지루하지 않은 척하는. 나는 먼 훗날 러브와 내가 어떤 모습일지 상상했다. 아마도 우리 아이들이 자동차도, 소음도 없이 웃음소리만 가득 찬 어떤 곳에서 기분 좋게 뛰어놀고 있을 것이다. 그러다 문득 내가 왜 이런 생각을 하는지 깨달았다. 원래 내 또래 애들은 영화관 같은 데서 데이트하는 법이다. 크리스 말이 맞았다.

정말로, 정말로 좋아하는 꽃을 찾는 척하며 걷는데 갑자기 러브가 멈춰 섰다. 눈앞에는 엄청나게 큰 양배추가 있었다. 내 생전 그렇게 큰 양배추를 본 적이 없었다. 그러나 크기는 별로 상관없었다. 내가 정말로 놀란 것은 그것이 양배추라는 사실이었다! 양배추는 꽃이 아니다! 양배추는…… 양배추잖아?

"넌 시도도 안 하고 있구나." 러브가 이제는 지쳤다는 듯 말했다. 나에게 실망한 건가.

"하고 있다고!" 내가 소리쳤다.

"아니야." 러브가 귀 뒤로 머리를 넘기면서 말했다. 그 애는 나를 보더니 고개를 저었고, 나를 여기 데려온 것을 후회하는 것 같았다. 젠장.

"좋아." 내가 러브의 팔을 쓰다듬으며 말했다. "내가 정말로 좋아하는 꽃을 보면 사진을 찍으라고 했지?"

"맞아." 러브가 엄청난 크기의 양배추에 몸을 돌리며 말했다.

"그렇다면……." 나는 러브를 내 쪽으로 돌려세우고는 카메라를 눈가로 들어 올렸다. "웃어 봐."

나는 셔터를 한 번 눌렀다. 그리고 몇 번을 다시 누르고, 한 발짝 떨어져 또 한 번 누르고, 가까이 다가가서도 한 번 눌렀다. 더 좋은 각도를 찾느라 한쪽 무릎을 꿇고 앉아 찍기도 했다.

지나가는 사람들이 나의 바보 같은 모습을 쳐다보았고, 러브는 그대로 서서 당황스러운 표정을 지었다. 하지만 러브가 웃음을 터뜨리는 것을 보니 작전 성공이다. 나는 일어나서 사진을 보았다.

"이럴 수가. 이 꽃은 정말 예쁜데! 와, 정말 감동이야! 살다 살다 이렇게 아름다운 꽃은 처음이야! 너도 좀 봐!" 나는 카드 더미처럼 사진들을 흔들고, 러브에게 자신이 찍힌 사진을 보여 주었다

"알았어, 알았어." 러브가 카메라를 손으로 밀면서 말했다. 그 애의 뺨은 장미처럼 발갛게 달아올랐다. 그때, 그 순간이 왔다. 두 사람 이외에

다른 것들은 다 사라지고, 바이올린 같은 로맨틱한 악기로 연주하는 잔잔한 음악이 어딘가에서 들려오고, 서로에게 들릴 정도로 머릿속까지 흔들어 버릴 만큼 빠르게 뛰는 심장 소리 이외에 모든 것들이 아주 느리게 움직이기 시작하는 순간. 서로에게 어색하고도 찌릿한 첫 키스를 하기 위해 한 발짝 가까이 다가가는 그 순간.

아직까지 내 장난에서 헤어 나오지 못한 러브가 선 채로 나를 바라보았다. 정신 나간 사람을 보는 눈이 아니라, 자기가 본 남자들 중 가장 멋진 남자를 보고 있는 듯한 눈빛이었다. 나는 절망으로부터 날 구해 줄 유일한 구원자로서 그 애를 쳐다보았다. 나는 앞으로 다가섰다. 그 애도 가까이 몸을 기대면서 눈을 천천히 감았다 떴다. 나는 눈을 크게 떴다. 난 보고, 느끼고, 맛보고 싶었다. 그리고 그다음에는…….

가벼운 입맞춤.

마치 레코드가 튀는 것 같은.

그렇다. 단지 가벼운 입맞춤이었다. "내가 가장 좋아하는 꽃을 보여 줄게" 하는 말과 함께 달콤한 미소가 뒤를 이었다. 예상과는 조금 달랐다. 그러나 가벼운 입맞춤도 키스라고 부를 수 있지 않은가? 아무것도 안 한 것보다야 낫다.

러브는 내 손을 꼭 잡고 손가락을 겹쳤다. 우리는 다육성 식물이 많다는 부르는 돌길을 따라 걸었다. 다육성이라는 단어를 듣자마자 난 웃음을 멈출 수 없었다. 가끔은 내가 다른 애들보다 훨씬 성숙하다고 느끼지만 또 어떤 때는 내 또래 애들처럼 바보 같기도 하다.

"여기 있어." 러브가 가장 좋아한다는 꽃을 가리키며 말했다. 그녀만의 순간이었다. "바위솔이라고 하는 거야."

그건 지금까지 본 다른 예쁘고 앙증맞은 꽃들과는 달랐다. 그런 꽃들보다 훨씬 나았다. 방울양배추와 별 모양을 합친 것처럼 생겼다.

"이름이 뭐라고?" 내가 새로운 요상한 이름을 경계하며 물었다.

러브가 어린애에게 글씨를 가르치듯 한 글자 한 글자 말했다.

"바—위—솔. 영원히 산다는 뜻이야."*

나는 쭈그리고 앉아 꽃을 들여다보았다. 꽃잎은 끝이 빨갛고 뾰족한 녹색 손가락 같았다. 이제까지 본 꽃잎과는 달랐다.

"그래?" 내가 그 애를 올려다보며 물었다. "이건 죽지 않아?"

"당연히 아니지." 러브가 어깨를 으쓱했다. "하지만 다른 식물들보다는 훨씬 오래 살아. 겨울도 견딜 수 있고. 물도 주지 않아도 돼. 식물 중에서 가장 강하거든. 살아남는 데는 도가 텄어."

나는 바위솔을 내려다보고 만지작거리다가 촉촉하고 묘하게 생긴 잎을 쥐어짜 보았다. 나도 모르게 바위솔에 끌렸다. 식물치고는 꽤 매력적이었다. 내가 이런 말을 하다니, 믿을 수 없지만 사실이다. 그래서 나는 카메라를 들고 클로즈업한 다음 사진을 찍었다.

집으로 가는 택시도 식물원에 올 때 탔던 택시처럼 제정신이 아니었다. 이번 기사는 무조건 속도를 내며 모퉁이를 신나게 돌고, 다른 차들

*바위솔은 Sempervivum 속에 속한다. 이는 라틴어로 semper(영원히)와 vivus(살아 있다)를 합성한 말이다.

사이에 멋대로 끼어들면서 브레이크를 밟으려고 하지 않았다.

"다음부터는 버스를 타는 게 낫겠어." 내가 러브네 집 현관까지 데려다 주며 말했다.

"정말 그래야겠다." 러브가 현관 계단 끝까지 오르더니 나에게 몸을 돌리며 대답했다. 그 애는 우리가 찍은 사진들 중에서 내가 찍은 바위솔 사진을 골라 냈다. 러브는 그 사진을 내 재킷 주머니에 넣고는 단추를 잠그듯이 코트를 여며 준 다음 내 몸을 가까이 끌어당겼다.

"오늘 같이 가줘서 고마워." 러브가 부드러운 목소리로 말하더니, 몸을 기울여 나에게 입을 맞추었다. 이번엔 가벼운 입맞춤이 아니었다.

"데리고 가줘서 고마워." 나도 입맞춤을 되돌려 주며 말했다.

"오늘 새롭게 배운 것이 있니?" 그 애가 눈을 감으며 다시 한 번 나에게 입을 맞추며 말했다.

"있지." 내가 킬킬댔다. "넌 키스를 참 잘하는구나." 나는 다시 한 번 입술을 러브의 입술에 갖다 댔다. 이번에는 더 길게 키스하면서 더 가까이 끌어당겼다. 내가 러브에게 팔을 두르자 그 애의 손이 내 등을 잡는 것이 느껴졌다. 몇 초 뒤, 러브는 몸을 뒤로 뺐다.

"맞아." 러브가 현관으로 가면서 말했다.

나는 같이 들어가려고 했지만 러브가 현관문을 열기 전 나에게 몸을 돌리고는 마지막 키스를 해주고 작별 인사를 했다. 우아아아! 이럴 수가. 하지만 괜찮았다. 나는 계단을 뛰어 내려오다가 턱에 걸려 넘어질 뻔했다. 기분이 좋았다. 사실 그 이상이었다.

현관 계단을 내려오는데 카메라 셔터 소리가 들렸다. 위를 올려다보자 러브가 계단 위에 서서 내가 식물원에서 그랬듯 무릎을 꿇고 드라마틱한 연기를 하고 있었다. 이번에는 내 사진을 엄청 많이 찍고 있었다. 거리에 그 애를 보고 있는 사람이 아무도 없어 다행이었다. 누가 봤다면 우리가 화보라도 찍고 있는 줄 알았을 것이다. 부끄러워라! 러브는 웃고 있었다.

"정말 웃겨." 내가 말했다.

러브가 나에게 키스를 날리며 외쳤다.

"받은 대로 갚는 거지!"

# 앞으로 전진

"이름이 뭐라고?"

"바—위—솔. 죽이기 어려운 식물이야. 별 안에 별 안에 별이 있는 것처럼 생겼어." 나는 현관 계단참에서 크리스에게 이 신기한 식물에 대해 설명했다. 그냥 사진으로 보여 줄 수도 있지만 왠지 그러고 싶지 않았다. 바보처럼 들리겠지만, 나는 그 사진을 혼자만 간직하고 싶었다. 나와 러브 사이의 비밀로 말이다.

나는 러브와 헤어지고 난 후 크리스의 아파트에 들렀다. 혼자 집으로 가기에는 너무 흥분 상태였기 때문이다. 크리스는 집에서 아주머니가 생선을 튀기고 있다며 밖으로 나오고 싶어 했다. 옷에 생선 냄새가 배는 걸 싫어하는 만큼 아주머니가 우리 사이에 끼어드는 걸 싫어하기도 했다. 그래서 나와 크리스는 우리 집까지 걸어갔다. 나도 그게 크리스네 집에 있는 것보다는 나았다. 그곳에 있으면 러브의 어머니를 떠올리지 않을 수 없기 때문이다. 아주머니를 만나서 그날 일을 얘기한다면 다시는 떠올리기 싫은 그 기억이 다시 생생해질 것 같았다. 러브와 멋진 데이트를 즐긴 직후인데 그러기는 싫었다.

"맷, 데이트가 별로 재미 없었나 보네. 하긴 네가 재밌는 편은 아니지." 크리스가 누군가에게 문자를 보내며 말했다. 러브의 어머니 이야기를 해 준 이후 크리스는 며칠간 똑같은 이야기를 했다. 크리스도 나처럼 매우 혼란스러워했다. 나와 함께 그 자리에 있긴 했지만 그런 일을 겪기엔 우리 둘 다 너무 어렸다. 나는 크리스에게 나와 러브는 서로에게 신뢰라는 감정이 있다고 말해 주었다.

"그렇긴 하지만, 뭐 상관없어. 난 좋은 시간을 보냈거든." 내가 자랑하며 말했다. 당연히 러브와 키스한 사실도 털어놓았다. 뭐 달리 할 말이 있을까? 엄청 좋았다고밖에는! 크리스는 눈이 휘둥그레져서 나에게 고개를 홱 돌렸다.

"뭐라고?"

나는 웃음을 참을 수 없었다. 마음으로부터 우러나오는 웃음이었다.

"또 말해 줘?"

크리스는 어른처럼 나에게 악수를 청했다. 내가 악수를 하자 크리스는 자식을 자랑스러워하는 아빠같이 허리를 젖히며 말했다.

"우리 아들이 다 컸네."

"시끄러워."

길 건너편에는 레이 아저씨가 밖에 나와 지나가는 사람에게 말을 걸고 있었다. 본명이 존 브라운인 브라우니는 레이 아저씨에게 인사를 건넸다. 그 아인 여섯 살밖에 안 됐지만 커서 유명한 가수가 될 거라고 확신하고 있었다. 브라우니는 거리로 나와 온 마음을 다해 춤을 추고 노래를 하곤 했다. 레이 아저씨는 브라우니를 볼 때마다 한물간 팝송을 불러 달라고 청하곤 했다.

"템테이션? 샘 쿡? 뭐, 샘 쿡을 모른다고?" 레이 아저씨가 이런 식으로 놀리면 브라우니는 깔깔거리며 웃었다.

휘터커 목사님도 레이 아저씨에게 인사하려고 가던 길을 멈췄다. 휘터커 목사님(나이 든 사람들은 전부 다 그를 휘트라고 불렀다)은 모퉁이에 있는 교회 목사님이다. 그도 젊지는 않았지만 레이 아저씨보다는 어렸다. 턱수염이 조금씩 희끗해지긴 했어도 나이가 드러나는 건 그 부분뿐이었다. 휘터커 목사님은 항상 정장을 갖춰 입고, 엄마가 말씀하셨듯이 늘 멋진 구두를 신고 있었다. 그러나 휘터커 목사님에 관한 가장 중요한 사실은 항상 길가에서 불량배들을 물리치고 경찰들도 허튼짓을 못 하도록 막는다는 것이었다. 그 누구도 두려워하지 않는 기백을 지닌 휘터커 목사님을 좋아하지 않는 사람은 아무도 없었다.

휘터커 목사님은 주머니에 두 손을 넣고는, 레이 아저씨네 계단 아래에 발꿈치로 서서 담소를 나누며 앞뒤로 몸을 흔들고 있었다. 크리스는 이 시점에서 문자를 보내는 데 열중하고 있어서 우리는 별 말이 없었다. 난 상관없었다. 언제나 그랬듯이 여자애에게 문자하고 있겠지만 내겐 익숙했다. 크리스에게는 게임 한판 하는 것과 별로 다를 게 없었다.

"그래서 어땠어?" 크리스가 휴대전화에 시선을 고정한 채 말했다. 그러면서도 손가락이 눈에 보이지 않을 만큼 빠르게 움직였다. 나는 최대한 아무렇지 않게 말하려고 애썼다. "어떻긴? 그냥 키스였지."

크리스는 휴대전화에서 눈을 떼고 날 올려다보았다. "그냥 키스?" 그러더니 휴대전화를 주머니에 넣었다. "그냥 키스로만 끝날 수 없었을 텐데, 친구."

친구는 다시 한 번 여자에 대한 이론을 쏟아 내려고 했다. 그 애의 말이 언제나 옳다는 것을 인정하지 않을 수 없었다. 크리스가 입을 열었다.

"걔가 눈을 떴냐? 감았냐?"

"뭐라고?"

"여자가 너랑 키스할 때 눈을 뜨고 있으면 너에 대해서 확신이 안 선다는 얘기야. 이성으로서 말이야. 하지만 눈을 감고 있으면 그 애도 널 좋아한다는 뜻이라고. 간단하지."

말 되네.

"그런데 그 애가 눈을 떴는지 감았는지 어떻게 알지? 난 눈 감고 있었는데."

"뭐라고? 눈을 감았다고?" 크리스가 으르렁댔다. "그게 무슨 뜻인지 알아? 사랑한단 뜻이라고!"

"미친 녀석. 좋아하는 건 사실이지만 아직 사랑하는 건 아냐."

가로등이 깜빡거리기 시작하자 그와 동시에 크리스는 자리에서 일어났다. 시계처럼 말이다. 날은 저물지 않았지만 크리스는 가야 할 시간을 정확히 알고 있었다.

"아니야. 넌 그 애를 사랑하고 있어. 아직 깨닫지는 못했지만." 크리스는 계단에 서서 실망한 듯이 고개를 저었다. "너랑 내가 자라면 레이 형제처럼 친한 친구가 될 줄 알았는데, 여자랑 키스할 때 눈을 감다니!"

한바탕 웃고 손바닥 인사를 나눈 후, 크리스는 집으로 돌아갔다. 516번지 건물 말이다. 나는 계단에 앉아서 크리스가 나불댄 얘기들을 떠올렸다. 키스할 때 눈을 감았으면 그녀를 사랑하는 거라고? 눈을 감건 뜨건 상관없다. 러브가 눈을 떠서 나와 눈이 마주칠까 봐 내가 눈을 감고 있었는지도 모르겠다. 그러면 내가 그 순간에 몰입하지 않았다거나 내가 그 애를 좋아하지 않는다고 생각할 테니까. 그래서 나는 눈을 감은 것이다. 크리스가 닦달할 때 이 말을 해줄 걸 그랬다. 그러나 크리스는 거짓말이라고 했을 것이다. 어쩌면 그게 사실일지도.

휘터커 목사님이 떠나시자 레이 아저씨는 나에게 손을 흔들었다.

"밀러 군." 레이 아저씨가 나에게 악수를 청하며 말했다. "어때?" 아저씨는 내 손을 꽉 쥐었다.

"좋아요." 내가 대답했다. "아저씨는요?"

"괜찮아. 여기 그냥 앉아서 사람들이 어떻게 사는지, 보고 배울 게 있으면 배우는 중이지."

"네, 저도 마찬가지예요."

"아, 그래? 그럼 너도 러브를 지켜보고 그 애에게 배울 게 있으면 배우려고 했구나!" 아저씨는 내 팔을 쳤다. 우리가 사귄다는 사실을 말씀드릴 필요도 없었다.

"그렇죠, 뭐. 어제는 절 이스턴 파크웨이에 있는 식물원에 데려가더라고요."

레이 아저씨는 놀란 표정이었다. “웬 식물원? 처음에는 노숙자 쉼터, 이제는 식물원. 이건, 그러니까…….” 그는 알맞은 단어를 찾으려고 했다. “데이트 장소치고 특이하구나.” 나는 자리에 앉았다. “거길 가고 싶었다더라고요. 그게…….” 나는 뭔가 털어놓으려다가 망설였다. 말하지 않아도 되는 것도 있는 법이니까. 레이 아저씨라면 이해해 주실 것이다. “좀 긴 사연이 있어요.” 내가 간단히 말했다.

“아, 그렇구나. 그럼 뭔가 얻은 게 있니?”

나는 그날 일을 떠올렸다. 택시. 키스. 내 주머니에 있는 폴라로이드 사진.

“그런 것 같아요.”

“잘됐네.”

레이 아저씨는 담배가 떨어진 모양이었다. 보통 이런 때 담배 한 개비를 꺼내서 불을 붙이고 허공에 담배 연기를 뱉을 텐데.

“내일 장례식이 있어. 아까 왔던 휘트가 회개시키려던 청년이 있었는데 며칠 전 살해당했대. 그 애 엄마가 간단한 장례를 원한다더라.”

레이 아저씨가 잠깐 말을 멈추었다. 굳은 얼굴로 보아 부고 소식에 낙담한 것 같았다. 이제는 그런 소식에 익숙해질 만도 한데, 아직까지 마음을 쓴다는 건 레이 아저씨가 좋은 사람이라는 뜻일 테다. 아저씨가 말을 이었다.

“죽은 아이의 엄마는 휘트가 아들의 좋은 친구긴 했지만, 교회에서 장례식을 하고 싶지는 않대. 아들 친구들이 편하지 않을 거라고. 그래서 집에서 장례식을 치를 거야. 관을 들고 음식을 준비하는 것 말고 큰 일은 없어. 휘트 말로는 애 엄마가 빠르고 무난하게 치르고 싶어 한대. 그러니까 내일 학교 끝나면 바로 여기로 와라. 두 시까지 준비해야 하니까."

"알았어요." 나는 계단을 내려가다가 멈췄다. "아저씨는 오늘 뭘 배우셨는지 말씀 안 해주셨는데요."

레이 아저씨가 일어서더니 바지를 털고는 오랫동안 쭈그려 앉아 있느라 뻐근해진 몸을 폈다.

"여기 앉아서 길가에서 놀고 있는 애들을 보고 있었어. 사람들은 거리를 걸어 다니고, 몇몇 친구들, 외지 사람들 몇, 저 애들만 한 나이부터 알고 지내던 사람들이 잠깐 들러서 농담 따 먹기도 하고. 그러면서 죽음이 나쁜 것만은 아니라는 걸 깨달았지. 나쁘지 않고말고. 그저 삶이라는 것이 좋은 거지. 너무 좋으니까 우린 계속 살고 싶고, 삶에서 마주치는 사람들도 잃고 싶지 않은 거야. 하지만 영원히 그럴 수는 없어. 우리가 할 수 있는 것은 더 많이 감사하며 사는 거지. 저 꽃향기를 맡아 보렴." 레이 아저씨가 사랑의 총알을 쏘더니 계단을 올라갔다. "잘 자라, 얘야."

나는 집으로 걸어오면서 이 시각에 밖에 나와 있으면 안 되는 브라우니가 뛰어가면서 레이 아저씨를 부르는 소리를 들었다. 자기가 '마이걸 My Girl'이라는 올드 팝송을 배웠으니 아직 들어가지 말라고 애걸했다. 현관에 도착하자마자 브라우니는 어떤 단어는 제대로, 어떤 단어는 뭉갠 발음으로 뱉어 냈다. 레이 아저씨의 깊고 둔탁한 목소리도 그와 함께 흥얼거리고 있었다.

집에 도착해 보니 집 전화에 음성 메시지가 남겨져 있었다. 피셔 선생님이 자기를 죽이려고 한다고, 자기가 퇴원하지 못하게 선생님이 매일 다리를 부러뜨린다고 주절거리는 아빠의 메시지였다. 정확하게 아빠는 "나한테 원한을 가진 게 틀림없다, 아들아. 정말이라니까. 너도 내 유전자를 받았으니 조심해야 할 거야. 다음엔 네 여자 친구인 러브라는 애도 네 다리를 부러뜨릴지 모르지." 아빠는 사레가 들릴 만큼 크게 웃다가 다음과 같은 말로 메시지를 끝맺었다. "다음에 올 때는 진짜 음식 좀 가져와라. 알겠지? 사랑해, 아들."

다음 메시지는 없었다.

바로 방으로 올라갔다. 요즘 들어 나는 집에 오면 방으로 가서 양복을 벗은 후, 양치질과 세수를 하고, 불을 끄고, 바로 잠들 수 있게 되었다. 텔레비전도 보지 않고, 투팍도 듣지 않는다. 아빠의 바보 같은 메시지를 듣고 난 후 꼭 해야 하는 유일한 일은 '맷이 여자들을 사로잡는 비법'에 적힌 엄마의 OMG 오믈렛 레시피를 보는 것이었다. 내일은 아침 식사를 만들 것이다. 오래도록 하지 않았던 오믈렛 요리를 이제는 할 수 있을 것 같았다. 새까맣게 탄 식료품점 베이글을 먹는 것도 지겨웠다.

나는 재킷 주머니에서 폴라로이드 사진을 꺼냈다. 옷장 위에 둔 나와 엄마, 아빠가 옛날에 해변에서 찍은 사진 옆에 둘 생각이었다. 그런데 재킷 속에 있던 사진은 바위솔이 아니었다. 러브는 날 속였다! 나도 모르게 내가 웃고 있는 사진을 넣은 것이었다. 언제 찍혔는지 모르겠다. 이런. 언제 이렇게 웃었는지도 기억이 안 난다! 나는 사진 아래 흰 여백에 '엄마 없이 보낸 첫 추수감사절'이라고 적고는 사진 속 내 얼굴을 바라보았다. 몇 초간 그러고 있다가 '엄마 없이'라는 문구를 지우고 '러브와 함께한'이라고 고쳐 적었다. 활짝 웃은 건 아니었지만 씨익 웃는 얼굴이 나쁘지 않았다. 나는 내가 웃고 있었다는 것도 몰랐나 보다.

그 사진은 나를 울게 만들던 오래된 가족사진 옆에 두었다. 사진 두 장을 보고 있자니 뱃속이 간질거리며 웃음이 터질 것만 같았다. 나는 불을 끄고 자리에 누웠다. 이불을 뒤집어쓰고 하품을 했는데 몇 달간 쌓인 피로가 한꺼번에 풀리는 것 같았다. 이런 하품은 처음이다. 입을 다물고 나니, 나는 어느새 다시 엄마의 장례식이 열렸던 그 교회에 있었다. 이번에는 아무도 없었다. 목사님도, 울고 있던 조문객들도, 아빠도, 관도 없었다. 맨 앞줄에 앉아 있는 나와 엄마뿐이었다. 우리는 서로를 껴안고 엄마는 내 손을 잡고 아무 말 없이 교감하고 있었다. 이상한 기분이었다. 다들 어디로 사라졌을까. 장례식은 아직 시작도 안 했는지 모르겠다. 아니면 이미 끝나 버렸거나.

# 한 번에 한 발짝씩

망자의 이름은 앙드레 왓슨으로 나도 아는 사람이다. 그렇게 잘 아는 건 아니고 딱 한 번 본 적이 있다. 그를 본 날은 클럭 버켓에서 러브를 처음 만난 날이기도 했다. 그 남자는 줄을 서서 러브의 전화번호를 따려고 했던 바로 그 사람이었다. 러브가 "찰칵" 하는 농담으로 사람들 앞에서 망신을 준 남자 말이다. 창피를 당할 만하긴 했지만, 아무리 내가 그를 잘 모른다고 해도 살해당할 만큼 나쁜 사람은 아니었을 것이다.

언제나 그렇듯이 내가 할 일은 의자와 탁자를 놓고 엄청나게 가벼운 관을 들여놓는 것이었다. 보통은 나와 레이 아저씨 둘이서도 관을 들 수 있지만, 그날은 공교롭게도 올해 들어 바람이 제일 세게 불어서 레이 아저씨는 위험을 감수하는 대신 상여꾼을 불렀다. 베니, 로비 레이, 그리고 멀쩡한 상태의 코르크도 왔다. 취하지 않은 상태의 코르크는 무척 의외였다. 우리 아빠가 사고를 당한 이후로 그를 본 건 처음이다.

그는 내 반대편에 섰기 때문에 서로 눈을 마주칠 수밖에 없었고 관을 들고 들어가는 게 약간 어색했다. 그는 나와 눈이 마주치지 않으려고 최선을 다했는데, 이상하게 그것만으로도 나는 마음이 누그러졌다. 그의 마음이 불편하다는 것을 알고 있었다. 나에게 미안한 감정을 가지고 있다는 것도 알기 때문에 그를 미워할 이유가 없었다. 특히 다른 사람의 장례식에서는 말이다. 물론 이게 아빠의 장례식이었다면 얘기는 달랐을 것이다.

장례식장 안에는 열다섯 명 정도가 있었다. 휘터커 목사님은 연단 위에 섰고, 앙드레의 어머니가 맨 앞줄에 앉았다. 다른 사람들은 뒷자리와 벽을 따라 서 있었다. 조문객들은 대개 열여덟 아니면 열아홉 살 정도였는데 다들 나이보다 훨씬 늙어 보였다. 앳된 얼굴로 힘든 인생을 살아가는 이들이었다.

나는 이 자리가 그들이 겪는 첫 번째 장례식도, 마지막 장례식도 아니라는 것을 확신할 수 있었다. 앙드레는 고인을 기리는 동네 벽화 혹은 문신으로 기억 될 또 한 명의 이웃이었다. 휘터커 목사님이 마이크를 톡톡 두드려서 전원이 제대로 들어왔는지 확인했다.

"여러분, 좋은 아침입니다."

그가 부드럽게 말했다.

"우선 재닌 왓슨, 앙드레의 어머님께 위로의 말씀을 전합니다. 여기 모인 그 누구도 어머님만큼 슬프지는 않을 것입니다." 전에도 이런 말을 들은 적이 있다. 나는 숨을 크게 들이쉬었다. 엄마의 장례식 때 목사님이 똑같이 말씀하셨다. 이 장례식을 견딜 수 없는 자리로 만들어 버리는 말. 휘터커 목사님은 말을 이었다. "어머님을 위로해 드리기 위해 우리는 무엇이든 할 것입니다. 두 번째로 여기 모인 모든 분들……." 그가 조문객들이 서 있는 장례식장 뒷편을 향해 고개를 끄덕였다. "여러분들은 앙드레의 어머님이신 재닌을 위해 여기에 오셨습니다. 어머님께서는 여러분이 다들 앙드레를 아꼈다는 걸 알지만, 그래도 앙심을 품지 말고 그 어떤 보복 행위도 해서는 안 된다는 말씀을 전하고 싶어 하십니다."

나는 왓슨 부인을 보면서, 늘 그랬듯이 언제 감정을 터뜨릴지 기다렸다. 눈물이 터지기를 기다리면서 나는 다른 이들과 벽에 기대 섰다. 그리고 그녀가 떨면서 고통을 참는 모습을 바라보았다. 장례식에 참석한 적은 몇 번 없고, 그 이후로 여자 친구도 만나고 아빠는 호전되는 등 좋은 일만 있었는데도, 나는 다시 예전의 기분으로 돌아가 슬픈 감정을 맛보고 싶었다. 다른 이의 고통에서 위안을 찾고 싶었다.

그러나 왓슨 부인이 무너지기도 전에 내 휴대전화가 진동했다. 나는 주머니에서 휴대전화를 꺼내 화면을 켰다.

새로운 문자 1개

— 지금 어디니?

나는 재빨리 답장했다.

— 장례식장.

휘터커 목사님은 아무도 설교를 듣고 있지 않다는 것을 눈치채고 새로운 방법을 시도하기로 결정하신 모양이다.

"부인, 부인께서 직접 올라와 한마디 하시지요." 목사님은 그녀에게 손을 뻗었다.

왓슨 부인은 마이크로 다가갔다. 나이는 젊어 보였다. 검은색 셔츠에 검은색 바지를 입었고, 코에는 링이 달려 있었다. 눈가에는 화장 지워진 자국이 있었고 잠을 자지 못해 생긴 다크 서클이 짙었다. 그녀는 잠시 조문객들을 바라보다가 입을 열었다. 거기 모인 사람들 한 사람 한 사람과 일부러 눈을 맞추려는 듯했다. 나에게도 잠시 동안 시선이 머물렀다. 나는 앙드레를 알지도 못했는데 말이다.

"좋은 아침입니다." 그녀의 목소리는 달콤했지만 떨리고 있었다. "나는 여러분들을 탓하지 않습니다. 그저 이제 이런 일을 그만둬 주길 바랍니다. 이제 폭력은 멈춰야 합니다. 우리 아들은 열아홉 살이었어요." 왓슨 부인의 눈에 눈물이 고이기 시작했다. 그녀는 반복해서 말했다. "열아홉밖에 안 됐다고요!" 나는 몸이 근질거리고 마음이 조마조마했다. 감정이 폭발하기 일보 직전이었다. 그것도 아주 큰 폭발이. 내가 이제까지 본 중에서 가장 격렬한 감정일 것이다. 왓슨 부인은 관을 내려다보고는 떨림을 멈추기 위해 연단을 꼭 잡았다.

내 휴대전화가 다시 진동했다.

새로운 문자 1개

이번에도 러브에게서 온 문자였다.

— 너 일하는 데로 가는 중임. 거의 다 왔음. 밖으로 나와.

밖으로 나오라고? 지금 왓슨 부인이 오열하기 직전이라고! 답장을 보내기 전에 몇 분 기다리려고 했는데 러브가 다시 문자를 보냈다.

— 줄 게 있어. ;-)

— ???

나는 시간을 끌기 위해 쓸데없는 문자를 보냈다.

**— 맷, 빨리 나와!**

나는 눈앞의 광경을 놓치고 싶지 않았지만, 러브가 줄 선물이 뭔지 보러 나가지 않을 수 없었다. 러브에게 반했는데 어쩌겠는가. 최대한 조용히 문을 나서려고 했지만, 바람이 눈치도 없이 문을 세게 밀어서 벽에 부딪치며 큰 소리를 냈다.

장례식에 모인 사람들의 시선이 나에게로 집중됐다. 목사님, 고인의 어머니, 뒤에 서 있는 열둘 혹은 열세 명쯤 되는 험한 인상의 남자들도 마찬가지였다. 몇 명은 손을 허리에 대고 돌아보았다. 나는 두 손을 휘두르며 로봇처럼 굳어진 얼굴로 곧장 빠져나와 무슨 일이 일어나기 전에 천천히 문을 닫았다.

"괜찮아?" 내가 조용히 문을 닫는 모습을 보고 러브가 물었다.

러브의 풀린 머리가 사방으로 흩날리고 있었다. 기름 묻은 클럭 버켓 유니폼을 입고 있었지만, 나에게는 그저 귀여워 보였다. 러브는 두 손을 등 뒤로 숨기고 있었다.

"응, 괜찮아."

내가 대답했다. 아직도 문 소리의 충격에서 헤어 나오지 못했다. 안에 뭔가 두고 나온 찜찜한 느낌이었다.

"무슨 일이야? 나한테 줄 게 뭔데?"

러브는 손을 앞으로 돌렸다.

"이거야." 그 애가 작은 화분을 자랑스럽게 들면서 말했다. "바위솔."

러브는 가까이 다가와 화분을 내 손바닥 위에 놓았다. 나는 별 안에 별이 들어 있는 그 식물을 내려다보았다. 참 웃기다. 그때까지 나는 사진을 찍을 때만큼 선물을 받을 때 어색해한다는 걸 몰랐다. 어떤 사람들은 이럴 때 참 자연스럽던데……. 그런 사람들은 선물을 받으면 얼굴이 환해지며 방방 뛰기도 한다. 하지만 난 아니다. 이럴 때 어떻게 반응해야 할지 몰라서 그냥 우두커니 서 있었다.

"우아." 내가 화분을 보며 말했다. 솔직히 꽃을 선물받는 것은 그다지 기쁘지 않았다. 하지만 어떤 면에서는 정말 좋은 선물이었다.

"고마워." 나는 한 팔을 뻗어 러브를 끌어안았다. 머저리 같기는! 시간을 다시 돌릴 수만 있다면 고마운 마음을 제대로 표현하고 싶었다.

우리는 계단에 앉았다.

"이거 어떻게 키워야 돼? 식물을 길러 본 적이 없어서."

러브는 내 가슴에 몇 초 동안 가만히 손을 대더니 말했다. "자주 물만 주면 돼. 잘 기를 수 있겠지?"

내가 웃으며 대답했다. "흐음. 잘 모르겠는데. 네가 우리 집에 와서 물을 줄래? 넌 꽃을 좋아하잖아."

"흐음. 네가 쿠키를 만들어 주면 생각해 보지. 거래를 하자고." 나는 그 애가 내 말을 알아듣고 우리 집에 온다는 생각만 해도 이미 즐거워졌다.

"아." 내가 웃으며 말했다. "쿠키만? 그건 할 수 있을 것 같아." 러브는 자기가 어떤 상황에 처해 있는지도 몰랐다. 나는 그 애가 상상도 못한 음식을 잔뜩 만들 것이다!

러브가 나에게 입을 맞추려고 몸을 기댔는데, 내 입술이 그 애의 입술에 닿기도 전에 장례식장 문이 다시 한 번 열리며 벽에 부딪치는 바람에 우리 둘은 기절할 듯이 놀랐다. 이번에는 레이 아저씨였다.

"매슈, 뭐 하고 있어? 관을 가지고 나와야 해." 아저씨는 그제야 러브가 온 것을 알아채고 "아" 하고 놀랐다. "안녕, 러브. 여기 온 줄 몰랐구나. 그럼 맷, 우리가 알아서 할게. 이것만 들어 줘." 아저씨가 암 예방 팸플릿과 장례식 안내지 뭉치를 한가득 건네며 말했다. 나는 계단을 뛰어올라가 종이 뭉치를 받아들었다. "곧 나올 테니 문에서 비켜 줘." 아저씨가 덧붙였다.

러브도 같이 계단 옆에 서서 관이 나오길 기다렸다. 러브는 장례식 안내지를 집었다.

"앙드레 왓슨?" 그 애가 혼자서 중얼거리면서 낯이 익은 듯 사진을 유심히 보았다.

"누군지 알아?" 내가 물었다.

러브는 사진을 계속 쳐다보았지만 못 알아보는 눈치였다.

"내가 아르바이트 자리 구하러 클럭 버켓에 간 날 너에게 치근댔던 사람 기억나?"

러브의 눈이 커졌다.

"설마……." 그 애는 손을 입가로 가져갔다. "이럴 수가."

문이 다시 벌컥 열리고 로비, 베니, 코르크와 레이 아저씨가 두 명씩 짝을 지어 관을 든 채 장례식장의 이중문으로 나왔다. 영구차로 가는 조용한 행진이었다. 그들 뒤로 왓슨 부인이 휘터커 목사님에게 팔을 기대며 걸어오고 있었다. 그녀의 얼굴에는 화장이 지워져 검은 눈물이 흐르고 있었다.

목사님은 부인이 계단에 주저앉지 않도록 일으켜 세우다시피하며 걸었다. 난 부인이 오열하는 모습을 보지 못했다. 부인이 이성을 잃었을 때쯤 나는 장례식장에 없었다. 내 기분을 나아지게 하던, 따뜻한 환각 상태로 이끄는 바로 그 순간에 말이다. 이번에는 그 이후만 볼 수 있었다. 떨리는 다리와 녹아 버린 얼굴.

왓슨 부인은 휘터커 목사님의 팔을 꼭 잡은 채로 처음 몇 발자국을 후들거리며 내려왔다. 그 후, 잠시 멈춰 서서 목사님께 뭐라고 속삭였다. 목사님은 고개를 끄덕였고, 왓슨 부인은 숨을 크게 내쉬더니 목사님의 팔을 놓고는 심하게 부는 바람을 뒤로하고 남은 계단을 혼자서 내려왔다. 부인은 계속 눈가를 닦았지만 혼자서 영구차로 한 걸음씩 걸어가는 동안에도 눈물이 계속 흘렀다.

나는 러브의 얼굴을 보았다. 무표정했지만 여전히 예뻤다. 바람과 장례식 덕분에 그 애의 눈에도 눈물이 고여 있었다. 나는 그 애가 준 선물을 바라보았다. 아직은 작고, 이제 막 싹을 틔우는 바위솔이었다. 아직도 많은 삶이 남아 있는 식물. 나는 엄마를 떠올렸고, 엄마에게서 느끼던 따뜻한 감정을 다시 한 번 느꼈다. 보통 장례식에서 느끼는 감정이었지만, 이번엔 달랐다. 다른 이유가 있었기 때문이다.

나는 러브의 손을 잡은 채 영구차의 시동이 걸리고 배기관에서 연기가 나오면서 갈색, 오렌지색, 노란색 낙엽을 날리는 것을 보았다. 로비 레이가 앞차에, 레이 아저씨가 두 번째 차에 왓슨 부인을 태우고 운전했다. 차의 뒤창에는 장례식이라고 쓰인 꼬리표를 달고 있었다. 십대들은 계단에 서서, 몇 명은 담배에 불을 붙이고 몇 명은 선글라스 안으로 손을 가져가 흐르는 눈물을 닦으며 그 광경을 바라보았다. 러브는 내 손을 손가락으로 감쌌고, 우리 둘은 손을 꼭 맞잡았다.